El sueño del cíclope

En cubierta: fotografía de © Findlay/Alamy Stock Photo
Diseño gráfico: Gloria Gauger

c/ Almagro 25, ppal. dcha.
28010 Madrid. Tel.: + 34 91 355 57 20
www.siruela.com
ISBN: 978-84-19207-49-4
Depósito legal: M-12.451-2022
Impreso en Cofás
Printed and made in Spain

Papel 100% procedente de bosques gestionados
de acuerdo con criterios de sostenibilidad

Jerónimo Andreu

El sueño del cíclope

Siruela

Nuevos Tiempos Policiaca

Para Candela.
Para Héctor.

«Serena trata el pasado como tratan las moscas el cristal de una ventana: lo recorre arriba y abajo, se golpea contra él la cabeza, se agota tratando de encontrar en él alguna luz, sin darse cuenta de que la luz y el cristal son dos cosas distintas».

Enrique de Hériz, *Mentira*

Introducción

El hombre se arremangó el jersey y tomó la temperatura del agua mojando un codo en la palangana con la misma delicadeza que si se dispusiera a bañar a un bebé. Luego abrió el saco que tenía sobre la mesa y extrajo de él a un gato recién nacido.

Levantó el animal hasta la altura de su cara y se detuvo un segundo a examinar los torpes pedaleos que daba en el aire, sus primeros pasos en el mundo. El gatito, ciego aún, le enseñó la lengua de lenteja.

El hombre suspiró y lo sumergió en el barreño. Con la palma posada sobre el cuerpecillo lo mantuvo apretado contra el fondo de plástico durante un minuto, tiempo suficiente para asegurarse de que no hubiera más pedaleos. A continuación sacó el cadáver y lo dejó sobre la mesa, como un trapo empapado en torno al que comenzó a crecer una mancha oscura de humedad. Luego alargó la mano y, con eficacia mecánica, extrajo del saco el siguiente gato de la camada.

Esta vez no le dedicó ni una mirada. El más difícil era siempre el primero.

Justo en el momento en que volvía a meter el brazo en el agua, un violento chirrido en la puerta del garaje le hizo levantar la vista. Unas manos fuertes arrastraron el portón metálico y se asomó la cara de un individuo unos veinte años más joven.

—¡Don Matías, la Guardia Civil! —le gritó.

—Vámonos —respondió el hombre, con la voz ronca por culpa del rato que había permanecido en silencio.

Se apartó del barreño y corrieron hacia la portezuela trasera, pero antes de llegar ya la estaban golpeando desde fuera. Los dos hombres se detuvieron, conscientes de que los habían rodeado. Los guardias civiles entraron por las dos puertas al mismo tiempo, apuntándolos con las pistolas y gritándoles las órdenes habituales:

—¡Al suelo! ¡Las manos donde puedan verse!

No opusieron resistencia. El más joven resoplaba mientras se arrodillaba.

—Tranquilo —le chistó don Matías mientras los esposaban los primeros agentes, los más inquietos, los que se comportan siempre como perros de presa, derribando todo al entrar, repartiendo golpes.

Enmarcadas en el vano de la puerta, las siluetas de los dos guardias que dirigían la operación se recortaron contra la noche plagada de estrellas de la Axarquía malagueña. Uno era alto y de nuez prominente, con las tres barras rojas de cabo cosidas al hombro; el otro, un sargento, parecía construido en ladrillo, más bajo pero sólido y con la seguridad en los gestos que da vivir por encima en el escalafón.

—¿Dónde está la droga? —Se acercó hasta don Matías el sargento.

—Aquí no hay. —Lo miró este con sus ojos cargados de bolsas.

El guardia civil hizo un gesto a los agentes para que iniciaran el registro, comprobando a golpe de bota y culatas si alguna pared sonaba hueca, repasando si el cemento de las baldosas del suelo estaba fresco y desplazando los bancos de trabajo en busca de compartimentos secretos.

Don Matías sonrió. Era tan ancho de hombros como el sargento, con la piel aceitunada y los ojos de un verde marino, unos sesenta años y el pelo en sortijas que le descendían por el cuello.

—No vais a encontrar nada. Hay mucho narco dando soplos falsos para despistar.

El sargento asintió irónicamente. Dos agentes entraron al garaje transportando unas escaleras bajo el brazo y comenzaron a desmontar las placas del falso techo. Otro apareció con un enorme mazo con el que fue metódicamente probando las distintas melodías que emitía cada palmo de suelo. En una loseta pareció encontrar una nota que le sedujo.

—Esto está hueco —anunció.

Sus compañeros se arremolinaron en torno a él, pero los apartó con un movimiento enérgico y levantó el mazo. Lo descargó sobre el suelo y la loseta se levantó por un extremo. Dos hombres la terminaron de sacar valiéndose de una palanca y la echaron a un lado, dejando al descubierto un hueco del tamaño de una boca de alcantarilla.

—Bajo yo —dijo el guardia de la maza mientras la cambiaba por una linterna.

Se sentó al borde del agujero y se dejó caer tras comprobar que el fondo quedaba a menos de dos metros. Lo siguieron tres agentes más.

—Parece vacío, pero vamos a mirar —anunciaron.

Durante largo rato no se los volvió a oír. Al principio los demás esperaron inmóviles a que les comunicaran novedades, pero terminaron regresando a sus tareas, desplazando muebles por el garaje y golpeando paredes al azar. Un cuarto de hora más tarde, los cuatro de la catacumba regresaron a la superficie cubiertos de polvo y con cara de disgusto.

—Se lo han llevado —anunciaron.

El abatimiento se contagió a todos los guardias. Los ojos de don Matías sonrieron cuando los dos jefes se reunieron en una esquina para hablar, cubriéndose la boca mientras cabeceaban como caballos.

En ese momento, un tercer hombre salió de la noche y se asomó a la puerta del garaje. Por la familiaridad con la que se acercó a los guardias parecía conocerlos, pero no vestía uniforme. Don Matías se dio cuenta de que tampoco lo recibían como uno de los suyos, sino con una abierta frialdad, como si les incomodara tenerlo por allí. Ese le pareció un detalle preocupante.

—Perdón por el retraso. ¿Cómo va la cosa? —saludó el recién llegado.

Los dos guardias se le acercaron con la intención de comentar los escasos resultados de la búsqueda. Se alejaron unos pasos para que no pudieran escucharlos. Don Matías se aferró a su sonrisa, dispuesto a mantener el optimismo. Con su hombro golpeó el de su cómplice para transmitirle su buen humor. Este le devolvió una mueca poco convencida. Andaba ya cerca de los cuarenta, pero aún no se había curtido, ni se curtiría en la vida. Si no fuera el marido de su hija, sabía que don Matías no le dejaría trabajar para él.

Los guardias y el extraño volvieron al garaje después de su conversación. Una vez que había abandonado el contraluz, el recién llegado llamaba la atención por sus rasgos extranjeros, con el pelo pajizo y las pestañas quemadas. Avanzó con decisión hacia los hombres esposados, pero se detuvo frente a la mesa al distinguir el gato muerto. En la palangana flotaba el segundo. Abrió el saco y encontró agitándose tres más, aún calientes tras el parto. Eran tan pequeños que no sabían maullar.

Se acuclilló ante don Matías, y este lo recibió con una mirada de suficiencia.

—¿Quiere un gato? —le preguntó desafiante.

El rubio negó con la cabeza. Repentinamente, don Matías pareció sentirse obligado a justificarse:

—Antes los mataba con toda tranquilidad. Ahora me he hecho viejo y cuesta más, pero alguien tiene que hacerlo.

El visitante se levantó. Parecía uno de esos vagabundos escandinavos que de vez en cuando quedan encallados en la Costa del Sol, siempre cubiertos de arena. Tenía la piel cuarteada, y del cuello de la cazadora le asomaba el rabo de un tatuaje.

—Yo sé dónde tienes la droga —le soltó a don Matías con un acento andaluz tan sorprendente como el anuncio que acababa de lanzar.

Don Matías levantó una ceja. Notó cómo su yerno se revolvía y tuvo ganas de golpearlo, en parte para exigirle discreción, pero también por desahogarse. El recién llegado no le dio tiempo: obligó al viejo a ponerse de pie agarrándolo por las esposas y, con la mano libre, cogió el saco lleno de gatos.

—Vamos —ordenó al sargento y al cabo, que se miraron con cierto fastidio por tener que andar a rebufo de aquel fulano.

Pese a todo, lo obedecieron y salieron del garaje mientras el resto de los agentes se quedaban con el yerno. La noche era plácida. Solo se oían los grillos y los ruidos provenientes del registro.

—Hemos mirado en el otro garaje también —informó el cabo espigado con un inconfundible deje gallego.

—¿Y qué habéis encontrado? —preguntó el rubio.

—Aparejos de pesca, dos motos de agua, boyas... Nada de droga.

De camino al coche patrulla cruzaron frente a un barquito colocado sobre un remolque.

—Te gusta pescar, ¿eh? —le preguntó el rubio a don Matías, que se encogió de hombros, cada vez más incómodo.

—A mí también —siguió—. En barco no, porque nunca me ha dado para un barco. Con la cañita en el espigón.

Subieron al coche. El sargento y el cabo delante, y el narco y el rubio detrás.

—Tenemos una lancha esperándonos en la playa —anunció este mientras colocaba el saco con los gatitos entre sus pies.

El sargento chascó la lengua sin poder contenerse más tiempo y envolvió con el brazo el cabecero de su asiento para girarse hacia atrás:

—A ver, yo entiendo que lo de la cooperación internacional está genial. Lo que no sé, y a lo mejor meto la pata, es por qué tienes que venir tú de Inglaterra a organizarnos la vida: a dirigir el registro, a encargar una lancha... Hablo sin mala intención, eh —puntualizó con evidente mala intención—. ¿Cómo me dijiste que te llamabas?

—Joseph. —Sonrió el rubio—. Y no estoy organizando nada. Este caso es vuestro y las detenciones son para vosotros: yo solo os paso una información que me ha llegado. Hablé con tu coronel, Santangracia, que estuvo destinado en Algeciras y nos conocemos desde entonces. Le conté lo que yo sabía y ha sido él quien lo ha arreglado con la comandancia. Lo de la lancha y todo. ¿No os ha avisado?

El sargento resopló con fastidio y posó las manos en el volante:

—Nos contó que eras un poco pesado, pero no tanto —dijo arrancando el coche, sin dar opción a que la charla se prolongara.

Joseph tampoco parecía ansioso por hablar. Permaneció en silencio mientras terminaron de recorrer el sendero que atraviesa los campos de cultivo en torno a la playa de Almayate. El coche se internó a trompicones en el último cordón de dunas y cañizos. Las marcas de neumáticos sobre la arena cenicienta revelaban el tráfico incesante de todoterrenos mucho mejor equipados para aquella tarea. Frenaron en cuanto tuvieron la orilla a la vista y descendieron con una coreografía de portazos. El ruido de los grillos había sido devorado por el embate de las olas. En el aire flotaba un olor a algas secas.

—Allí están. —Joseph señaló la lancha.

Los cuatro guardias civiles vestidos de neopreno que los estaban esperando mostraban un sorprendente buen humor para la misión que tenían asignada.

—Una noche cojonuda para darse un bañito. —Les tendió la mano el piloto de la embarcación.

—Perdón por sacaros de la cama —respondió Joseph.

El buzo de mayor edad suspiró con resignación:

—No es la hora más agradable para estas cosas, pero si no queda otra...

—Pues parece que no —dijo el gallego—. Si no encontramos la droga ya, el juez deja a los detenidos en la calle.

Sin más formalidades, cada hombre fue tomando la posición que le correspondía en el bote neumático. El buzo más joven lo empujó unos metros mar adentro antes de saltar al interior. Joseph le entregó al piloto unas instrucciones en una página de cuaderno.

—Estas son las coordenadas —le indicó.

El hombre las introdujo en el GPS y arrancó el fueraborda. Don Matías, con las manos esposadas entre las rodillas, era un hombre demudado. Mantenía la vista en el fondo de la embarcación, que continuó avanzando hacia la oscuridad.

Mientras la espuma del mar se montaba en torno a la hélice como nata en un cuenco, el piloto seguía sin apartar la vista de las indicaciones de la pantalla que los guiaba a través de la negrura. Cuando llegaron al punto indicado, apagó el motor. Los buzos se ajustaron las aletas y comprobaron las botellas de oxígeno.

—Aquí cubre veinte metros —dijo el primero.

El piloto asintió para dar su aprobación. El submarinista se colocó la máscara, se dejó caer de espaldas por la borda y un desagradable frío los salpicó a todos.

El segundo buzo lo siguió al instante, y el sargento aprovechó la pausa para encender un cigarrillo que brilló con un rojo maligno. Todos permanecieron inmóviles, dejándose mecer por las olas y los inquietantes murmullos del mar en las horas previas al amanecer, hasta que al cabo de cinco minutos emergió con un plop el primer globo aerostático. Después de él, con un suave borboteo, otra decena de burbujas amarillas fueron saliendo a flote.

Los ojos de don Matías se llenaron de espanto, como si quienes estuvieran regresando de las profundidades del mar fueran los miles de gatitos que había ahogado a lo largo de su vida. Indiferentes a su alucinación, los agentes comenzaron a izar a bordo los globos que habían encontrado los buzos y que, al ser activados, se llenaban de aire y emergían arrastrando los fardos de hachís escondidos en el fondo.

—Yo no tengo nada que ver con esto —farfulló don Matías sin que nadie le hubiera preguntado nada.

Joseph se sacó del chaquetón un DVD y se lo entregó al sargento:

—Aquí tenéis el vídeo con el desembarco hace dos noches. El barco desde el que se lanzan la droga con los globos es el mismo que tiene en su finca, el que hemos visto antes. Se distingue la matrícula, y se lo ve a él en cubierta.

—¿Quién lo grabó? —preguntó el sargento.

—Una colaboración ciudadana. Sin más preguntas. —Sonrió Joseph.

Don Matías volvió a hundir la cabeza, dejándose llevar por sus pesadillas. Pronto tuvieron una decena de fardos sobre la lancha. Todos estaban bien aislados y marcados con las iniciales de sus respectivos dueños: los traficantes que habían pagado un precio conjunto a los transportistas para que sacasen la droga de Marruecos, la dejaran descansando en el mar, a una distancia prudente de tierra, hasta encontrar el momento oportuno, y luego la desanclasen, la llevaran a la costa y se la entregaran a sus propietarios lejos de miradas indiscretas.

La medusa de paquetes y cabos era demasiado espesa para deshacerla, así que los guardias la ataron a la lancha y la arrastraron hasta la costa.

—Son profesionales —explicó el buzo veterano, secándose ya sobre la lancha—. Los globos hidrostáticos estaban listos para subir en cuanto les abrieran la válvula. Cada uno tira para arriba con doscientos kilos.

El gallego soltó una carcajada de alivio.

—Es la última operación que me quedaba, y estaba acojonado por fastidiarla y que me gafase el traslado.

—No, hombre —le dijo un buzo—. Ya ves qué éxito. Cuatro mil kilos.

—Pues sacamos esto y marcho corriendo de aquí —dijo el gallego— porque este ritmo no lo aguanto más.

—¿Adónde te vas? —preguntó el buzo.

—Cerquiña de casa, a Ponferrada. Dejo la Costa del Sol para los jóvenes.

El buzo lo felicitó:

—No hay comparación. A poner multas a las vacas.

Terminaron la tarea entre bromas. Cuando llegaron a la playa, una patrulla los esperaba con un todoterreno para arrastrar la droga fuera del agua. Mientras los buzos enganchaban los paquetes al remolque, un agente se acercó a Joseph con un teléfono móvil.

—Señor, el coronel Santangracia me pide que le enseñe esto —lo abordó.

Joseph cogió el teléfono y observó la fotografía en la pantalla. Era Conor Whelan, gestor del gimnasio Muscle's de Marbella y responsable de la seguridad personal de Ron Keane, jefe de la mafia irlandesa en España. La enorme cabeza afeitada del matón descansaba contra la ventanilla de un coche como si estuviera echando una siesta en el arcén a mitad de un largo viaje por carretera. Pero no dormía. Estaba maniatado en el asiento delantero, con el rostro amoratado por los golpes y un agujero en el pecho bajo el que la camiseta se volvía un babero rojo.

—Lo han encontrado a diez kilómetros de aquí —dijo el agente— dentro del mismo coche que se lo llevó de Marbella.

Joseph asintió y le devolvió el teléfono. Levantó la vista. A la luz del amanecer, el aspecto de aquella playa era aún más inhóspito: estrecha e inundada de ramas secas arrastradas por los temporales del otoño. En ese momento se acercaron el sargento y el cabo.

—Es él, ¿verdad? —preguntó el cabo, que también había recibido la foto en su teléfono.

—Sí —confirmó Joseph la identidad de Whelan, secuestrado la noche antes por un grupo de encapuchados mientras cenaba en una terraza del paseo marítimo de Marbella.

Todo apuntaba a que el asesinato había sido obra de sus rivales, la familia Lyall, vecinos de Dublín y competidores también en la Costa del Sol por la hegemonía del hachís que engrasaba los negocios de tráfico de armas en toda Europa.

—Pues menos mal que nos hemos dado prisa, antes de que se corra la voz.

—O no. —Se incorporó a la conversación el sargento—. Podíamos haber esperado unos días y detenerlos a todos mientras sacaban la droga del agua.

Joseph lo miró. El cuello musculado del guardia estaba coronado por una cabeza desproporcionadamente pequeña, con una nariz aplastada que hacía pensar en un cráneo de esqueleto atornillado a un cuerpo de culturista. La impresión quedaba reforzada por un pelo extremadamente corto que arrancaba muy atrás en la frente, y unas gafas de espejo que el sargento se había colocado con la salida del sol y que perfectamente podrían estar ocultando dos cuencas oculares vacías.

Joseph se encogió de hombros:

—Dos familias de la mafia irlandesa peleándose por un cargamento de hachís, cada una asociada a una organización de narcotraficantes españoles, un secuestro a tiros, y el secuestrado que aparece torturado en un coche, pistoleros buscando la droga por toda Andalucía, posibles represalias... No sé cuáles son las prioridades de la Guardia Civil, pero yo diría que lo más prudente era encontrar la droga rapidito.

El sargento no respondió. El rencor se adivinaba tras sus gafas de sol. Un viento desagradable comenzaba a levantar la arena.

—Tengo que coger un avión en dos horas —dijo Joseph—. El coronel dijo que me podríais acercar al aeropuerto.

El gallego miró de reojo al sargento. Este relajó la mandíbula.

—Vale. Tenemos que ir a Málaga de todas maneras.

Los tres hombres volvieron al mismo coche en el que habían llegado a la playa, que bullía ahora por la actividad policial. Los agentes cargaban los fardos de droga, mientras don Matías esperaba esposado contra otro todoterreno, con los ojos perdidos en el mar.

Joseph se sentó en el asiento trasero y se desperezó.

El cabo gallego se abrochó el cinturón de copiloto:

—Tú en el avión podrás echarte una siesta. A nosotros nos queda todo el papeleo.

—No me gusta mucho el avión.

—Tan malo no será, digo yo, si andas todo el día yendo y viniendo de Londres hasta aquí.

Joseph respondió con una sonrisa burlona:

—¿De dónde crees que vengo yo?

El guardia pareció confuso, como si le asustara haber soltado una impertinencia:

—Inglés, ¿no? Bueno, o de Escocia o algo parecido.

Joseph sacudió la cabeza.

—Soy más de aquí que vosotros. De Gibraltar. Me apellido Sanchez, Joseph Sanchez.

—¿Lo dices en serio? —Se giró el cabo.

Joseph se fijó en el sargento, que no había hecho un solo gesto desde que arrancó el coche. Estaba seguro de que él sí había comprobado su identidad. El coronel Santangracia tampoco se caracterizaba por su discreción. En los años durante los que colaboraron en La Línea, cuando Joseph trabajaba para la Royal Police gibraltareña, Santangracia había dejado claro que le gustaba ser el primero en anunciar las novedades, anotándose todos los tantos con periodistas y políticos. Así se construye una carrera.

—Sí —confirmó—. Soy llanito. Y de los que prefieren no alejarse del Peñón.

—¿Entonces, por qué coges ahora el avión?

Joseph resopló resignado.

—Una mala jugada que me han hecho. Tengo que ir de turismo a Londres, pero hacía años que no pasaba por allí.

En cincuenta minutos el coche se detuvo frente al cartel de salidas del aeropuerto de Málaga-Costa del Sol.

Joseph abrió su portezuela, pero antes de descender, recordó algo.

—Un segundo —dijo, y se sacó de entre los pies la bolsa de esparto—. Espero que os gusten los gatos —se despidió dejándola sobre el que había sido su asiento.

El sargento miró el saco con fastidio. Antes de que pudieran decir nada, Joseph ya se había perdido dentro de la terminal.

—Menudo personaje —bufó el guardia mientras hacía girar el volante para reincorporarse a la circulación.

—¿Pero quién es exactamente? —preguntó el gallego mientras recogía el saco y se lo colocaba sobre las piernas.

—Tampoco te creas que lo sé muy bien. —El sargento se tomó una pausa, organizando la información desordenada que le había llegado sobre Joseph—. Un antiguo policía de Gibraltar, pero lo echaron de allí. Bebía y era un broncas. Luego dicen que se metió a contrabandista de tabaco, pasando cartones por la Verja. Y después se hizo medio detective, buscando a guiris que se pierden por aquí, líos de drogas... No sé, pero en el Campo de Gibraltar está metido en todos los saraos. De ahí conoce al coronel.

—¿Son amigos?

—Amigos no sé, pero el jefe dice que le ha echado el cable un puñado de veces. Él sabrá lo que hace, pero yo no me fío de un tío así.

—Hombre, un poco cara de toxo sí que tenía.

—La cara me da igual. Lo que me preocupa es que todo el mundo sabe que habla con los irlandeses. Con la mafia. ¿Cómo te crees que se enteró de esto? De ahí sacó el vídeo.

—¿En serio trabaja para ellos? —preguntó atónito el cabo.

—No sé si llega a trabajar para ellos, pero está claro que saca tajada de los líos que se traen. Tú sabes mejor que yo para quién curra la banda del Matías: para la familia de los Lyall. Así que hoy, gracias al tío este, los Keane se han cobrado el soldado que les mataron anoche.

—¿Y qué gana este metiéndose en ese lío?

—Ni idea. Esto de los espías es muy raro.

—¿Espía?

—Eso se dice también. —Se le escapó una carcajada—. Que los ingleses lo usan de espía. Por eso no he abierto la boca en toda la noche. No quiero que me saque nada.

—Pues ya podías haberme avisado.

—Te estaba vigilando, a ver si se te escapaba algo.

—Ya, pero por si acaso.

Frente a la pesadumbre que por instantes iba apocando al cabo, el sargento parecía haberse sacudido toda la tensión acumulada.

—¿Queda algún bicho vivo? —Señaló la bolsa de los gatos—. A lo mejor le puedo llevar uno a mi hija. Pero tendremos que parar a comprarles de comer. Nos los ha colado el puto guiri.

I

El taxi se detuvo frente a Vauxhall Cross. Joseph descendió y contempló el edificio que se levantaba ante él, aquella pirámide truncada con incrustaciones de piedra turquesa que alguien había abandonado a los pies del Támesis.

—¿Ve lo que quería decir? —le preguntó el taxista con un cerrado acento londinense.

—Creo que sí —concedió Joseph, también sin disimular su deje llanito, responsable de que siempre le dieran un par de vueltas más de lo necesario.

Cuando le pidió en el aeropuerto que lo llevara hasta el 85 Albert Embankment en Vauxhall, el conductor le había respondido crípticamente:

—¿A las torres Ceaucescu?

En ese momento Joseph no había entendido la broma local, pero al bajar del auto se le hizo evidente, incluso si a él la visión de aquel adefesio le evocaba, más que un palacio comunista, un *spa* para dioses jubilados.

El taxista se marchó con una risotada, y Joseph se encontró solo frente a la sede del mítico MI6, el Secret Intelligence Service.

A lo largo de sus años en la Royal Gibraltar Police, Joseph había tenido demasiado trato con los servicios de seguridad como para que las fantasías sobre el espionaje británico le siguieran impresionando, pero los relatos escuchados durante la infancia siempre continuaban dando guerra desde alguna gruta perdida dentro de la fosa abisal de la memoria. Y entre las historias que llevaban el glorioso sello del MI6 había algunas tan inolvidables como las andanzas de los agentes que defendieron Gibraltar contra los nazis en la Segunda Guerra Mundial, la traición de los cinco de Cambridge y, por supuesto, las notas firmadas en tinta verde por C, the Chief, el impasible director de la agencia.

Levemente impresionado por aquellos referentes, Joseph cruzó el arco de metales de la entrada, se identificó y anunció que tenía una cita con recursos humanos. Un bedel lo acompañó en ascensor hasta la tercera planta. Allí una secretaria vestida de rojo lo hizo pasar a una sala de espera que parecía cincuenta años anterior a la construcción del propio edificio. El suelo era de linóleo, las paredes estaban forradas en madera y un paragüero de cerámica con un paraguas solitario rimaba a la perfección con el cielo gris que se asomaba tras las cortinas de los ventanales.

Tras dejarlo unos minutos contemplando el muro

de nubes, la secretaria de rojo regresó a buscarlo. La mujer lo estudió por encima del marco de sus gafas.

—Puede pasar —le dijo, guiándolo hasta una estancia con la puerta acolchada en cuero.

Un hombre cercano a los sesenta años vestido de *tweed* lo esperaba con los brazos cruzados y apoyado sobre su mesa. Joseph reconoció al clásico producto elitista de Oxbridge.

—Póngase cómodo. —Le señaló una silla.

Joseph obedeció. El despacho estaba decorado a base de piezas de arte colonial. Las paredes lucían máscaras de ébano con penachos de plumas, y en las estanterías se apelotonaban tantas tallas africanas como libros que llevaban décadas sin ser consultados.

—Señor Sanchez, un placer. —Le estrechó la mano el funcionario, evitando decir su nombre para indicarle a Joseph que era a él a quien le correspondía estar al tanto de con quién hablaba—. ¿Viene a menudo por Londres desde su soleada España?

—Mis padres me trajeron una vez de pequeño. Luego estuve de paso cuando me mandaron a la Universidad de Hull.

—Entiendo. —Sonrió el reclutador sin evitar parecer despectivo—. Asumo entonces que no conocía nuestras instalaciones.

—En absoluto.

—Bueno, para nuestra desgracia producen una impresión duradera, así que no creo que las olvide. Hay quien las llama «Babilonia en el Támesis» por su parecido con un zigurat; otros, «el templo maya», «Legoland», «las torres Ceaucescu»... El arquitecto quería una estructura imponente para recordarles a los ciudadanos el poder del Estado, pero, si nos preguntan a los que trabajamos aquí, nos verá escépticos con la idea de que los servicios secretos deban alojarse en el edificio más llamativo de Londres. Se vivía más tranquilo cuando nuestra sede era un caserón anónimo, pero en los tiempos que corren esa discreción ya no es posible, y este monstruo compensa su fealdad con todos los avances en seguridad: ventanas blindadas, inhibidores de frecuencia... Me parece una buena idea, porque yo mismo desearía bombardearlo cada vez que lo veo. Si le interesa, la secretaria puede hacerle una visita más tarde. Tenemos de todo, hasta una piscina climatizada.

—No soy muy de piscina.

—La verdad es que yo tampoco —respondió el funcionario al comentario levemente impertinente—. Pero como supongo que no habrá cogido un avión para hablar de nuestras preferencias deportivas, permítame que comience. El discurso que les damos a los nuevos es tan aburrido como se puede imaginar: «Querido, esta es una oportunidad única de formar parte de un equipo dinámico y multidisciplinar dentro de una organización estable y con enorme tradición».

El reclutador hizo una pausa teatral que utilizó para humedecerse los labios, buscando la complicidad de Joseph.

–Ese el guion obligatorio para los candidatos que llegan a esta fase, pero en el caso de una persona con tanta experiencia como usted creo que podemos pasar a algo más directo. Después del periodo de prueba que ha completado durante los últimos meses, en el MI6 estamos interesados en formalizar nuestra relación ofreciéndole un puesto de agente de enlace. Querríamos que trabajara en España a las órdenes de un agente principal que dirigiría sus intervenciones desde Londres. No sé si está al tanto de las particularidades del MI6.

—Desde que trabajé en la Royal Police de Gibraltar he colaborado muchas veces con el MI5 —respondió Joseph.

El funcionario guiñó el ojo como el presentador que escucha la respuesta errónea de un concursante impetuoso.

—Sé que conoce esa ala de los servicios de inteligencia —retomó la palabra—, pero somos muy distintos de nuestros colegas del MI5. Discúlpeme que resulte demasiado tajante, pero le aseguro que una organización y otra representan el día y la noche. No solo porque ellos se centren en el trabajo en el interior de Reino Unido mientras que nosotros lo hacemos en el extranjero; se trata, por encima de todo, de una filosofía distinta. Digamos que ellos son una prolongación de los cuerpos policiales. Aunque no les guste admitirlo, son policías. Mientras tanto, nosotros nos dedicamos a obtener información y a analizarla. Somos espías, analistas de inteligencia, o como quiera llamarlo. No desembarcamos en los casos a patadas, igual que si fuéramos boinas verdes, porque ya hay equipos especiales en la policía y el ejército que se dedican a eso. Nuestros agentes se distinguen por su capacidad para operar de forma muy discreta en ambientes hostiles. Puede que el trabajo en el MI5 sea mejor para mantenerse en forma, con músculos tonificados y esas cosas, pero le aseguro que el nuestro está a otro nivel intelectual. Lo único que les envidio es su sede, el Thames House —suspiró—, unas oficinas perfectamente anodinas.

Después de unas pocas frases, Joseph no necesitaba mucha más información para ubicar a su reclutador. Ya tenía claro que era uno de esos servidores públicos que cada mañana hacían gárgaras frente al espejo sintiéndose orgullosos por formar parte de un imperio. El hombre retomó impulso y continuó:

—Hace años que en el MI6, o el Servicio de Inteligencia Secreta, o simplemente el SIS, nos ha tocado acostumbrarnos al cambio. Desde el fin de la Guerra Fría hemos dejado de obsesionarnos con la amenaza soviética para abrirnos a una gama mucho más rica de paranoias que abarcan desde el terrorismo islamista al espionaje industrial, pasando por la guerra biológica y el cibercrimen. Entre tanto, todo el mundo sabe que nos hemos dado un par de batacazos, sobre todo con la pifia de Irak y las armas de destrucción masiva, pero también tenemos unas cuantas medallas que colgarnos. Lo importante es que la esencia del trabajo no ha cambiado. Básicamente nos dedicamos al negocio de las relaciones humanas. Necesitamos gente inteligente, capaz de sacar información de personas que en la mayoría de los casos también son inteligentes, o al menos creen serlo. Buscamos conocimientos que sean importantes para nuestra seguridad, para nuestras empresas y nuestra forma de vivir.

Joseph no parpadeó.

—Y no le voy a mentir. —Carraspeó el funcionario para indicar que se disponía a mencionar un asunto espinoso—. Para nosotros ha pesado mucho que la persona que lo recomendara fuese el agente Patterson.

Joseph sabía que aquel nombre iba a salir en la conversación, pero haberlo anticipado no le evitó sentirse mal. Apenas había conocido a Patterson durante la misión para la que lo enviaron a Gibraltar el año anterior; sin embargo, le dolió que lo mataran en una emboscada casi infantil, de la que él tenía que haberse dado cuenta. Paradójicamente, también entendía que esa muerte era la causa de que el SIS se hubiera decidido a fichar a una persona que conociese realmente el Peñón, en lugar de seguir recurriendo a paracaidistas que no sabían moverse en un escenario recorrido por tantas ambigüedades.

—Así es.

—Era un agente con un futuro brillante —dijo el director con un aire trascendente que le desagradó— y nos dio unos informes inmejorables de usted.

Joseph no fue capaz de añadir nada más. La muerte de Patterson le seguía escociendo, pero lo realmente insoportable era recordar que junto a él asesinaron a María, alias Pippa Hampton, y que ella sí estaba bajo su responsabilidad. Le habían contratado para que la custodiase, y en los diez minutos en que la dejó con Patterson, el policía que debía escoltarlos les disparó a traición para que la chica no revelase todo lo que podía revelar sobre la corrupción gibraltareña.

—Sé que Patterson le propuso colaborar con nosotros —cortó el funcionario sus lúgubres pensamientos—. Lo que no sé es si tuvo tiempo de adelantarle lo que implicaría el puesto. Para resumirlo, podría decirse que un agente de enlace es un agente no oficial, una antena ubicada fuera de Reino Unido.

—Un soplón.

—Eso sería simplificar demasiado su trabajo —esquivó el director la impertinencia—. El enlace debe actuar como informante, por supuesto, pero sus funciones son más amplias. Usted estará bajo la supervisión de nuestro agente McPhail, que dirigirá desde aquí sus movimientos. Si quiere, ahora podemos pasar a hacerle una visita: está a dos despachos de aquí. O quizá prefiera no tener ningún contacto personal: esa es la opción que solemos recomendar por razones de seguridad. En cualquier caso, a partir de hoy tendrá la obligación de reportarle cada uno de sus pasos, y contar con su autorización para dar los siguientes. Además, a ese trabajo de investigador se le añaden otros de apoyo logístico, ya sea para casos que estén siendo coordinados por McPhail o por otros agentes que necesiten asistencia en España cuando tengan que desplazarse allí. Serían tareas poco atractivas para usted pero muy importantes para nuestra logística: poner a disposición de los agentes cuentas bancarias para que oculten fondos, facilitarles un alojamiento sobre el terreno, introducirse en ambientes locales en los que nuestro personal tendría dificultades para desenvolverse...

Joseph clavó la vista en el pañuelo que asomaba por el bolsillo de la chaqueta del funcionario. Hablar de «dificultades para desenvolverse en ambientes locales» era una forma delicada de decir que quizá los estirados del SIS fueran capaces de pasar desapercibidos en el consejo de una compañía petrolera, pero nunca de hablar con el dependiente de una gasolinera sin levantar sospechas.

El hombre continuó:

—Insisto en este punto porque quiero que le quede claro que en el MI6 se trabaja en equipo, por mucho que su tarea diaria sea una labor solitaria. Usted es un tipo al que resulta difícil de imaginar en una fiesta de oficina; me parece bien: ese es su carácter, y la iniciativa es una cualidad que se agradece en los agentes de enlace. No le pedimos que cambie su naturaleza, pero tenga claro que no puede meter la pata, porque se arriesga a dejar expuestos a sus compañeros.

—Entiendo —dijo Joseph.

—Normalmente el reclutamiento es un proceso que dura seis meses. Incluye entrevistas, perfiles psicológicos, un examen obligatorio para todos los empleados del Gobierno... El punto final es un campus en el que los candidatos compiten en análisis de datos, juegos de roles y resolución de casos prácticos.

—No voy a hacer nada de eso —cortó Joseph al reclutador. Haciendo gala de la infinita paleta de expresiones que manejan los servidores británicos, este sustituyó su aire de cordial sarcasmo por uno de discreto fastidio.

—Nadie aquí pensaba que usted fuera a hacer esas pruebas. Únicamente le informo de su existencia para que entienda todo lo que esperamos de un nuevo recluta y, sobre todo, que la presión es un componente importante del trabajo.

—Ok. Puedo vivir con eso.

—Me alegra saberlo. ¿Y hay algo para lo que se vea incapacitado? Quiero decir: ¿hay algo que le impida trabajar en el MI6?

—No.

—¿Tiene familia?

Menos capacitado que su interlocutor en el arte del autocontrol, Joseph hizo un esfuerzo por no responder con un mordisco. No le cabía duda de que conocían su expediente personal. Alcohólico. Viudo. Causa de la muerte: sobredosis de barbitúricos.

—No —se limitó a responder.

—Bueno, en cualquier caso sabe que no puede ir contando por ahí a lo que se dedica. En los servicios secretos tenemos prohibido compartir casi nada, y eso pesa en la moral, también en la colectiva. En los últimos años, por culpa del contexto internacional, la agencia ha pasado una crisis de autoestima. Ahora queremos darle una vuelta a esa situación. Necesitamos menos dinosaurios en plantilla y más gente que empuje: mujeres, minorías étnicas, jóvenes con conocimientos informáticos...

—La informática tampoco es uno de mis puntos fuertes —interrumpió Joseph.

El funcionario alzó la mano conciliador:

—Lo sabemos, pero usted tiene otras virtudes. Quizá la más importante sea su capacidad para moverse igual entre españoles que entre británicos.

Ahora el reclutador pareció dudar, pero terminó lanzándose:

—Y no es solo eso. Mírese. —Señaló a Joseph con la mano extendida, casi sonriendo de admiración al repasar sus vaqueros desgastados, una parka sin forma, y una camisa de pequeños cuadros verdes y azules que nunca había visto la plancha—. La mayoría de los candidatos que se sientan en su silla llegan con el traje y la corbata de su padre. Puede que usted no sepa programación, pero, por muy difícil que resulte desencriptar una base de datos, lo más complicado sigue siendo conseguirla: convencer a alguien de que te la dé, o quitársela con tus propias manos. —Hizo el gesto de tirar hacia sí de un objeto imaginario—. No se nos ponen al alcance muchos agentes con un perfil tan... operativo como el suyo.

Joseph dejó escapar un suspiro cargado de escepticismo.

—Hablo en serio —continuó el director—. Su expediente es muy atractivo. Ha trabajado diez años como jefe de escolta del Chief Minister de Gibraltar. Gracias a eso, está al tanto de cómo funciona el Gobierno por dentro. También sabemos que ama a su país, aunque no lo reconocería jamás: su principal colaboración con el MI5, hace cinco años, consistió en desmontar una red de agentes corruptos de la Royal Police, y por eso le expulsaron. Pagó usted un precio muy alto por un acto de lealtad. Para nosotros es imprescindible tener un hombre con raíces en la Roca. Han sido demasiados años fiándonos de enlaces ocasionales o de la OTAN. Ahora tememos que Gibraltar pueda habérsenos escapado sin darnos cuenta. Hace cuarenta años, los gastos de nuestro Ministerio de Defensa representaban el sesenta por ciento del presupuesto del Peñón, y ahora no llegan al seis. Necesitamos reforzar nuestra influencia. Nuestros centros de escucha allí son fundamentales para controlar África, tenemos campos de operaciones con los americanos, un astillero militar y un cuartel de los tres Ejércitos, pero carecemos de músculo para saber qué ocurre en la calle. Hemos perdido la agilidad.

El reclutador parecía frustrado después de su exposición.

—Piénselo. Un trabajo así no es fácil de encontrar hoy en día.

—No tengo nada que pensar. Si estoy aquí es porque ya he tomado la decisión —dijo Joseph.

El funcionario asintió, pero antes de continuar hablando colocó las palabras en su boca igual que si fueran una incómoda pastilla que se disponía a tragar, dejando patente que cerrar el fichaje de Joseph había supuesto solo la primera parte de su reunión, y que en ese momento empezaba lo importante.

—Me alegro de escuchar eso. Porque tenemos ciertas urgencias. Por supuesto, estamos satisfechos con las operaciones de prueba que ha hecho para nosotros, pero, después de esas escaramuzas de narcos y persecuciones, ha llegado el momento de subir un poco el listón. Me refiero a tratar asuntos que de verdad afecten a la seguridad nacional. Tenemos una primera petición, y digamos que entra dentro de su especialidad, porque no requiere infiltrarse ni labores de alto espionaje. Necesitamos únicamente que investigue esta red —dijo alargándole una carpeta que tenía sobre la mesa, oportunamente enterrada entre figuritas de marfil y lapiceros—. En los últimos meses se nos ha presentado un problema con la presencia de la mafia moldava en Reino Unido. Las primeras noticias que llegaron a nuestra policía se referían a actividades delictivas comunes: robos en casas y secuestros relacionados con deudas; pero su actividad ha ido diversificándose, y ahora tenemos la certeza de que hay un grupo en concreto, la familia Proca, que se dedica a introducir la mayoría de las armas que circulan por nuestras calles. Son increíblemente violentos y han estado implicados en varios ajustes de cuentas en Londres, Manchester y Newcastle. Pero lo que nos preocupa es que en las dos últimas redadas contra grupos yihadistas hemos encontrado fusiles automáticos y explosivos que han entrado en el país a través de ellos. Por lo tanto, se trata de un asunto que rebasa las competencias de la policía y nos implica a nosotros. Hasta ahora han sido capaces de detener a uno o dos de sus lugartenientes, pero de inmediato surge quien tome el relevo, porque la fuente de dinero y de distribución se mantiene estable por mucho que arresten a su gente en la calle. Sin embargo, desde que el MI6 se ha sumado a la investigación, hemos encontrado un punto débil en su aparato financiero. Tenemos indicios de que limpian el dinero en criptomoneda, en bitcoins. Nuestros servicios han encontrado un rastro que relaciona la cuenta que utilizan para comprar y vender la criptomoneda con un movimiento bancario que se hizo la semana pasada desde España, concretamente en una localidad cercana a su querido Gibraltar, La Línea de la Concepción —pronunció dubitativo—. Es la única pista que tenemos, y necesitamos que usted se ocupe de ella. Todos los detalles están en la carpeta que le acabo de entregar. El problema es que no podemos intervenir por medio de las vías oficiales porque no hay motivos sólidos para una investigación conjunta: estamos seguros de que la organización que opera con esa cuenta en España es la misma que mueve el dinero de los moldavos, porque la ruta informática que usa es casi idéntica, pero no hay indicios suficientes como para que la policía española lance una investigación de inmediato. Hemos compartido con ellos lo que tenemos y sabemos que tardarán en evaluarlo. Nosotros no podemos esperar: necesitamos intervenir antes de que los moldavos vuelvan a hacerse invisibles. Su misión consiste en encontrar a la persona que está blanqueando el dinero que llega a esa cuenta bancaria y sacar de ella todas las pruebas posibles para armar un caso contra los Proca. ¿Cómo le suena?

Joseph bufó:

—A chino.

—No se preocupe: usted solo tiene que centrarse en el trabajo de calle y McPhail le irá guiando desde aquí. En su equipo ya tiene todos los informáticos del mundo. No son malos chicos, solo un poco... raritos. Los llamamos los Mutantes, porque a veces parece que prefieren irse a la cama con sus ordenadores que tener contacto humano.

Joseph se rascó una ceja.

—Entonces, ¿estamos de acuerdo en todo? —preguntó el reclutador—. Voy a ir firmando los papeles. La secretaria le ayudará con el resto.

El director se sentó y garabateó con ligereza varios documentos.

—Recuerde que no nos gustan los aventureros —le dijo entregándoselos—, pero no se crea que el trabajo carece de peligros. Puede destrozarle. —Y en ese momento clavó sobre Joseph unos ojos como diminutas bayonetas que lo sorprendieron con la guardia baja—. Saber que alguien murió o fue a la cárcel por culpa de los errores de uno es un peso que no le deseo a nadie. Puede que no sean unas palabras de bienvenida muy agradables, pero prefiero que lo considere antes de que no haya vuelta atrás.

Joseph cogió con suavidad los papeles que le ofrecía. Sintió como si le estuvieran invitando a hacer una confesión.

—Creo que podré resistir —respondió finalmente.

El hombre torció el labio como si le diera pena escuchar esa respuesta y dejó que los documentos pasaran a manos de Joseph. Luego pulsó un botón de su teléfono y se oyó la voz solícita de la secretaria.

—Por favor, Lisa, ocúpese de los trámites del señor Sanchez.

El zumbido del interfono se extinguió con el siseo de una cerilla al caer en un vaso de agua.

—¿Hay algo más que tenga que saber? —preguntó Joseph.

—Sí. No importa lo que pase: aunque le descubran, niéguelo. No les dé nada.

Joseph asintió y se dirigió hacia la puerta. En el momento en que iba a salir, el funcionario lo llamó una vez más y señaló la ventana, aunque no se refiriese al paisaje que se veía desde allí, sino a su propio edificio.

—Si le parece feo, tendría que verlo cuando iluminan la fachada de rosa el día contra el cáncer. Entonces nos convertimos en una teta gigante.

Joseph cerró la puerta con suavidad. La secretaria de rojo lo estaba esperando de pie, los tacones juntos y las palmas de las manos extendidas para recoger los folios.

La mujer le sonrió con una intensidad de la que parecía que era incapaz hacía unos minutos. Las cosas parecían distintas ahora que Joseph era parte de la casa.

—Le voy a llevar ahora con el jefe de recursos humanos. Él formalizará todo.

—¿El caballero con quien acabo de hablar no se ocupa de recursos humanos? —preguntó extrañado Joseph.

La mujer lo miró con los ojos muy abiertos. Luego dejó escapar una carcajada cómplice:

—Está usted bromeando. El humor español es fantástico.

Joseph se detuvo a comprobar los documentos antes de entregárselos a la mujer. Todos estaban firmados con una gran C en tinta verde.

II

Joseph flotaba en el mar vigilando cómo los dedos de sus pies emergían y desaparecían entre las olas. Respiró profundamente. Estaba consiguiendo cumplir su propósito de nadar regularmente, al menos mientras durase el buen tiempo. Formaba parte del plan de vida ordenada que se había impuesto. Dormir seis horas, la carne a la plancha. Solo le faltaba ponerse a pescar de nuevo, la mejor forma de meditación que conocía junto a la que practicaba en ese momento: dejar que la marea lo acunase mientras las imágenes del día que tenía por delante se proyectaban en el interior de sus párpados como promesas de un viaje placentero y no una pesada carga.

Le gustaba nadar con brazadas perezosas, acercándose y alejándose de los barcos que adornaban perennemente el horizonte de aquel rincón del mundo que la geopolítica había convertido en autopista marítima: veinte buques contó aquel día esperando su turno para cruzar desde el Mediterráneo al océano Atlántico, de

Suez al canal de La Mancha, tan gigantescos como animales legendarios. Pero después de unos minutos de ejercicio, en cuanto sentía los músculos calientes, no se sabía resistir a la tentación de colocarse panza arriba y abandonarse a la deriva, cambiando la visión de los barcos por la bofetada luminosa del cielo. El de aquel día era casi añil, sin rastro del taró, la niebla que sube con el levante y forma una boina de nubes sobre el Peñón. Joseph cerró los ojos y se dedicó a escuchar su respiración, luego el palmoteo del agua en sus oídos. Pensó en Londres y sonrió: el MI6 contratando los servicios de un viejo contrabandista de tabaco. Pero, si a la reina no le importaba, menos iba a importarle a él. La despreocupación presidía su vida por primera vez en mucho tiempo. Sentía el orgullo tranquilo de los que han caído muy profundo y están vivos para recordarlo. Quizás lo más difícil había sido aceptar que la supervivencia pasaba por seguir un camino que hasta entonces nunca había querido escoger, pero renunciar a su orgullo, o al menos a un poco de él, era algo que en el fondo tampoco le iba mal. Sin olvidar que su nuevo trabajo le aportaba la estabilidad y el dinero suficientes para buscar a Ibtisam, su protegida fantasma. No había vuelto a verla desde el día en que la reconoció fugazmente por la calle en Marbella durante una misión de la que no podía distraerse, pero había seguido reuniendo pistas sobre ella. Sentía que el momento de encontrarla andaba cerca, y por primera vez estaba convencido de que sabría ser paciente. Cuando se reunieran, le diría que esta vez sí estaba en condiciones de ayudarla a vencer sus demonios, porque él al fin había aprendido a dominar los suyos.

Se giró de nuevo, como si el mar fuera una cama entre cuyas sábanas se pudiera enredar en un domingo moroso, hundiéndose y regresando a la superficie para coger aire. No le gustaba llevar gafas de natación, prefería el escozor de la sal y las sombras del fondo a pesar de que, como cualquiera que respetase el mar, a él también se le ponían los pelos de punta en el momento en que una de aquellas sombras cambiaba de tamaño o se movía demasiado deprisa.

Con la cabeza bajo el agua, pensó que no todo podían ser luces. También le preocupaba Angela, la alemana. Se había deteriorado muy rápido y ya no era capaz de valerse sin la enfermera que Joseph había contratado para cuidarla. A eso se reducía su vida social en los últimos tiempos: una jovencita marroquí que llevaba años desaparecida y una anciana que se iba perdiendo en la senilidad. Y con esa pareja de fantasmas le parecía que tenía más que suficiente para llenar su vida.

Nadó en paralelo a la orilla durante unos minutos más y dio por terminada la sesión deportiva. Luego posó los pies en la arena y se dirigió hacia la orilla de la Caleta, Catalan Bay en su versión británica: una pequeña playa en el extremo oriental de Gibraltar, aislada de la ciudad gracias al macizo del Peñón. La imponente pared de caliza empujaba hasta el borde del mar las casitas de pescadores genoveses, que se resistían a caer, escalando por la roca como ermitaños encerrados en caracolas de color pastel. Cuando salió del mar, Joseph avanzó hasta el fin de la lengua de arena que separaba las casas del agua, sacó la toalla de su mochila y comenzó a secarse. El nombre de la bahía era uno de los frecuentes misterios etimológicos de Gibraltar. Una leyenda aseguraba que un grupo de aventureros catalanes desembarcó allí durante un ataque británico en los tiempos de dominación española, otras fuentes más sobrias sostenían que el apelativo respondía a que los primeros pobladores del pueblecito eran de origen catalán, y una versión desencantada apuntaba a una confusión entre los distintos pueblos mediterráneos ocasionada por el detalle de que los catalanes vistieran de forma parecida a los genoveses que eran inquilinos de la playa desde hacía siglos.

La mayoría de los llanitos tomaba esta última propuesta como la buena, aunque solo fuera porque los genoveses habían sido tan abundantes en Gibraltar que durante mucho tiempo su lengua fue una de las que se usaban para escribir los bandos locales. A lo largo de generaciones habían conservado el monopolio de la pesca en la Catalan Bay, aunque ahora, como todos los habitantes de la costa, tuvieran que vivir a base de servir cervezas a los turistas.

De lo que no cabía duda era de que aquella playa era la favorita de Joseph. En su adolescencia, Abraham y él la llamaban Miami Beach, porque no se les ocurría un lugar más atractivo en el mundo. Por aquellos años la Verja con España aún estaba cerrada y su universo se limitaba a lo que pudieran ofrecerles los siete kilómetros cuadrados del Peñón. El aislamiento había favorecido que pasasen infinidad de horas allí, inventando aventuras en las cavernas y dando volteretas en el agua aprovechando los hombros del otro como trampolín. A cierta distancia, los años de niñez se presentaban como un relato tan sólido y feliz que resultaba sencillo borrar de él las infinitas horas de aburrimiento que los poblaban. Incluso parecía entrañable recordar que en aquellos días todo el mundo vestía igual, porque no había más ropa que la que se compraba en las tres *boutiques* de Main Street; o que los fines de semana los adultos los obligaban a subirse al coche y jugar al Scalextric, como los llanitos llamaban socarronamente a los paseos familiares que daban con alegría mecánica, siempre por las mismas carreteras, girando y girando para tener la impresión de que viajaban hacia alguna parte y no vivían prisioneros al otro lado del triste Telón de Ajo que los separaba de La Línea.

Al recordar a Abraham, Joseph sintió que el absceso de la nostalgia contenía más pus del que le gustaba pensar. Su amistad no se había recuperado tras el episodio de los irlandeses, cuando los codiciosos devaneos de Abraham con la mafia casi les costaron la vida a ambos. Abraham no había dudado en ponerlo en peligro para sacarse unas perras usándolo como correo en sus negocios de contrabando de antigüedades, a sabiendas de que los paquetes que estaba transportando Joseph contenían material secreto que los Keane recogían al otro lado. Sin embargo, su amigo era quien había terminado pagando el precio más alto, con un secuestro del que había salido con una pierna destrozada y dos dedos de la mano inservibles.

Joseph oyó unos pasos sordos en la arena. La llegada del chico del neopreno lo devolvió al presente. Ya tenía estudiadas las rutinas del surfista, y sabía que a aquella hora siempre bajaba con la tabla. Mientras Joseph terminaba de secarse, él se ajustaba el traje elástico antes de entrar en el agua.Tenía algo menos de treinta años, pelo oscuro y dientes brillantes. De camino al mar saludó a Joseph con un movimiento de cabeza que este le devolvió cortésmente antes de echar a caminar en dirección contraria, hacia las duchas públicas, donde el agua helada le ayudó a despegarse la arena en combinación con una coreografía de furiosos manotazos y bufidos. Una vez recuperado del estupor del frío, volvió a mirar hacia el horizonte y no tuvo más remedio que comparar su cuerpo tosco con el de aquel muchacho: la pesadez de sus vísceras contra la ligereza de aquellos músculos cincelados a base de disciplina; la belleza de la piel desnuda contra los ridículos tatuajes que le salpicaban a él el torso, los brazos y la espalda. Casi avergonzado por el contraste, Joseph abandonó la playa y, con la toalla enrollada alrededor de la cintura, se apoyó en su coche y se deshizo del bañador para ponerse los *slips* que llevaba en la mochila. Luego abrió la portezuela, lanzó la ropa mojada en el macuto y se terminó de vestir antes de tomar asiento y arrancar aquella cafetera que acababa de comprar. Como buen gibraltareño había caído en la maldición local: el primer dinero que consiguió reunir lo invirtió en un automóvil. Su excusa era que lo necesitaba para trabajar, pero todo el mundo en el Peñón tenía una razón para multiplicar su peso en acero y continuar colapsando las arterias de aquella península que no era capaz de asimilar más tráfico.

Subió la cuesta y encaró la estrecha carretera hacia la ciudad. Antes de llegar a la oficina quería pasar por casa de Angela, así que dio un pequeño rodeo por la parte alta. Fiel a su anglofobia, la alemana no había querido pisar Reino Unido desde que enviudó, pero Joseph sabía que echaba de menos los english almond butter toffee que le compraba su difunto esposo cada vez que visitaba Londres. Joseph llegó frente al chalé y sacó de la guantera la caja de metal recalentada por el sol en la que guardaba aquellos repulsivos ladrillos marrones de caramelo que había pagado a precio de caviar en el aeropuerto. Salió a la acera y pulsó el botón del timbre. La primera vez no sonó, y tuvo que intentarlo una segunda. A los pocos segundos llegó a recibirlo Auxi, la cuidadora, agitando por el empedrado hasta la puerta su larga cola de caballo negra.

—¿Qué tal la señora, Auxi? —saludó Joseph en castellano a la chica, que cada mañana llegaba a Gibraltar desde La Línea a tiempo de ayudar a Angela a levantarse para ver la primera telenovela de la jornada.

—Hoy divinamente. Ayer pasó un día muy malo. Toda la tarde llorando. No me reconocía y estaba muerta de miedo, la pobre.

A Joseph se le escapó una mueca de disgusto. No le apetecía una respuesta tan sincera, pero sabía que era culpa suya por haber preguntado.

—Ahora está mejor, ¿no?

—Ahora muy bien. Pase, que tendrá ganas de verlo.

Joseph entró en la casa y avanzó hasta el salón. La temperatura se mantenía varios grados por encima de la calle y, a pesar de ello, Angela estaba cubierta de mantas hasta el cuello. Ya no se levantaba del sofá. Pasaba las horas con la vista perdida en el televisor, mascando pan con mermelada. Cuando se giró hacia Joseph, a este le pareció estar contemplando un pájaro, con sus pequeños huesos de alambre y un cuello que apenas lograba sujetar aquella cabeza rematada por un penacho blanco, última expresión de su orgullo de rebelde sabelotodo.

—Joseph, qué alegría —dijo la mujer con un hilo de voz.

—Te he traído esto. —Le alargó la caja de dulces.

—¡Butter toffee! —Dio un gritito en inglés, y los agarró con las dos manos, con el ademán de una niña codiciosa, pero tras unos segundos forcejeando inútilmente con la tapa se la devolvió para que la desatascara.

En cuanto lo hubo conseguido, Angela le apartó la mano con suavidad y terminó ella misma de levantar la cubierta metálica.

—Lo que más me sigue gustando es cómo huelen. —Deslizó por la abertura su pico de ave y aspiró con felicidad.

A continuación introdujo los dedos y sacó uno de los dulces.

Rio al comprobar lo derretidos que estaban.

—Me da igual. Así saben más intensos —dijo—. Siéntate. ¿Qué haces aquí tan temprano?

Joseph se sentó al borde del sofá, como se suele hacer para indicar que la visita será breve.

—Nada. Me voy a trabajar en un minuto, pero quería dejarte los toffees de camino.

—Te lo agradezco, la verdad. Me aburro tanto que cualquier cosa es una distracción.

Angela le hizo un gesto para que se acercara a ella y bajó la voz:

—Auxi es para meterse un tiro. Bastante cortita, la verdad.

Joseph sonrió, contento de que Angela no perdiese su carácter cascarrabias.

—Te cuida bien, y eso es lo importante —respondió.

La mujer enarcó las cejas, escéptica.

—Eso dices tú, que tienes dos piernas para largarte corriendo, y no te culpo. Yo también me marcharía y me dejaría aquí sola: estoy hecha un coñazo. Lo sé. Pero Auxi no da para mucho más. Y nada más que sabe español. Con ella solo puedo poner la basura de Canal Sur. Ni entiende las cadenas alemanas ni la BBC —resopló.

—¿Qué tal el chico que te mandé para las chapuzas? —cambió de tema Joseph.

—Un desastre. El jardín solo lo veo por la ventana, pero está fatal. Y la ducha gotea otra vez. ¿Por qué no vuelves tú? —le dijo melosa Angela.

—Ahora no puedo. He estado fuera, y parece que durante un tiempo voy a andar liadillo, pero este fin de semana me paso a verte más rato. Me he dado cuenta de que el timbre va regular.

—Odio a las mujeres que hacen chantaje sentimental. No voy a caer en eso. Tú ven cuando puedas.

Antes de incorporarse del todo, Joseph acarició cariñosamente la rodilla de Angela.

—Déjame algún toffee, que el sábado me quedo a merendar. I promise.

Angela le sonrió con tristeza. Tenía siempre los ojos tan húmedos que ya no eran una pista indicativa de nada.

Auxi acompañó a Joseph hasta la puerta. Caminaba

delante de él, balanceando la cola. En la puerta, Joseph le dijo en voz baja:

—La veo pocha.

La chica bajó los ojos al felpudo, como si necesitara confesar un crimen vergonzoso.

—Está cada vez peor. Se hace sus cosas encima. Yo la cuido mucho, pero...

Joseph respondió meditabundo:

—Intentaré pasarme más a menudo.

Auxi sonrió, recordándole a Joseph que tenía un diente de oro.

—Verlo a usted le sienta bien. Y a mí. Otro día quédese un poquito más —dijo, agarrándolo por el brazo.

Pasando por alto el tono galante del acercamiento, Joseph besó las dos mejillas que le tendió la cuidadora y cruzó el jardín hasta la calle. No hacía falta ser demasiado sagaz para percatarse de que a Auxi le gustaba ser lo más truculenta posible respecto al estado de Angela para darse importancia, pero al menos sentía que con ella dejaba a su amiga en buenas manos.

Se preguntó qué ocurriría si un día Angela se enteraba de la verdad. Parecía una preocupación inútil ahora que comenzaba a hundirse en la senilidad, pero el apagón neuronal no impedía que la mujer siguiera experimentando de cuando en cuando uno de esos raptos de intuición que siempre lo habían dejado maravillado. Al principio pensó que el sentimiento de deuda hacia ella se iría diluyendo a medida que transcurriesen los años, pero sucedía justo lo contrario. Cuanto más desvalida la veía, más culpable se sentía por haber encerrado a su marido en la cárcel. El día en que le anunciaron que el viejo Julius había muerto en la enfermería de la prisión dejando a su viuda sin apenas recursos, Joseph pensó que una visita cada dos semanas para echarle a la mujer una mano con los cuidados del jardín le aplacaría la conciencia, pero la personalidad de Angela era uno de esos gustos adquiridos y pronto llegó un momento en que no podía prescindir de su aspereza. Igual que le ocurría a cualquier fumador, a medida que el hábito se hacía más persistente, siempre aparecían excusas para no abandonarlo, y la enfermedad de Angela era una lo bastante potente como para atarlos de por vida.

Arrastrado por la cadena de asociaciones perversas, sintió la necesidad de conseguir un cigarrillo. Aferrándose a la bandera de la nueva vida sana que aspiraba a mantener, no solo logró resistir la tentación de echar mano de los caramelos que utilizaba como sustituto del tabaco, sino que incluso encontró fuerzas para dejar el coche frente al chalé y continuar a pie hasta la oficina, respirando el olor de las jacarandas que lo guiaba hasta el centro de la ciudad.

Una vez que las calles descascarilladas por el salitre terminaron de tapiar la vista del mar que ofrecían los barrios altos, tomó el camino hacia el 120 de Irish Town, lo cual lo llevaba inevitablemente a pasar por

Main Street, atravesando la riada de turistas que se fotografiaban dentro de cabinas telefónicas rojas mientras los vendedores afilaban sus tarjetas de visita a la puerta de las tiendas de cosméticos.

Al llegar a la mitad de la avenida se escabulló por The Arcade, una galería comercial dedicada a la marroquinería y los complementos de moteros que conectaba la vía comercial con la paralela calle de Irish Town. Al otro extremo del pasadizo llegó al fin a un universo parsimonioso, donde se amontonaban las cajas de pescado de los restaurantes aledaños, y por donde al fin se podían encontrar paseantes gibraltareños en lugar de visitantes acelerados por la sobreestimulación de la experiencia *duty free* de la avenida principal.

Irish Town era el tronco del que partía un dédalo de callejones con tapaluces de colores en las ventanas. Un recorrido por sus aceras permitía curiosear en los buzones los nombres del millón de empresas fantasmas que tenían su sede en Gibraltar, donde se registraban tantas compañías como habitantes, alrededor de treinta mil: una sobreabundancia que conjugaba bien con la veintena de bancos locales y, por qué no decirlo, con la fama de paraíso fiscal dentro de la Unión Europea.

En el primer piso del número 120 de Irish Town los agentes británicos que resistían en la ciudad tenían su modesta sede, un edificio que recordaba más a un club social para veteranos que a una dependencia policial. La realidad era que la policía municipal les dejaba continuar usando parte de sus antiguas instalaciones tras haberse mudado a una comisaría más moderna. La planta baja albergaba un museo de la Royal Gibraltar Police, una especie de trastero donde lo más interesante que se podía encontrar eran maniquíes con las narices amputadas vistiendo uniformes de los años setenta y sujetos al techo con tanzas de pescar que evitaban que los tumbara la brisa marina que se colaba por las celosías. Acantonado dentro del cubículo de la portería, Charles, un policía jubilado con un ejemplar del *Gibraltar Chronicle* perpetuamente extendido sobre los muslos, como si la lectura de la actualidad del Peñón fuese una tarea inacabable, regalaba a los escasísimos visitantes del museo la misma indiferencia que dedicaba a Joseph y a los dos últimos agentes de enlace del MI5 que quedaban en la antigua colonia cada vez que pasaban a su lado camino de la escalera que conducía a sus oficinas.

Porque así se empeñaban en seguir considerando aquel piso desierto, poblado de una decena de escritorios vacíos rodeados por cajas de cartón humedecidas y sillas sin respaldo. Ese día al menos un par de cajas parecían haber adquirido por fin utilidad. Smalling estaba aprovechándolas para transportar sus pertenencias hasta el coche. En el momento en que Joseph terminaba de subir las escaleras de madera y pisaba el suelo de baldosas en damero blanco y negro, Smalling justamente se incorporaba, depositando una de las cajas sobre la mesa más cercana.

—Hey, buddy —lo recibió amigable.

Joseph le devolvió el saludo en inglés y se ofreció a ayudarlo. Smalling se negó agitando los rizos de su cabeza, tan canosos como las patillas que le cubrían media cara.

—Esta es la última —replicó.

Joseph miró con cariño al bruto de Smalling y pensó que sus gestos tajantes acentuaban el aspecto que tenía de pastor de ovejas de Worcestershire.

Smalling levantó hasta él sus ojos de un celeste intensificado por el arrebol de sus mejillas y soltó una carcajada:

—No quiero que te hagas daño en la espalda. Te quedas tú solo a defender el fuerte.

—Lo dices con poca pena —bromeó Joseph.

—Bueno, creo que ya no me queda ningún maniquí de la planta de abajo por llevarme a The Three Owls —dijo en referencia al pub más cercano, y sede oficiosa de los agentes cuando no paseaban aburridos por el damero de su oficina—. Es hora de cambiar de aires y conocer a alguna persona real.

—¿No nos quieres dejar nada de tu basura? —Señaló Joseph las cajas.

—Te dejo mi cuadro. No cabe en el avión. —Mostró con el mentón una reproducción de una pintura de Turner con el cristal rajado y medio escondida tras el primer escritorio del piso—. Me la regaló mi jefe al marcharse, y ahora supongo que es para ti.

Joseph se acercó al oído de Smalling y bajó la voz:

—Por jerarquía, ¿no le correspondería quedársela al amigo de allí al fondo?

Smalling se giró hacia el lugar al que se refería Joseph. Al final de la sala, una figura sesteaba sobre la mesa con la cabeza entre los brazos. Chris Hawthorne.

Smalling ni siquiera se molestó en bajar la voz:

—Hawthorne no está para que le eche la culpa de nada, pero te aseguro que es la persona que más me ha empujado a dejar esta mierda y pasarme al sector privado. No es solo el hecho de que llevemos dos años sin cruzar palabra. Es sobre todo que, cada vez que lo miro, pienso en qué puedo llegar a convertirme si no salgo pronto de esta casa de locos.

Antes de que se perdiera bamboleándose con su caja escaleras abajo, Joseph palmeó el hombro de Smalling con una simpatía hacia él que no había sentido nunca antes, y que le sorprendió estar sintiendo en aquel momento. No sabía si sería un inesperado brote de compañerismo ocasionado por su reciente contratación en los servicios secretos, o si respondía a la conmiseración que sinceramente experimentaba ante el destino del viejo agente del MI5 obligado a rendirse y aceptar las tristes reglas del mundo real. Smalling no le había dado demasiados detalles sobre su nuevo destino, pero todos sabían qué significaba aquello tan vaporoso de «pasarse al sector privado». Para un jefe podía ser una forma elegante de hablar de un puesto bien pagado como asesor en una petrolera, pero para un peón como Smalling no iba a representar más que un empleo de responsable de seguridad en una cadena de supermercados, algún encargo sucio de espionaje corporativo, o un trabajo como escolta de un oligarca ruso durante los meses que este pasaba en el apartamento de su amante en Londres. Eran todas opciones que implicaban una mejora económica sustancial, pero no se trataba de nada de lo que quisiera alardear un hombre que consideraba haber consagrado los mejores años de su vida a luchar por la gloria del Imperio británico.

Joseph intentaba no ser cruel, pero esa crisis tan habitual en los agentes le parecía un final previsible para quienes se habían acostumbrado a creer que habitaban por encima de las reglas que rigen la vida de los mortales. Una vez consumido el sueño juvenil de devolver la Union Jack a la primera línea internacional, una mañana los cachorros de la Corona se despertaban fofos y enfrentados a la perspectiva de continuar hasta la muerte con un trabajo extenuante en el que solo una élite selectísima podía aspirar a un ascenso. Resultaba duro asumir que los años que se extendían ante ellos, y que en otros sectores se consideraban los más fructíferos de una carrera, no iban a servirles para enriquecerse ni hacer contactos prometedores. Simplemente, continuarían con una rutina increíblemente incómoda que ya había perdido su brillo aventurero.

Las agencias de inteligencia vivían de los mitos, y quienes se dejaban atrapar por los mitos no solían darle pena a Joseph. Por eso no le ablandaba el corazón que a Smalling las patrañas del heroísmo le hubieran arrastrado allí, a una oficina tercermundista frente a una de las columnas de Hércules. Lo que no podía evitar que le entristeciese era lo que estaba por venir: el bueno de Smalling, casi cincuentón, recalando por primera vez en un trabajo de ocho a cinco, esperando cada mañana el autobús en los suburbios con los zapatos calados de lluvia... Un rodeo tan largo para acabar abrazando la misma basura mediocre que en la primera ronda no quiso elegir.

Ahora bien, la otra opción era la que tenía frente a sus ojos, dormitando sobre la mesa. Joseph avanzó unos pasos por la oficina vacía. Una paloma se había colado por la ventana y picoteaba unos restos de comida desperdigados sobre los baldosines. Cuando percibió que Joseph se acercaba, levantó el vuelo hasta el alféizar antes de volver a escurrirse entre los cristales sucios y saltar al cielo de Gibraltar. El aleteo despertó al fin a Hawthorne, que entornó a los ojos y terminó de reconocer a Joseph.

—¿Ya estás de vuelta? ¿Qué tal en Londres con los

pijos del MI6? —preguntó despegando trabajosamente la lengua del paladar.

—Nada especial —dijo Joseph con la distancia que siempre imponía a la hora de hablar con Hawthorne.

—¿Nada especial? ¿No me lo quieres contar? ¿Ya se te ha subido a la cabeza?

Joseph torció el cuello para examinar mejor al hombre frente a él. Pelo blanco alborotado, un traje gris sin planchar. El viejo Hawthorne había sido su mentor. Llevaba media vida establecido en Gibraltar, y lo odiaba. Él le ofreció sus primeros trabajos con el MI5, pero, en el momento en que le pareció necesario, no dudó en traicionarlo, usándolo como cebo para colgarse una medalla. Cuando Joseph comenzó a negociar su incorporación con el MI6, hizo un esfuerzo para no mencionarles que el asesinato de su prometedor agente Patterson había sido culpa de la incompetencia de Hawthorne, al igual que el de María, la falsa Pippa Hampton, una inocente que cometió el error de fiarse de las promesas de aquel borracho con ínfulas. Por eso, Joseph continuaba furioso con él, aunque el mundo ya parecía haberse cobrado bastante venganza con un tipo que probablemente ya solo merecía conmiseración.

Hawthorne estiró el brazo para alcanzar la taza llena de grietas amarillas en la que le gustaba beberse la ginebra. Con la mano que le quedaba libre encendió el pitillo que sujetaba entre los labios. Después de la primera calada sonrió. Era difícil identificar al dandi que había sido en aquel proyecto de anciano con las mejillas mal afeitadas.

Por eso, porque no lo reconocía, Joseph no le devolvió la sonrisa.

—He ganado hoy. Es mi día —dijo Hawthorne con la voz cascada.

Hawthorne se resistía todo lo posible a la idea de la jubilación, pero ya no recibía encargos de sus superiores en Reino Unido, y la policía y el personal de seguridad de Gibraltar tenían orden de no pasarle información. Por eso no le quedaba mucho que hacer aparte de beber y jugarse el salario en las carreras de galgos, y a ello se dedicaba con un empeño casi religioso.

—No sé cómo te gusta esa porquería —respondió Joseph.

—Es terrible, sí. Tienes razón. En Manchester viví un tiempo junto a un canódromo. Es cierto lo que cuentan: a los galgos se los ve por allí unos meses, y en cuanto dejan de ganar carreras desaparecen. Los convierten en comida para otros bichos, supongo. Puede ser un espectáculo melancólico, pero ¿qué sería de nosotros sin las tradiciones?

Joseph reconoció el prólogo de una de las llantinas de Hawthorne.

—Mira en qué mierda de sitio nos tienen —farfulló, de pronto desconcertado por su propia rabia—.

Antes éramos algo. No nos hubieran metido en este basurero lleno de cajas. ¿Y ahora? Somos un par de imbéciles, y de vez en cuando nos visitan los listillos del MI6 para ponerlo todo patas arriba. Y dentro de poco parece que tú vas a pasar a ser el listillo residente.

—Me acabo de despedir de Smalling.

—¡Que le den por culo a Smalling! —Hawthorne volcó la taza vacía—. Ese vago tendría que haberse ido hace muchos años. No me servía para nada. Que se vaya a detener adolescentes que roban dónuts en gasolineras.

Hawthorne apretó los dientes hasta volverse ininteligible:

—Yo he dado mi vida por esto, y ahora el héroe es el imbécil de Smalling.

Una conversación con Hawthorne borracho era tan productiva como exprimir una nuez. Joseph avanzó hasta su escritorio y se sentó, fingiendo enfrascarse en la lectura de la carpetilla que llevaba en la mano.

Hawthorne entendió el mensaje y se levantó, apoyándose con las dos manos sobre la mesa. Descolgó la gabardina del perchero y se la echó sobre los hombros.

—¿Y qué va a hacer el MI6 con un macaco de la Roca como tú? ¿No han encontrado ningún británico de verdad? —preguntó, con la única intención de ofender.

—No voy a contestar.

Hawthorne gesticuló cómicamente.

—Cada vez que España os pisotea os volvéis más patriotas que Churchill, pero hace poco vuestra jugada era convertiros en la Hong Kong de Europa. Según por dónde sople el viento, hoy soy europeo —señaló con ambas manos hacia la izquierda—, o soy de las Islas. —Señaló hacia la derecha—. Os creéis diferentes, pero pensáis igual que cualquiera de nosotros: un hombre, un reino. Aunque te joda, eres igual que yo: el individualismo británico está en tu sangre; el problema es que también eres un mentiroso, y nadie debería confiar en ti.

—Muy bien, Chris. Creo que tu posición ha quedado clara. Puedes ir a un Ladbrokes a gastarte la paga.

Hawthorne se recolocó la gabardina, que se le había deslizado por los hombros.

—Me iré cuando quiera, porque esta sigue siendo mi oficina —dijo rellenando la taza de ginebra. A continuación se quedó mirándola, como si le sorprendiese encontrarla allí, en su mano—. Te voy a decir algo. Eres un monstruo. Un asqueroso monstruo. Un día te atravesarán el ojo ese que tienes pintado en la espalda, y veremos quién ríe el último. —Vació la taza y se despidió con una tos cargada de desprecio.

Joseph lo vio descender la escalera agarrándose al pasamanos y resopló cuando se hubo desvanecido el sonido de sus pasos. Se levantó y fue hasta la mesa de Hawthorne, revolvió entre sus papeles y encontró uno de sus paquetes de tabaco, pero estaba vacío, así que regresó a su silla. Tenía ganas de patear una papelera o hacer cualquier otro gesto grandilocuente, pero se contuvo. En lugar de eso recuperó el dosier que se había traído de Londres y comenzó a hojearlo, desde el convencimiento de que el aburrimiento era el mejor sistema para aguar la rabia.

Durante el viaje de vuelta ya se había dormido en el avión leyendo el informe que le había dado C: páginas y páginas detallando la genealogía de la mafia moldava, recuadros con códigos informáticos... No veía en aquel asunto nada de la violencia de la que le habían hablado, quizá porque todo resultaba demasiado complicado para su primitiva imaginación, que no sabía reconocer el horror cuando se lo describían en ceros y unos.

A los pocos minutos sintió de nuevo la tentación de ponerse a jugar un solitario, pero se había disciplinado para no incurrir durante las horas de oficina en el único gran vicio que le quedaba. Saltó a las últimas páginas de su dosier, donde figuraba un resumen para tontos de los hitos de la investigación. Aquella era la única información potable de la que disponía Joseph, visto que su jefe, McPhail, había decidido que resultaría más seguro que no se viesen. A cambio, le habían entregado un móvil con un sistema de mensajería encriptado para que se escribieran sin que nadie interceptase sus comunicaciones. Era la única vía que tenía para comunicarse con Vauxhall, con excepción de un número de teléfono para casos de urgencia que le habían obligado a memorizar. Joseph se mostraba de acuerdo con dejar ahí su relación con el jefe. Le gustaba la ficción de estar trabajando solo, y no a las órdenes de ningún McPhail al que probablemente se le haría imposible respetar si se conocieran en persona. A pesar de ello, la lectura del informe le había obligado a reconocerle cierta brillantez a su superior a la hora de dirigir la investigación. Durante meses había puesto tres agentes a seguir a tres miembros de los Proca mientras sacaban de cajeros automáticos repartidos por todo Londres grandes cantidades de dinero que luego ingresaban en metálico en cuentas limpias de otros bancos. A continuación, mediante los circuitos de cámaras de los cajeros, los Mutantes de McPhail habían obtenido los datos de las cuentas sucias y triangularon sus movimientos hasta descubrir que la mayor parte del dinero que las alimentaba pasaba en algún momento por un foro de venta de monedas digitales que distribuía la producción de una granja china de bitcoins. O al menos eso era lo que Joseph había entendido del resumen del informe, después de dejar a medias la decena de páginas dedicadas a describir el proceso para acuñar criptomoneda, y que parecían de una complejidad tan deliberada que dudaba que el propio C hubiese hecho el esfuerzo de hojearlas. Joseph creyó extraer de toda aquella palabrería que las granjas eran un hangar donde miles de ordenadores combinaban su capacidad de computación para resolver un cálculo complejo, y que cuando lo lograban recibían como premio una moneda virtual. Los ordenadores trabajaban veinticuatro horas para acuñar todas las monedas posibles, como gallinas ponedoras, y China parecía ser el sitio perfecto para montar aquel tinglado, porque la energía era increíblemente barata. Luego esas monedas podían utilizarse para comprar productos por internet o canjearlas por efectivo, y eso era lo que hacía el contable de los moldavos para borrar el rastro de su dinero sucio: adquiría bitcoins de forma anónima en los mercados paralelos, y luego volvía a cambiarlos por dinero limpio, que devolvía al mercado legal tras pasearlo por decenas de cuentas en todo el mundo.

Lo que a Joseph le incumbía de aquella historia era que los Mutantes habían descubierto que la misma persona que usaba esa ruta de blanqueo para los Proca había ingresado una gran cantidad de dinero en la cuenta de La Línea de la que le habló C. El procedimiento había sido idéntico: en la misma plataforma de compraventa de bitcoins, el mismo usuario que adquirió los bitcoins de los moldavos había comprado criptomonedas de la granja china, luego las había metido en la misma lavadora de cuentas interpuestas y finalmente había ingresado el dinero en la cuenta española, en lo que consistía un descuido inconcebible dentro de un circuito en el que se tomaban tantas precauciones.

Ese detalle a Joseph no le sorprendía, porque el mundo de la delincuencia se caracterizaba por ser una incomprensible acumulación de errores, y los escasos criminales que no los cometían formaban la distinguida minoría que nunca llegaba a ser atrapada. Parecía que los moldavos pertenecían a ese cogollo de infalibles, pero habían tenido la mala suerte de que el responsable de blanquear sus ganancias resultase menos escrupuloso que ellos. La pregunta era si sería un tipo tan sumamente descuidado como para dejarse más cabos sueltos que permitieran al MI6 rastrear el dinero sucio de los Proca antes de que este entrase en la lavadora de las monedas encriptadas, y así acumular evidencias sobre el resto de sus negocios ilegales. No parecía sencillo, pero, si conseguían identificar y presionar lo bastante al autor del blanqueo, este podría acabar delatando a sus clientes.

Por otra parte, C tenía razón en una cosa: en el mundo de la información podían haber proliferado los especialistas en desencriptar archivos, pero a diferencia de todos aquellos Mutantes superdotados del MI6, solo Joseph tenía en el bolsillo el número de teléfono de un empleado de la sucursal bancaria de La Línea desde la que se había sacado el dinero acuñado en una de aquellas lejanas granjas de oro chino. No se trataba de una oficina cualquiera, sino que era una de las favoritas de los narcos del Campo de Gibraltar. A lo largo de los años Joseph había hecho varias pesquisas informales en ella. La víspera ya se había puesto en contacto con el empleado que sabía que podría ayudarle. Después de conocer el precio de sus informaciones, se lo transmitió a McPhail y obtuvo la respuesta casi de inmediato en su móvil. Un mensaje en inglés con pulso telegráfico pero obscenamente explícito: PERMISO CONCEDIDO PARA PAGAR CINCO MIL EUROS AL INFORMANTE.

Joseph era incapaz de determinar si aquel McPhail era un paranoico que se cubría las espaldas ante una auditoría interna o solo un imbécil preocupado por que sus mensajes no le resultasen ambiguos ni a un macaco. ¿No podía simplemente haber respondido con un «ok»? Tras atribuirle unas cuantas posibles identidades, desde un gordo misántropo que mascaba puros a un pusilánime adepto al reglamento, decidió imaginárselo como un adicto al gimnasio que se pasaba el día preocupado por si lograría encontrar un hueco en su agenda para escapar a la sala de musculación y descargar en la bicicleta de *spinning* las frustraciones acumuladas durante una mañana de reuniones en las torres Ceaucescu.

Joseph le envió un mensaje a su confidente bancario confirmándole que en una hora y media podían hacer el intercambio en el punto de encuentro habitual. Luego se desperezó en la silla y caminó unos minutos por la comisaría vacía para destensar los músculos. Empujó la puerta del baño, la estancia en la que se hacía más evidente el deterioro del edificio, con sus espejos moteados de azogue y grandes lavabos de porcelana, tan señoriales como poco prácticos. Joseph abrió uno de los historiados grifos y se remojó la cara. Luego se quitó la camiseta frente al espejo y sacó de la mochila la faja lumbar que llevaba preparada para la ocasión. Se vigiló en el cristal para ceñirse correctamente el velcro. Su carne blanquecina rebosaba los contornos de la tira elástica, en una visión que lo obligó a soltar el enésimo suspiro autocompasivo de la mañana. Desde hacía varias semanas, cada vez que sospechaba que podía enfrentarse a un día agitado se ponía una protección para la espalda. Prefería pensar que no se trataba de una cuestión de edad, sino del inesperado regreso de aquella vieja lesión de *rugby*, aunque tampoco podía decirse que hubiera jugado tanto al *rugby* en sus años de juventud. Lo que resultaba irrebatible era que sus últimas aventuras le habían dejado una importante lista de dolores, y no parecía prudente seguir abusando de su cuerpo.

Salió de la oficina, sacó los cinco mil euros en el banco de la esquina usando la tarjeta que le había procurado la agencia para gastos extraordinarios y caminó hasta la muralla de la ciudad, en Grand Casemates Square, donde cogió un autobús a la Verja.

A aquellas horas apenas había movimiento en la

frontera. En cinco minutos se encontró del lado de La Línea, en la carretera de la avenida Príncipe de Asturias. Como en todas las fronteras, los primeros cien metros de España resultaban un espectáculo poco gratificante. Al pie de aduana arrancaba el corredor de módulos comerciales prefabricados dentro del que había acordado la cita. Se trataba de un corto paseo en el que se alternaban bares, restaurantes de comida rápida y negocios difíciles de clasificar, pero que transmitían en su conjunto y por separado una cruda sensación de desamparo. Entre quioscos de lotería vacíos y agencias de viaje con billetes a ningún lugar apetecible, Joseph se fijó en una nueva lavandería de la que manaba un fuerte aroma a químicos, tan vacía y desangelada que su única función parecía ser rebajar la peste a orina imperante en el pasaje. El hedor impregnaba cada esquina, pero se hacía más intenso al acercarse a los baños públicos situados en el corazón del complejo, y para cuyo uso era necesario pedir la llave en un McDrive cercano: una engorrosa precaución ideada para que las letrinas no se convirtieran en una narcosala para los drogadictos que pululaban por la zona. Justo enfrente de los baños quedaba un módulo sin más contenido que una máquina de *snacks* y otra de juguetes eróticos. Joseph se detuvo a esperar junto a la puerta, forzándose a respirar por la boca, hasta que vio a su hombre salir nervioso de la caseta de las máquinas. Pese a la gorra roja de Ferrari que le cubría la cara, reconoció las facciones alargadas y la peculiar forma de caminar del empleado de banca que tenía como contacto, siempre empinado sobre la punta de sus pies. Dejó transcurrir medio minuto desde que se hubo marchado y entró al módulo vacío. Pasó de largo frente a la máquina de chocolatinas y se dirigió a la de condones y dildos. Empujó la bandeja de distribución y sacó de allí un sobre. En su lugar dejó otro más abultado con el dinero y salió por la puerta trasera de la caseta.

Se sentó a revisar el material en el primer bar del pasadizo, el que quedaba inmediatamente frente a la Verja: un kebab al que Joseph acudía simplemente porque el dueño no vendía cerveza.

Pidió una Coca-Cola Light y rasgó el sobre. Contenía una decena de fotocopias del contrato de la cuenta por la que se había interesado. La titularidad correspondía a una empresa, Zurc S. L. Joseph podría comprobar sus datos al regresar a la oficina, pero sospechó que no le haría falta. Como apoderado de la compañía, con autorización para hacer todo tipo de movimientos bancarios, figuraba Dylan Sheriff, el abogado más poderoso de Gibraltar y antiguo Chief Minister del Peñón.

Joseph se echó hacia atrás, haciendo crujir el respaldo de mimbre sintético de la silla. Si Sheriff estaba por medio, tenía que tratarse de un asunto importante. La pregunta evidente era por qué había decidido un abogado con su experiencia mantener una cuenta vulnerable en España con lo sencillo que resultaba abrirlas en el paraíso fiscal de Gibraltar. Repasó su viejo adagio: el mundo del crimen es un rosario de torpezas. Sin embargo, si alguien contrataba a Sheriff era precisamente porque sabía que él no iba a cometer ninguna.

Joseph dejó para otro momento las especulaciones y se concentró en pensar quién podía ponerlo en contacto con Sheriff. Él lo había tratado mucho, pero no tenían precisamente una relación cordial: en la época en la que solían coincidir, Joseph trabajaba para Parody, y Parody se había convertido en el gran enemigo de Sheriff cuando le arrebató el puesto de Chief Minister. Joseph necesitaba a alguien que le abriera las puertas de la casa del viejo sin ponerlo a la defensiva. Repentinamente cayó en quién era la persona ideal para actuar de puente. Bebió un trago del refresco y chasqueó la lengua molesto. Costaba tanto alejarse del pasado…

Dejó unas monedas sobre la mesa y comenzó el regreso hacia la frontera, pero se detuvo a los pocos metros, junto al monumento al trabajador español en Gibraltar, una estatua de bronce que representaba un empleado de los astilleros de los años cuarenta dirigiéndose hacia su puesto de trabajo en la Roca, indiferente a que la ropa con la que lo habían inmortalizado se hubiera convertido en una parodia y ningún verdadero habitante de La Línea pudiera reconocerse en lo alto de una peana con boina de plato, camisa remangada y una bicicleta abollada.

De pie junto a la estatua, Joseph levantó la vista hacia el Peñón. Lo encontró extrañamente desnudo de nubes gracias al poniente, y deseó que durase mucho tiempo así.

III

Una hora y diez minutos antes de la salida del sol, el clan de los Montoya se apelotonó frente a la ventana para averiguar a qué respondía el escándalo que llegaba del exterior. El polvo envolvía la casa y no les dejaba ver nada a través de los cristales. Tres coches habían salido del bosque derrapando. Los tres plateados y del mismo modelo, se detuvieron a un metro de la finca, una casa de labranza en pleno parque de Los Alcornocales. Media docena de hombres con pasamontañas y armas salieron de los vehículos, apuntando hacia el cielo mientras gritaban:

—¡Policía!

Entre las nubes de arena, los haces de los faros rebotaban contra los chalecos reflectantes con escudos de la policía y entraban por la ventana convertidos en rayos cegadores. Los pinos, la luna y la quietud del bosque habían sido engullidos por la tormenta.

Los Montoya corrieron hacia la puerta, intentando atrancarla con barras de acero, pero los recién llegados se lanzaron a derribarla con mazas y, tras un breve forcejeo, los seis irrumpieron en tromba, arrastrando con ellos el polvo y la furia que los rodeaba.

—¡Todo el mundo al suelo!

Los Montoya obedecieron y se tumbaron semidesnudos sobre el enlosetado. Desde allí observaban las botas y los vaqueros deshilachados que se paseaban a centímetros de sus caras. Seguía sin amanecer. Los dos perros de la casa ladraban enloquecidos.

—¡Que se callen! —ordenó a través del verdugo el que parecía el agente de mayor rango mientras apuntaba con un fusil al mil leches a su izquierda.

Nadie hizo amago de ocuparse del animal. El hombre se acercó hasta él de una zancada y le sacudió un culatazo en la cabeza. El perro gimoteó, dio una vuelta sobre sí mismo y se derrumbó con la lengua tan fuera que parecía ella, con su peso, la que le había hecho perder el equilibrio.

El resto de los policías fue atando con bridas a los traficantes antes de tumbar a patadas las puertas de las habitaciones. La casa apenas contenía enseres personales, y resultaba evidente que nadie vivía allí normalmente. En una alacena de la cocina dieron con un arsenal de pistolas y cuchillos que los anfitriones habían desistido de utilizar contra la policía. En los dormitorios se encontraba el botín: una treintena de fardos de hachís distribuidos por escondites que los asaltantes iban desvelando a medida que despedazaban lo que se les ponía por delante. Encontraron paquetes de droga bajo las camas, en los roperos y en un hueco perforado detrás de un armario de luna que derribaron con un estrépito de maderas y cristales. Sin perder un segundo, transportaron todo hasta los coches. Solo el jefe se quedó en el salón, frente a los delincuentes que seguían sus movimientos con el pecho pegado al suelo y las pupilas dilatadas por la oscuridad, hipnotizados por el ritmo furioso con el que aquel hombre seguía desfondando cajones, lanzando sillas por los aires y rajando cojines. En uno de ellos encontró al fin los fajos de billetes. Estaba guardándoselos en la cazadora cuando otro de los tipos con pasamontañas regresó a la habitación.

—¡Que vienen los charoles!

Antes de terminar la frase, los dos salieron hacia los coches a toda carrera. El ruido que habían producido al llegar quedaba en nada al compararlo con el vendaval que azotaba el bosque en ese momento. Un helicóptero de la Guardia Civil estaba intentando aterrizar en la explanada frente a la casa. Mientras terminaban de subirse a los coches, los falsos policías consiguieron ahuyentar a los pilotos a base de disparos a las hélices, pero no tuvieron tiempo de celebrarlo. La nube de tierra que levantaban las palas de la máquina se mezclaba con el polvo de media docena de coches de la Guardia Civil que se aproximaban a toda velocidad campo a través, decididos a cortarles la salida.

Para evitar que terminaran de cerrar el círculo en torno a ellos, los fugitivos pisaron el acelerador y embistieron a las patrullas. Comenzaba la persecución. Los Montoya, por los que ya nadie se preocupaba, abandonados en el suelo, escucharon la feria alejarse entre disparos y acelerones. Por un instante volvieron a encontrarse como antes, en silencio y completamente a oscuras. Se incorporaron trabajosamente, sin poder usar las manos, valiéndose de los pies y las rodillas, e intentaron llegar a la puerta; sin embargo, enseguida hicieron aparición los agentes de la Guardia Civil que iban llegando de refuerzo, ellos sí de riguroso uniforme. Los guardias se quedaron observando al grupo de hombres maniatados y en cueros, dudando si quitarles las bridas antes de ponerles las esposas y convertirlos oficialmente en víctimas de un robo al mismo tiempo que investigados por un delito contra la salud pública: la combinación menos deseable para cualquiera con aspiraciones a vivir del hampa.

Mientras tanto, la acción se había trasladado a la carretera, por donde los falsos policías huían con las luces apagadas para aprovechar la oscuridad. Pese a que la idea podía ser buena, no servía de mucho ante el gran enemigo que los señalaba desde el aire. El helicóptero los alumbraba con sus focos, haciéndolos fluorescentes para las patrullas que los perseguían. Por eso necesitaban deshacerse de la vigilancia aérea antes de que saliera el sol, cuando ya resultaría imposible esconderse.

En el coche que circulaba al frente de la caravana, el conductor se arrancó el pasamontañas y adquirió rasgos a la lumbre del cuadro de mandos del coche.

—¡Póntelo, subnormal! —le ordenó el jefe—. ¿No ves que el helicóptero lleva cámaras?

Sin esperar a comprobar si su subalterno le hacía caso, el jefe bajó los cristales, asomó medio cuerpo, apuntó al helicóptero y encendió un pequeño puntero láser que guardaba en la cazadora.

En el coche que los seguía entendieron la señal y desde allí partió otro rayo rojo en dirección al cielo. El tercer coche de la comitiva era el responsable de mantener a distancia a las patrullas de la Guardia Civil, encañonándolas con armas de fuego para evitar que disparasen a los que intentaban cegar al piloto del helicóptero.

La aeronave cambió de trayectoria, pero los rayos no se separaron de ella. La persecución transcurría por carreteras repletas de curvas, y el helicóptero necesitaba volar bajo, manteniéndose cerca de los coches para no perderlos. En esas circunstancias, los láseres podían obligar al piloto a cerrar los ojos y chocar contra una rama o una peña que sobresaliese de la ladera.

La carretera volvió a dar un giro de noventa grados. Los punteros no se apartaban de la cabina de vuelo. El helicóptero se detuvo un instante, pareció reflexionar suspendido en el aire, hasta que se ladeó y dio media vuelta, retirando los focos de los coches, que inmediatamente regresaron a la oscuridad. Los perseguidos sincronizaron un alarido de victoria. Quedaban veinte minutos para que el sol terminase con su invisibilidad, y aún debían deshacerse de las dos patrullas que tenían detrás. Parecía una tarea abordable en comparación con lo que acababan de lograr.

Los conductores conocían bien el parque. Solo necesitaban conseguir la ventaja suficiente para colocarse fuera del alcance de las luces largas de los guardias. Si las dejaban atrás el tiempo suficiente, podrían desviarse por cualquiera de los perdederos adyacentes y esfumarse entre los alcornoques. Pisaron el acelerador. Iban tan deprisa que casi no eran capaces de girar en las curvas, a punto de que un derrape los sacara de la carretera. En las maniobras necesitaban ocupar los dos carriles, sin tiempo para preocuparse por que apareciera un coche en dirección contraria que los mandase al cementerio.

Tras una decena de kilómetros patinando temerariamente por el asfalto, los guardias civiles levantaron el pie y terminaron por quedar rezagados. En el momento en que los perdieron de vista, los tres coches plateados dieron un volantazo y fueron entrando uno tras otro en una pista de tierra que permanecía invisible desde la carretera, como tres bolas de *flipper* que la gravedad encamina hacia el cañón desde el que comienza la nueva partida. Sintiéndose ya protegidos en el sotobosque, los tres redujeron la velocidad y se dejaron llevar por el camino hacia una incorporación a Castellar de la Frontera.

A cinco minutos del amanecer, el cielo comenzaba a anaranjarse. No había rastro de helicópteros sobre ellos, pero la arboleda ahora era tan tupida que cualquier vigilancia aérea hubiera resultado inútil. Tampoco los seguía nadie por tierra. La carretera iba empinándose. En el horizonte vieron la peña de Castellar, coronada por su imponente castillo nazarí.

Condujeron hacia la mole con la placidez de turistas al inicio de un fin de semana en la sierra. El jefe se arrancó el pasamontañas para respirar el aire fresco sin el bozal de la lana. Entornó los ojos intentado que la luz no le molestase. Los detalles del castillo se iban haciendo más visibles a medida que el cielo se llenaba de colores. Las tejas árabes en la cubierta del alcázar, la limpieza de los muros... Hasta que, en el primer giro al entrar en el pueblo, cuando todos los peligros parecían conjurados, el conductor se vio obligado a dar un frenazo. Consiguió detener el coche a dos metros de la bicicleta sobre la que montaba un pequeño ciclista con un chándal de las Tortugas Ninja y el cabello acaracolado. El niño también se había detenido al sentir cómo el coche se le echaba encima, y empuñaba con fuerza el manillar mientras clavaba en ellos unas pupilas que parecían acostumbradas a contemplar cosas que no eran de este mundo. En cuanto le quedó claro que no iba a morir atropellado, al menos ese día, se puso de pie sobre los pedales y desapareció calle arriba, dejándolos con la respiración congelada.

—Me cago en su putísima madre —murmuró el conductor.

—Arranca. —Suspiró con alivio el jefe—. El Loren ya está esperándonos.

Tras meter primera, el coche retomó el ascenso. Sabía hacia dónde se dirigía. En lo alto de la calle, siempre siguiendo el camino que orillaba el pueblo, se abría una plaza de albero con forma de trapecio. Desde uno de sus vértices un hombre les hizo una señal. Reconocieron al Loren. Estaba sentado sobre un tocón, sosteniendo un vaso de café con leche. Mientras ellos se acercaban, se levantó y se dirigió hacia el garaje que tenía a sus espaldas con las puertas ya abiertas, indicándoles que lo siguieran. El galpón era tan grande que había espacio para los tres coches. El Loren esperó en la puerta a que hubieran entrado todos y la cerró desde el interior. Luego cruzó el garaje y salió a un patio interior lleno de aperos de labranza. Allí volvió a sentarse sobre un viejo yugo y los esperó hundiendo en el vaso su nariz, gruesa como una alcachofa. Tenía el pelo recogido en una coleta, chanclas, pantalones cortos y una camiseta caqui desbocada. Sacó una manzana de un balde y le dio un mordisco.

Cuando el jefe de los falsos policías se encaminó hacia él, el Loren metió la mano en el cubo de nuevo.

—¿Quieres un pero? —le ofreció.

—No me gusta la fruta.

El Loren dejó el vaso en el suelo y se desperezó.

—Mis chavales os ayudan a descargar. ¿Tampoco quieres un cafelito ni nada?

Los falsos policías ya se habían deshecho de los chalecos reflectantes. Formaron una cadena con los hombres del Loren, que iban saliendo de las puertas en torno al patio aún bostezando por el madrugón. Eran todos individuos de ojos pequeños, sin pestañas, que se movían con una inquietante eficacia de hombres-insecto. En unos minutos tuvieron toda la droga fuera de los tres coches plateados y comenzaron a trasladarla a unos turismos aparcados por los alrededores de la finca.

Una mujer envuelta en un chal salió de una de las puertas y puso un café en manos del recién llegado.

—Vamos a dar una vuelta mientras descargan —propuso el Loren.

Los dos jefes siguieron a la esposa del Loren por la misma puerta por la que había salido y pasaron a una cocina en penumbra donde varias ancianas con delantal y zapatillas miraban el suelo adormecidas, como si llevaran toda la noche allí, a la espera de que las encendiesen cuando fuera necesario preparar un desayuno. A sus pies, una perra blanca daba de mamar a los cachorros. En tres zancadas los hombres atravesaron aquel universo que bullía en la monotonía, como un puchero de cocción eterna, y salieron al huerto trasero. Juntos formaban una extraña pareja. El falso policía vestía una armadura de músculos entrelazados por las nervaduras que le subían por los brazos y el cuello. El Loren rezumaba tranquilidad. La dureza de uno sintonizaba bien con la parsimonia con la que acostumbraba a moverse el otro.

—Casi pillamos a un niño al entrar en el pueblo —se desahogó el falso policía mientras avanzaban en paralelo a la tapia de la casa.

—Es el chaval de los gitanos —dijo el Loren—. Es medio mongolito y se tira el día en la cuesta, haciendo el parguela.

—Pues lo que nos hubiera faltado era cogerlo. Menuda nochecita.

—¿Tuvisteis lío?

—Al principio, no. Los Montoya se jiñaron cuando nos vieron aparecer. Lo que pasa es que aparecieron los picoletos.

—¡No jodas! —exclamó el Loren, genuinamente interesado—. ¿Y qué pasó?

—Pues una movida, picha. Con helicóptero y todo.

—Agüita.

—Ya te digo. Pero te juro que los despistamos. No nos ha seguido nadie.

—Es lo bueno que tiene el sitio este —dijo el Loren, demostrando que esa posibilidad no le preocupaba—. ¿Quién te va a seguir hasta aquí? Lo normal es pensar que te vas por la costa hasta Málaga, o que tiras por Sevilla hacia Madrid, pero aquí... Ya ves.

Los hombres continuaron caminando con los vasos de café vacíos en la mano y la vista en la hierba quemada de aquel huerto asilvestrado.

—¿Y los Montoya no os reconocieron? —quiso saber el Loren.

—No creo. El vuelco salió de puta madre. Sabíamos que tenían el costo empaquetado porque lo iban a mover hoy mismo.

—Perfect. Pues esta noche yo lo subo a Barcelona, y mañana está en Francia. No hay cambios con el contacto que tenéis allí, ¿verdad?

—Todo igual. —Sacudió la cabeza el atracador—. Os esperan donde siempre, en Montpellier.

Dieron media vuelta al llegar al fin de la tapia, que los caracoles habían punteado de manchas negras imitando una partitura. En ese momento salían de la casa dos hombres, cada uno perteneciente a uno de los grupos, para anunciar que habían terminado de pesar la mercancía.

—Son setecientos catorce kilos —dijo el lugarteniente del Loren, un hombre de caderas tan anchas que parecía una vela en la que la cera derretida se concentraba sobre el pebetero.

Su jefe silbó admirado y se apoyó en un alcornoque marcado por corazones de navaja:

—Pues no os ha salido mal la noche.

El falso policía sonrió.

—En cuanto nos confirmen que ha llegado a Montpellier, te hago el ingreso —prometió.

—De lujo —asintió el Loren—. Voy a ir tirándole.

—¿Te importa si nos quedamos un momentito en tu garaje cambiando las matrículas?

El Loren arrugó los labios en un gesto de despreocupado asentimiento. En ese momento apareció por el huerto su mujer y le puso en los brazos un niño de menos de dos años.

—¿Nos vamos de paseo, Johnny? —preguntó el Loren al crío.

La comitiva se dirigió hacia un monovolumen azul, charlando y haciéndole carantoñas al niño. Dos hombres terminaban de cargar el hachís en el maletero. El Loren abrió la puerta trasera y sentó a su hijo en la sillita portabebés. La mujer le estampó dos sonoros besos y le colocó un biberón de agua entre las manos antes de cerrar la puerta. Luego le entregó una bolsa aguatinada al padre.

—Aquí va otro bibe —le aleccionó—, las papillas, pañales y ropa de cambio. También hay comida para ti.

El Loren se colgó la bolsa y le acarició la espalda.

—Paqui, ponles a estos caballeros unos bocadillitos de lomo antes de marcharse, haz el favor.

Se subió al coche y, a través de la ventanilla, se despidió del falso policía.

—Un placer, como siempre.

El coche tarantuleó camino abajo. Antes de torcer a la izquierda en la incorporación se detuvo, esperó un poco y, como si se tratase de una broma ensayada, se le cruzó por delante el niño de los gitanos a lomos de su bicicleta. El Loren suspiró mientras el chándal de las Tortugas Ninja pasaba ante el parabrisas.

—Cualquier día... —murmuró. Y volvió a arrancar después de haberse asegurado de que aquella bola de inconsciencia y diabluras se perdía entre las lomas.

Al incorporarse a la carretera enchufó el cedé. En los viajes largos la Niña Pastori le servía para entrar en un trance optimista. El Johnny aplaudió la elección desde el asiento trasero.

—Te gusta, ¿eh, cabroncete? —Se giró el Loren lleno de orgullo.

Los primeros kilómetros discurrieron entre los chaparros cuyo descorche mantenía a flote la región. La brisa que llegaba del mar entraba por la ventanilla e inflaba el coche con su alegría, pero el Loren sabía que en esos paseos nunca había que perder la concentración. Para darle la razón, a la salida del primer cambio de rasante se topó con un control de la Guardia Civil. Habían extendido una banda de clavos a lo ancho de la carretera para obligar a los conductores a detenerse. Redujo la velocidad al mínimo, pero, al reconocer dentro del vehículo a un padre con su niño, los agentes ni siquiera les hicieron detenerse. Los desviaron al carril de la izquierda y los despidieron con la mano en la visera.

En cuanto hubo perdido de vista el control, el Loren encendió el manos libres y llamó a sus hombres.

—Control a la altura de Arroyo de los Frailes. No les debe de quedar mucho, así que en dos horitas puede salir el próximo coche. Yo os voy avisando. Decidles a los de la *roulotte* que a las siete estoy allí.

Colgó y vigiló de nuevo por el retrovisor central. El niño iba dormido, soltando babas como un bulldog francés. Esa era la grandeza del método Go Fast que los había convertido en los mejores transportistas de droga de la provincia. Siempre estaban preparados para un envío. En una hora podían movilizar un coche con doscientos kilos de mercancía. El suyo siempre hacía de lanzadera, normalmente acompañado por uno de sus tres hijos. Los mayores habían llegado a la edad de resistirse, pero al Johnny le seguían gustando los paseos. En cuanto le abrochaban el cinturón se quedaba dormido, y cada tres horas se detenían en una gasolinera a comerse la papilla. Los mayores exigían paradas más largas, le pedían que les comprara cuchillos de las tiendas de *souvenirs* y cada pocos minutos se quejaban por la duración del viaje. El pequeño solo balbuceaba mirando por la ventana, le sonreía en el retrovisor y aplaudía cuando reconocía alguna canción.

Así siguieron hasta Barcelona. Para cuando entraron en el *camping*, a la altura de Mataró, al Loren le empezaban a doler el cuello y los brazos. Se dirigió directamente hacia la parcela de Gerard. A esa hora muchas familias estaban cocinando y el olor de las barbacoas le avivó el hambre.

Echó el freno ante la *roulotte* de su hombre y salió para sacar de la sillita al Johnny. Nada más poner el pie en el suelo, las agujas de pino se colaron entre la planta de su pie y la chancla. Con el niño aún en brazos se abrió la puerta de la caravana y salieron Gerard y su nueva pareja, una prostituta francesa con la que había comenzado a moverse de *camping* en *camping*. Gerard le había contado una vez que eran aficionados a los intercambios de pareja y al sexo en grupo, y que en determinadas zonas de la costa francesa se organizaban reuniones de gente como ellos: viejos con el culo flácido que se tiraban días follando en la playa y en discotecas que les cerraban para sus saraos. Por grimosas que le parecieran, las costumbres itinerantes de Gerard encajaban perfectamente con las necesidades del Loren. En el doble fondo de su *roulotte* cabían quinientos kilos de hachís. Para completar, en el mismo *camping* tenían otra pareja del mismo grupo que les subiría el resto de la droga hasta Montpellier sin levantar sospechas, invisibles en el trasiego de campistas entre los dos lados de los Pirineos.

Gerard hizo un esfuerzo por no aplastar al hijo de Loren y le dio un abrazo de medio lado. Era un hombre de una simpatía desbordante, entrado en la sesentena y con una larga trenza blanca. Lucía como única vestimenta una bata de raso que dejaba asomar unas piernas depiladas con mimo. Mientras iniciaban la conversación, la mujer, Mimi, cogió al niño y empezó a acunarlo. Ella tendría quince años menos que Gerard, pero había criado esa gordura sin alegría propia de una vida de excesos. Intentaba hacerla más atractiva mediante prendas coloridas y transparencias, pero, según el día, conseguía ese efecto o justo el contrario. En cualquier caso, después de once horas de carretera, el niño pareció contento de ver una cara nueva. Mimi se acuclilló a jugar con él, y el Johnny le devolvió la cortesía intentando ensartarle con agujas de pino las uñas de los pies pintadas de magenta y ya desportilladas en los bordes.

Gerard le pasó el brazo por el hombro al Loren y lo llevó a un aparte.

—Quería pedirte un favor —dijo, abriéndole una cerveza que sacó de una nevera enchufada al suministro eléctrico de la parcela—. Está con nosotros el hijo de mi hermana. Ella anda preocupada por el chico. Lo han pillado un par de veces vendiendo marihuana en el instituto. Me lo ha mandado aquí, a que se pasee un poco por el campo y le dé unos consejos.

—¿Qué consejos le vas a dar tú? —Soltó una carcajada el Loren.

—En serio, Loren. Creo que el chico tiene potencial.

—¿Potencial para qué?

—Para el negocio.

El Loren le dio un trago a la cerveza y sacudió la

cabeza como si el movimiento le sirviera para aclararse las ideas.

—Tu hermana te lo da para que lo quites de los porros, y tú quieres meterlo a traficar.

—No es eso —intentó corregirse Gerard—. Quiero que le expliques cómo va la cosa, y que él decida. No te digo que lo metas en tu negocio ni nada. Eso que se lo busque él, pero que vea si es lo que quiere hacer en la vida.

—Yo a veces es que flipo con la gente —dijo con desagrado el Loren.

—Es un favor, colega.

El traficante consultó el reloj de acero que llevaba en la muñeca.

—¿Va a ser mucho rato? No me gusta quedarme cerca después de una entrega.

—Un cuartito de hora nada más, mientras yo cargo la caravana. En cualquier caso, no te puedes marchar ya, hombre. Deja que tu niño descanse. Mimi le da la papilla y mientras tú hablas con el chaval. Se llama Nico.

El Loren trató de resistirse una última vez.

—¿Pero qué le voy a decir yo, si soy solo un transportista?

—Tu padre ha sido un mito, y tú has hecho de todo.

El Loren suspiró y se sentó en la tumbona que le desplegó Gerard antes de irse en busca de su sobrino. En un minuto volvió trayéndolo por los hombros. El

Loren miró incómodo al chico, poco más que un adolescente barbilampiño. Gerard hizo las presentaciones y se marchó.

—¿Qué quieres que te cuente exactamente? —preguntó de mala gana el Loren.

Nico se rascó la parte trasera del cuello.

—Pues cuéntame lo que sea.

—¿Lo que sea?

El chico asintió convencido, satisfecho de haber encontrado una respuesta.

—Tu tío quiere que te explique cómo funciona el negocio. Pero no le hagas ni caso —dijo el Loren—. ¿Tú por qué quieres dedicarte a esto?

—No sé. Porque es fácil.

—¿Fácil? Si tienes cuarenta y cinco, como yo, pues sí, picha: es más fácil conducir un coche lleno de costo que sacarte una plaza de cirujano. Pero si tienes la oportunidad de dedicarte a otra cosa, pasa de esto. En serio te lo digo.

El chico buscó fuerzas en su timidez. Un hilillo de voz le subió por el pescuezo.

—Pues mi tío Gerard vive mejor que mi madre.

—¿Qué hace tu madre?

—Limpia portales.

El Loren le dio un sorbo a la cerveza para que el chico tuviera tiempo de desarrollar el argumento, pero cuando vio que no lo iba a hacer, continuó:

—En eso tienes razón. Si tienes que elegir entre

limpiar váteres y pasar drogas, pues está claro: pasa drogas. Pero si puedes elegir entre ser médico o pasar drogas, nadie elige las drogas, porque son un coñazo. Hazme caso: si puedes, hazte médico.

El chico abrió la boca para hablar, pero su turno había pasado. El Loren siguió:

—Lo gordo del pastel se lo llevan los que meten la droga aquí y quienes la venden en Europa. Los españoles somos comisionistas que nos sacamos unos pavillos por cada kilo. Yo me he especializado en el transporte, que da poquito, pero es que paso del resto. Me da pereza, es peligroso, requiere una inversión... Mira, para eso hay que pagar a los que te mandan la droga, ya sea el costo de Marruecos o, peor, la coca de América. Luego hay que pagar a los del puerto, a los de las grúas, las aduanas, los guardias civiles... Y aparte de eso: el yuyu que da andar detrás de todo el mundo lamiéndoles el culo.

De repente el Loren pareció tener una idea brillante. Agitó el dedo hacia el chaval para indicárselo.

—Aunque te molen los porros y no valgas para médico, tienes que seguir estudiando. Escucha. A quienes hay que pagarles más es a los que te llevan la parte legal del negocio: quienes crean las pantallas, como las empresas que meten la droga en contenedores, o las que sacan la pasta blanqueada. Esa peña se lo lleva crudo. Si te gusta la droga, estudia y dedícate a eso.

El Loren se acercó a la nevera de Gerard y sacó dos

cervezas. Prefería el vino, pero aquellas latas estaban irresistibles, al borde de la congelación. Le ofreció una al chico, que dijo que sí de forma esquiva, claramente más atraído por el hecho de que compartiesen con él privilegios de adulto que por el placer de la bebida.

—Tienes que estudiar, chaval. Los narcos buenos no tocan un gramo de droga. Eso lo hacemos los vainas de Cádiz, o los pringados como tu tío, con perdón. Nosotros el costo se lo llevamos a un prenda de la mafia italiana y ellos lo colocan por toda Europa: en Ámsterdam, en Alemania... Nos jugamos la cárcel, nos partimos la espalda conduciendo, y el capo gana diez millones desde casa solo con esto. —Le mostró el móvil que sujetaba en la palma de la mano—. Le da a cuatro teclas y unos contables de puta madre le mueven la droga y le meten el dinero en negocios legales. Dedícate a eso.

El Loren se echó hacia atrás en la tumbona y siguió hablando mientras miraba el cielo entre las ramas de pino, por encima de los tejados de las *roulottes*. Sonaba de fondo un partido de fútbol en un transistor, como ocurría en los domingos de su infancia.

—Esto te lo cuento porque estoy lejos de casa y tu tío se aprovecha de que me pongo tonto. Me la pela todo y hablo demasiado. Pero de verdad que, si pudiera empezar, yo ahora no haría esto. Es muy cansado. Antes intentaba enterarme de cómo se movían las cosas, pero ya no doy para más. Lo único que sé es que al final vamos vendidos. Pones dinero en una inversión, no sabes si te va a venir rara, si vas a poder pagar a tu gente, las deudas... Por eso digo que yo no valgo para darte consejos. Llevo la droga de un sitio a otro y ya está: soy como una empresa de mudanzas. A mí me da todo lo mismo: si me piden subirlo hasta Madrid, son doscientos euros el kilo. Si es hasta Ámsterdam, setecientos euros el kilo.

—¿Y por qué contratas a mi tío y no lo subes tú solo a Francia y te quedas más dinero? —preguntó el chico inseguro, temeroso de cometer una deslealtad.

El Loren sonrió ante la pregunta.

—¿Sabes por qué?

El chico no se atrevió a mover un músculo. El Loren, encantado de su propia astucia, se echó hacia adelante en la tumbona con una sonrisa que apenas podía distinguirse ya en los azules marinos de la noche.

—Pues porque una *roulotte* es una casa, y la policía no puede registrarla sin autorización del juez.

Al chico se le levantaron las cejas y el traficante soltó una risotada de satisfacción.

—A mí me pueden joder en cualquier momento y abrirme el maletero, pero tu tío y su novia están en su casa.

—No es su novia, es una puta.

El Loren dejó que se le llenaran de aire los carrillos, incómodo con la confidencia.

—Bueno, a mí me da igual con quién se vaya de vacaciones el Gerard.

—Tú ya lo sabías.

—Coño, pues claro que lo sé, pero tampoco quería decirlo así.

El chico insistió:

—Pues a mí vuestra vida me parece cojonuda.

El Loren se apoltronó en la tumbona. El aire cargado de resina le hizo cosquillas en las piernas. Giró la cabeza hacia la oscuridad, y en el triángulo de luz de una tienda lejana creyó distinguir la silueta de una mujer desnudándose. Suspiró. Una cerveza helada en la mano. Pensó en que al cabo de unos minutos tenía que volver a subir al coche y conducir de regreso a Castellar con el Johnny en el asiento trasero. Luego unos días sin hacer nada, viendo la televisión y esperando. Esperando a que volvieran a llamarlo para otro transporte.

—¿Qué es una buena vida? —Suspiró—. Yo ya no lo sé.

IV

Acodado sobre la barandilla del paseo de Punta Europa, Joseph esperaba la llegada del hombre que necesitaba para contactar con el abogado que abrió la cuenta de La Línea adonde llegaron los bitcoins chinos. Pocos metros por debajo de él, el rebalaje amasaba remolinos y los lanzaba sobre el acantilado afilados en olas tan altas que por momentos llegaban a envolver el faro de Trinity, borrando la raya roja que le cruzaba la panza.

Abraham no se hizo de rogar. La cita era a mediodía, y a las doce menos cinco ya estaba allí, arrastrado por una gabardina beis que parecía una vela a punto de desgarrarse, y sujetando su kipá con la mano derecha para que no se la llevara el vendaval. Probablemente esperaba una recepción más cálida por parte del viejo amigo que lo había citado en aquel inhóspito paraje, pero Joseph continuó dándole la espalda, con la mirada sumergida en el agua batida. Abraham se situó a su lado, vigilándolo por el rabillo del ojo a través de las gafas salpicadas de espuma.

—¿Aún no se te ha pasado? —le preguntó tímidamente.

—Ni se me va a pasar —dijo Joseph.

Abraham chascó la lengua:

—Sabes que no fue on purpose —dijo en llanito, el spanglish de los gibraltareños.

Joseph se giró al fin, cruzando los brazos hacia aquella explanada de Punta Europa que parecía un resumen de la alborotada esencia gibraltareña, y donde convivían un campo de críquet, una mezquita y el homenaje a un general polaco muerto en un accidente aéreo, todo ello enfrentado a la tempestad y la sombra del africano monte Musa, la segunda columna de Hércules, que los observaba severa desde Marruecos.

—You lied to me. Te aprovechaste de mí y casi me matan. No me dijiste que estaba pasándote por la Verja algo tan peligroso —protestó Joseph.

—Joseph, I don't want to argue anymore, pero sabías perfectamente lo que hacías. A lo mejor no era el tipo de smuggling que te pensabas. Tú creías que eran solo antiquities y resultó que llevaban dentro unos microchips robados. Okey: my fault. Pero de verdad que yo no sabía más nada. No quiero que sigamos cabreados. We know each other desde la primary school. Somos best friends, tío. Me has llamado para pedirme un favor y yo te lo voy a hacer.

—Okey. Let's talk del favor.

—Pues hablemos del favor —repitió Abraham.

—Sé que conoces a Dylan Sheriff, el Chief Minister de antes. Dale un ring y dile que un amigo tiene que verlo.

—Okey. La Rebeca tiene mucha intimacy con su mujer y su nuera. Son customers buenos de la jewelry. Nos encargan todo a nosotros, y la Rebeca se pasa a veces a verlo por Sotogrande.

—¿Y puedes pedirle a Rebeca que le dé un ring?

Abraham asintió:

—Se lo digo.

—Díceselo ahora, haz el favor.

Abraham lo miró como si se tratase de una broma. Luego se dio cuenta de que hacía tanto tiempo que no sentía el espolón de la impaciencia de Joseph clavarse en la blandura de su vida tranquila que había olvidado aquella sensación. Sacó el teléfono y se alejó cojeando para darles la espalda a esos ojos inmisericordes que llevaba sufriendo desde que eran compañeros de pupitre en la clase de Ms. Cooper.

Los metros que su amigo puso entre los dos le dieron una mejor perspectiva a Joseph para verlo gesticular. Observó con un desprecio que no lograba contener cómo Abraham le imploraba a su esposa. No sabía hablar con ella de otra forma, igual que si necesitara excusarse permanentemente por una afrenta terrible cometida no se sabía cuándo. Así era él, Abraham Levy, el padre abnegado, el marido y el hijo más dócil, siempre al día con sus obligaciones en la sinagoga, siempre bajo la suela de alguien, aunque Joseph supiera que en el fondo Abraham no se creía nada de todo aquello, sino que lo aceptaba porque detestaba discutir. Sus guedejas se columpiaban en sus sienes cada vez que asentía ante las palabras de Rebeca. Sus anchas caderas se contoneaban dentro de la gabardina igual que si bailase bachata, un paso adelante y un paso atrás, para bloquear las estocadas de su mujer. Joseph se giró de nuevo y se asomó a la balaustrada pensativo. El cielo, de un gris de papel mojado, brillaba en algunas zonas con tanta intensidad que hacía daño.

Cuando Abraham regresó con la boca seca y rehuyéndole la mirada, Joseph le sorprendió con una pregunta que acababa de ocurrírsele:

—¿Recuerdas, cuando chicos, el día que le metimos fuego a la paper bin?

—Of course. La teacher casi nos mata.

Joseph sonrió.

—¿Y a qué viene eso ahora? —preguntó Abraham.

—Nada. Se me ha venido a la cabeza —dijo Joseph.

Abraham prefirió desentenderse de la conversación.

—La Rebeca me ha dicho que va a hablar con la mujer de Sheriff y luego me llama para atrás. Five minutes.

Joseph asintió. Una ola especialmente alta se encabritó, cubriendo el faro entero. Los dos hombres se giraron a tiempo de ver la espuma congelada en el aire, y el mar retrocediendo después del latigazo.

Abraham se decidió y le lanzó la pregunta que llevaba un rato manoseando.

—Are you visiting Angela?

—No tanto como me gustaría —suspiró Joseph—. Está más para allá que para acá. Me confunde con el esposo.

Abraham aprovechó la oportunidad de atizarle:

—Ese era too glamorous para confundirlo contigo.

Joseph lo miró con una sonrisa en los ojos, resistiéndose a dejarla llegar a la boca.

Abraham bajó la vista.

—Te lo pregunto porque quería decirte una cosa chunga: he estado viendo cosas de Angela que se venden por ahí: jewels, zarcillos...

Joseph se enderezó, giró el cuello hacia Abraham y bajó la voz:

—Angela no está vendiendo sus cosas, porque me habría enterado.

—No es ella. Es Auxi, la cuidadora. La del ponytail.

—Are you sure?

Abraham suspiró:

—One hundred per cent. No me atrevía a decírtelo porque estabas enfadado conmigo, pero the last day that Auxi came into my jewelry reconocí unas perlas que me traía and I asked her de dónde había sacado eso. She told me a lie, se las guardó y me dijo que volvía otro día, but she didn't.

Joseph permanecía muy quieto. Abraham siguió.

—La semana pasada encontré esas mismas perlas en una pawn shop. Así que se las vendió a otro.

Aunque sabía que no era culpa de su amigo, Joseph lo agarró por la muñeca:

—Que no me entere de que le coges nada.

—Eh, eh. —Se deshizo Abraham de la mano—. Cool it! Yo no hago esas cosas.

—Voy a denunciarla —farfulló Joseph.

Abraham se palpó la gabardina y sacó del bolsillo un cofre de terciopelo rojo que golpeó en la barandilla frente a Joseph, como si quisiera cascarlo para dejar salir un pollito:

—Here you are. Se los vendió al beréber del final de Main Street. Le pagué two hundred pounds, pero espero que Rebeca no se entere, porque me corta los bezims.

Joseph abrió el cofrecillo y encontró dos pendientes con unas impresionantes perlas anaranjadas.

—Thank you —dijo en voz baja.

—Es lo mínimo que puedo hacer. Pero no puedo ir comprando todas las jewels de Angela, así que haz algo. El beréber me lo dejó so cheap porque le dije que lo iba a denunciar. Él no creo que le compre más nada a la Auxi, but there is always someone willing to do it.

Joseph examinó el fulgor de las gemas sobre sus

manos agrietadas. En los cajones de casa de Angela quedaban decenas de joyas como aquella: piezas que su marido había robado en sus años de correrías. El problema era doble: al expolio se le añadía que Angela podía verse en aprietos si se probaba que no había entregado las joyas a la justicia cuando detuvieron a Julius y le requirieron que devolviera el botín que había acumulado a lo largo de décadas.

En ese momento el teléfono de Abraham vibró a causa de una sucesión de mensajes.

—It's Rebeca —leyó—. Ya ha hablado con la mujer de Sheriff. Dice que te puedes pasar cuando quieras. Te reboto la dirección.

—Okey. Dile que voy para allá.

Abraham respondió al mensaje, agitando la cabeza de nuevo para alejar el vértigo que le suscitaba la impaciencia de su amigo.

Por toda respuesta, Joseph se separó de la balaustrada con intención de marcharse. Abraham lo detuvo:

—Wait. There's something else. No te creas que se me olvida: you saved my life, y yo no me porté bien contigo. Sé que there's something that really worries you. La chica que tuvisteis adoptada, tu morita. Tú no quieres hablar del tema y yo no te voy a tirar de la lengua, pero que sepas que todo el mundo está al tanto de que la estás buscando. Mis clientes me dicen que you should forget it. Sé que no te gustan los chismes, pero son cosas que se comentan.

—¿Qué se comenta?

—Todo. Que se llama Ibtisam Barred. Que vas preguntando por ahí. Que no es trigo limpio... Me he enterado de cosas.

—¿Qué sabes de Ibtisam?

Abraham le pidió calma.

—Te juro que no me quiero meter en tus cosas. Es muy guapa, y somos adultos.

—¿Por quién me tomas? Después de lo que le hizo su tío, I'd never do nada parecido. Marcy y yo la tratamos como una hija. Pero hubo un malentendido y se escapó.

—It's a dangerous matter, Joseph. Todo el mundo me lo dice. Hay algo chungo ahí. Yo no tengo contacto con ella, pero me han dicho que hay una chica que la conoce y que siguen hablando. Se llama Samira. Vive en San Roque. Toma. —Le alargó Abraham una dirección que traía anotada en una tarjeta de visita—. Her address.

A medio camino entre la muestra de cariño y el intento de calmarlo, Abraham le palmeó el brazo mientras Joseph se guardaba el papel. Se colocó las gafas y se arregló los puños de la gabardina a modo de despedida, como si se dirigiese a una cena muy formal. Se disponía a dar media vuelta cuando Joseph lo sorprendió:

—Yo también te quiero decir una cosa. The Irish guy who tortured you...

Abraham abrió mucho los ojos. Repentinamente, el terror de aquella escena pareció elevarse sobre él como una ola más alta que todas las que hubieran visto en la mañana: la habitación oscura donde los mismos irlandeses para los que había pasado los microchips lo mantuvieron retenido durante un día completo, los golpes en las costillas, una bota rompiéndole los dedos de la mano, aquella barra metálica repicando sobre su tobillo izquierdo hasta que el hueso quedó tan blando como fruta madura.

Joseph carraspeó, sabiendo lo que ocurría dentro de la cabeza de Abraham.

—They found him dead —siguió—. Fue un ajuste de cuentas. Se lo cargó un grupo rival de la Irish mafia.

—¿Cuándo? —dijo en tono frío Abraham.

—A principios de semana. He was kidnapped in Marbella. The very next day la policía lo encontró machacadito en el coche.

Abraham se apoyó en la barandilla como si se sintiera mareado.

—¿Y tú cómo lo sabes?

Joseph parecía esperar la pregunta.

—La verdad es que guardé contacto con ellos después de negociar que te soltasen. Se llamaba Conor Whelan and he used to work for Ron Keane, the king of the Costa del Sol. Algunas veces hablábamos, solo por trabajo. Ya sabes cómo es esto. Me dio algún chivatazo para putear a los que le jodían a él, los Lyall. I just wanted you to know.

Abraham se quedó muy serio. Luego se sacudió los

hombros en el gesto de desprenderse de todo lo que le molestaba.

—Tenemos que hacer un esfuerzo por olvidar eso —dijo—. Yo el primero. La próxima vez podríamos vernos en la jewelry, like it used to be, en mi despachito con un cafelito, y no aquí, like a couple of spies. Es verdad que la Rebeca todavía tiene un poco de revenchín contigo y te va a poner mala cara, pero se le pasará. Ya le he dicho que, en verdad, tú me salvaste y que el que la lie fui yo. Pero ya sabes que ella cree que desde la primary school tú me has estado siempre metiendo pájaros en la cabeza. Pero yo vuelvo a hablarlo con ella. Let's bury it. Please, Joseph.

Abraham le cogió las dos manos y las apretó contra las suyas. Joseph torció el gesto, pero finalmente dijo algo:

—¿Sabes lo que me apetecería de verdad?

—¿Qué? —preguntó Abraham.

—Fishing.

—Really?

—Claro.

—Pues justo ayer me dijeron que en la tienda del Felipe venden ermitaños.

—Creía que estaba prohibido llevarlos de cebo.

—Claro, pero qué más da. Todo está prohibido. —Abraham lo miró, con los ojillos vivaces que escondía desde niño tras sus gafas pringadas de huellas de dedos.

Joseph se encogió de hombros.

—Podíamos acercarnos un día a las piedras de la Caleta.

Abraham dejó escapar una risotada por la nariz.

—Sí que hace tiempo que no vas tú... Ahí solo quedan peces arañas y besugos cabezones. Hay que ir al espigón del aeropuerto, que se cogen unas doradas cojonudas, sargos y cabrachos así de grandes. —Representó con las manos.

—¿Y en el espigón no está...?

—¿Prohibido? —Rio Abraham—. Of course.

Los dos amigos se miraron largamente, se palmearon las espaldas y se alejaron cada uno en una dirección.

Joseph entró en su coche, que tenía aparcado en el mismo paseo. Al cerrar la portezuela sintió un calor húmedo subirle desde las suelas. Lo primero que hizo fue enviarle un mensaje a McPhail. Había quedado en que le avisaría cuando cerrara la cita con Dylan Sheriff. No tuvo que esperar demasiado para obtener una respuesta. Antes de que le hubiera dado tiempo de sentirse atosigado por el vaho que comenzaba a empañar las ventanillas, recibió de McPhail una contestación tan breve como acostumbraba: Go on.

Adelante. Sigue. Hasta que te estrelles, parecía ser el lema de su nuevo jefe, y a Joseph le gustaba.

Consultó la dirección de Sheriff y se incorporó a la circulación. En quince minutos estaba cruzando la

Verja, siguiendo el mismo camino que cualquiera de los veinte mil vehículos que la atravesaban cada día. La mayoría pertenecían a los obreros españoles que se empleaban en el Peñón, pero en la caravana también participaba un número no desdeñable de coches gibraltareños con residencia en garajes de la provincia de Cádiz, capitaneados por un puñado de Aston Martin, Jaguar y Bentleys verde metalizado a nombre de los abogados y dentistas más elegantes de la Roca.

Tras dejar Gibraltar, los coches se repartían por los alrededores siguiendo un patrón de círculos concéntricos. Los españoles se detenían más bien pronto, nada más entrar en La Línea o en barriadas de San Roque como la que Joseph estaba dejando a su izquierda en aquel preciso instante, Puente Mayorga, un racimo de casas empotradas dentro de una refinería con chimeneas rojas y blancas como una parodia cancerígena del distinguido faro de Trinity.

Los llanitos con suficiente dinero para huir de las estrecheces de la Roca continuaban camino hasta el otro extremo de La Línea. Allí el barrio de Santa Margarita ofrecía pisos con jardín y piscina a precios prohibitivos para los nativos, pero representaba una inversión razonable para cualquier gibraltareño con empleo fijo.

La flecha de la prosperidad seguía apuntando hacia arriba a medida que el coche subía por la AP-7.

aire acondicionado y seguir mirando el paisaje a través de los cristales.

De camino a casa de los Sheriff reconoció a ambos lados de la calle los dos chalés espejados de los Tray, padre e hijo, los llamados Oil Tray, propietarios de la mayor empresa de Gibraltar y proveedores mediante una flota de camiones cisterna de los miles de buques que cada año repostaban gasolina libre de impuestos a su paso por el Estrecho.

La casa del padre, el Old Tray, era color uva, en un homenaje a todas las leyes medioambientales que incumplía su flota. La del hijo, el Young Tray, azul cielo, quizá porque era un afamado regatista por cuya adhesión el Comité Olímpico Español había suspirado largamente. Un halo dorado rodeaba esta última mansión: el que generaba la presencia en su interior de Veronica Liars, primera Miss Gibraltar que había completado su corona con la victoria en un concurso de telerrealidad británico, feliz esposa del Young Tray y propietaria de una envidiada rosaleda en el jardín trasero del chalé. Liars era una ferviente nacionalista gibraltareña y un personaje venerado en el Peñón, razones que la hicieron merecedora de una rigurosa inspección de la Hacienda española, que sostenía que la Miss consumía más de ciento ochenta días al año en territorio andaluz, por lo que era susceptible de ser tasada como residente española. Por supuesto, los contactos de los Tray sirvieron para librarla de la condena, pero la improbable participación olímpica de Young bajo la rojigualda quedó descartada para siempre.

Aunque si un espécimen gibraltareño abundaba entre los chalés de Sotogrande era el de los abogados. Algunas sagas, como los Hastings, los Camilleri, los Azzopardi o los propios Sheriff, no solo poseían casa en la zona, sino que incluso contaban con una sucursal de sus bufetes. Por la mañana los cabezas de familia visitaban sus despachos en Gibraltar y a media tarde regresaban a los que tenían en Sotogrande para trabajar con más comodidad antes de terminar la jornada con una cena de amigos en el club náutico. Como ninguna felicidad es perfecta, en contrapartida les tocaba compartir vecindario con algunos de los narcotraficantes a los que defendían, y que habían llegado al punto de prosperidad en que se volvía inevitable cambiar el ambiente popular de La Línea por las piscinas privadas de Sotogrande. Si hubieran podido elegir, los Hastings y Azzopardi habrían vetado a sus clientes como vecinos, pero una de las ventajas de sociedades tan estratificadas como la de aquella urbanización era que no resultaba sencillo coincidir con nadie a no ser que se tuviera la voluntad de hacerlo.

Joseph llegó a la dirección de Dylan Sheriff. Aparcó el coche y caminó hasta el gran portón blindado de la finca, que se abrió sin que necesitase llamar o dar su nombre. Cruzó el jardín sintiendo la vigilancia de las cámaras en el cogote y se colocó frente a la puerta de la casa. El cristal emplomado le impidió comprobar si alguien acudía a abrirle, pero al cabo de unos segundos un gigantesco calvo con traje y pinganillo en la oreja lo hizo pasar dedicándole una suave reverencia.

—Mr. Sheriff lo recibe ahora mismo. Espere un segundo —le dijo antes de colocarse frente a las escaleras, con las piernas abiertas y las manos cruzadas, en una sutil forma de bloquearle el paso hacia el interior.

Joseph no dijo nada, aunque le pareció llamativo que no comprobaran su identidad. Sin embargo, tras unos segundos de silencio, el guardia se dirigió de nuevo a él:

—You don't remember me, ¿verdad?

Joseph escudriñó la inmensidad de aquel tipo al que apenas le llegaba a la altura de las axilas. Como a todos los perros grandes, le hacían sentir incómodo los especímenes de mayor tamaño que él. En este caso, el contraste de estilos tampoco fomentaba el entendimiento: uno pulcro hasta el extremo, con la cabeza y el traje delineados a navaja; el otro, con una camiseta raída y sin dar muestras de haberse cruzado con un espejo en días.

—Me suenas, pero no sé de dónde —dijo Joseph.

—We used to work together —respondió el gigante con una sonrisa—. Soy Frank Leary.

Joseph aceptó la mano que acababan de tenderle,

pero sin terminar de caer en quién podía ser aquel hombre.

—A lo mejor lo que te despista es el pelo. Me han dejado un haircut espantoso —bromeó el gigantón frotándose la calva.

Tras unos segundos de desconcierto, Joseph cayó en quién era el dueño de aquella cabeza. Diez años después, al greñudo Frank Leary se le había quedado una calva tan brillante que olía a barniz.

—Hairy Frank! —exclamó, cuando le vino a la memoria su mote.

El otro asintió satisfecho, con su característico gesto de morderse el labio superior mientras guiñaba los ojos. Leary había trabajado en la escolta del Chief Minister junto a Joseph en sus años tranquilos, antes de que todo empezase a saber a ginebra. Hairy Frank era un veterano cuando Joseph llegó, y se marchó por la misma época en que él fue nombrado jefe del servicio.

—Así que ahora estás con los Sheriff —le preguntó sin preguntar Joseph.

Hairy Frank frotó sus dedos índice y pulgar dando a entender que un sueldo generoso justificaba cualquier cambio de lealtades.

—De algo hay que vivir —completó Joseph la reflexión.

—¿Y tú? —Le señaló Leary con el mentón—. Tuviste líos, ¿verdad? ¿Estás mejor?

—Mejor, thanks —respondió Joseph.

—Me alegro. El drinking es que es muy chungo.

A Leary no le quedó tiempo para filosofar más. Se llevó la mano al auricular y le comunicó a Joseph:

—Pasa al salón. Te están esperando.

Joseph siguió a su antiguo colega, que le franqueó la puerta de una estancia donde la claridad que entraba por el ventanal del jardín venía a ahogarse contra la severidad de las maderas oscuras del suelo.

En mitad del salón no encontró a Dylan Sheriff, como esperaba, sino a un individuo bastante más joven, vestido con pantalones y jersey blancos. De inmediato reconoció a su hijo, Thomas Sheriff, y este lo saludó en un inglés engolado, como solían hacer los ricos gibraltareños a los que les desagradaba utilizar el llanito en público.

—Encantado, señor Sanchez. Me ha dicho mi mujer que viene usted de parte de los Levy, los joyeros. Pero me suenan su nombre y su cara.

—Sí. Nos hemos visto bastante, aunque hace años. Yo trabajaba en la escolta del Chief Minister Parody —respondió Joseph.

Thomas no pudo esconder su desagrado. Su familia detestaba a Parody desde que este relevó a Dylan Sheriff como Chief Minister de Gibraltar en un golpe de mano que terminó con la carrera política del viejo abogado y las esperanzas de su hijo de sucederlo.

—Pero hace mucho que dejé de trabajar para Parody —se excusó Joseph—. Estaba aquí por otro asunto. Quería ver a su padre.

—Mi padre me ha pedido que le atienda yo.

Joseph se detuvo en la figura de Thomas. Se dio cuenta de que era la primera vez que lo veía sin traje. Observando a los Sheriff y a otros de su clase, Joseph había aprendido que la distinción que aportaba alguna ropa no estaba solo en su precio, sino en los trabajos que comportaba usarla. Un traje impecable significaba que su dueño estaba en disposición de pagar el sueldo del chófer que lo llevaba a la tintorería y de la asistenta que repasaba la línea del pantalón antes de que su propietario se lo enfundara cada mañana. A Thomas lo recordaba de traje desde que era un adolescente con el pelo engominado y unas atroces marcas de acné. Ahora el láser parecía haber devuelto la regularidad a su cutis para contribuir a la figura de un cuarentón ancho de hombros y bien parecido, con el pecho abombado característico de los miembros de las clases altas que han hiperdesarrollado el tórax gracias a la práctica combinada del polo y los suspiros de satisfacción.

Siguiendo con la inspección, Joseph se percató de otra cosa:

—¿Qué le ha pasado en los dedos?

Thomas levantó la mano vendada.

—Me mordió un caballo —contestó sin darle importancia.

Joseph celebró con un ligero golpe de cejas que el heredero de los Sheriff se resistiera a escapar al cliché con tanto empeño.

—Quería ver a su padre porque él es el responsable de esta cuenta. —Le ofreció a Thomas un papel donde había apuntado la información bancaria de Zurc S. L.

—Mi padre es apoderado de muchas empresas y responsable de muchas cuentas. —Le devolvió el papel Thomas sin mirarlo.

—Esta en concreto es una cuenta problemática, con movimientos sospechosos.

—¿Sospechosos?

—Relacionados con gente sospechosa.

—Perdone que le pregunte, señor Sanchez: ¿es usted policía?

—No exactamente.

—Entiendo. Le he recibido por deferencia hacia los Levy, que son amigos de la familia, pero no tengo por qué darle explicaciones sobre ninguna cuenta bancaria. El bufete de mi padre tiene muchos clientes, y nosotros no nos responsabilizamos de sus actividades ni damos información sobre ellos.

Thomas estaba nervioso. Había perdido el control de la situación demasiado pronto, y Joseph vio la ocasión de apretar un poco más.

—Permítame que insista, pero en este caso quizá sí les interese dar más información. No creo que la participación de su padre en los hechos que investigo sea decisiva, pero podría causarles problemas.

—No tenemos ninguna información que dar.

—Usted quizá no la tenga, pero creo que su padre sí, y me gustaría consultárselo a él.

La piel de Thomas se encendió. Dos minutos de conversación le habían bastado a Joseph para recordar hasta qué punto era endeble la autoestima del heredero. Thomas siempre había sido el hijo llamado a grandes cosas, pero, para su desgracia, se trataba de uno de esos chicos que, sin desenvolverse mal, no lo hacían lo suficientemente bien como para desplazar al progenitor de las responsabilidades decisivas. Igual que la mayoría de los que se encontraban en su situación, había terminado conformándose con un papel secundario en donde no se viera cuestionado a diario por su mediocridad: un puesto honorífico en el bufete que le permitiera mantener una apariencia de poder, a costa de convertirse en uno de esos tristes individuos que, cada vez que se alojaban en un hotel de cuatro estrellas, recordaban que merecerían dormir en uno de cinco.

—Me gustaría invitarle a que abandonara la casa —dijo Thomas invocando con la mirada la presencia de Hairy Frank.

—Le recomiendo que lo consulte con su padre primero. No soy policía, pero, si me echa, acabará viniendo la Interpol.

Thomas levantó la mano señalando hacia la puerta.

—Señor Sanchez, salga inmediatamente de aquí o...

Una voz firme pero con un deje zumbón congeló la discusión con un saludo en llanito:

—Caballeros, a thousand apologies, pero es que me había liado con una pamplina. ¿Qué tal le va la vida, Joseph?

Dylan Sheriff hizo irrupción en el salón con un traje color tabaco y los brazos abiertos, como si pretendiera abrazarlos a ambos desde la distancia.

—Acompáñame al office, Joseph. Y you can wait here, Tommy.

El desautorizado hijo se quedó clavado en el salón mientras Joseph seguía hasta el despacho los pasos de aquel cráneo apergaminado, pensando que el antiguo Chief Minister se conservaba igual que como lo recordaba: un hombre con la espalda cargada pero energía contagiosa, bigotillo y la calva salpicada de pecas. La primera vez que tenía conciencia de haberlo visto en su vida, Joseph se encontraba sentado a lomos de un caballito mecánico de la calle Real. El Chief Minister le dio a una madre una moneda porque la mujer no llevaba suelto y Joseph, a sus cinco años, lloraba inconsolable con el capricho de un paseo en la atracción. La mujer aceptó el regalo apurada y Joseph quedó impresionado por la generosidad del alcalde. Ese era el Cocodrilo, como lo denominaban sus rivales:

espontáneo y carismático, perfecto para las características de Gibraltar, un país diminuto en el que todos se conocían y los votos se decidían por una moneda entregada a tiempo.

El viejo Sheriff rodeó su escritorio y se sentó en un extremo. Tras aquellas cejas de búho y su reloj de oro podía tener un aspecto severo, pero su ceceo y los quiebros humorísticos de su conversación lo convertían en un interlocutor ante el que nadie podía sentirse incómodo.

—No he podido evitar escucharos —dijo—. Esas informations que you were giving to my son nada más pueden salir de un sitio: del Secret Service, y eso no me gusta un pelo. Ya veo que te has buscado las papas pretty good sin el Parody. Me alegro por ti.

—Yo tampoco guardo buena relación con Parody —quiso aclarar Joseph—. Me fui de la Royal Police y desde entonces solo he tenido problemas con él.

Sheriff suspiró:

—Ese chico fue un disappointment muy grande. I promoted him nada más que porque mi hijo no tenía madera para ser Chief Minister. De eso al menos no me arrepiento, porque Tommy hubiera sido un total failure.

Sheriff le señaló el mueble bar:

—Me voy a echar una copita. ¿Te pongo algo?

Joseph rechazó la oferta y el viejo se sirvió un brandi del que emanaba un olor tan espeso que parecía la condensación misma de la esencia de aquel despacho con las cuatro paredes forradas de manuales de derecho y fotos de personajes que algún día debieron de significar algo para Gibraltar y su particular recorrido por el siglo XX.

Sus enemigos argumentaban que Sheriff encarnaba mejor que nadie las ambigüedades del *establishment* llanito. Durante su mandato había mantenido una relación muy estrecha con Londres. Al mismo tiempo, del lado español cultivaba un trato fluido con la Iglesia, los militares y los empresarios de la comarca. No lo hacía solo por conveniencia. Disfrutaba navegando entre dos aguas, y no le importunaba mostrarse ante los británicos como un aliado inquebrantable mientras que en el Campo de Gibraltar ofrecía su rostro de vecino rico y poco belicoso. Sin embargo, su posición real no era ninguna de las dos, sino que se trataba de un orgulloso nacionalista, defensor de la soberanía del Peñón, y habría derramado su última gota de sangre para defender los privilegios fiscales que habían convertido aquella ciudad en un paraíso para fortunas dudosas donde él era uno de sus habitantes más prósperos.

—Voy a ser muy clarito —dijo tras un trago al brandi—. La bank account esa de la que me hablas la conozco perfectamente. No hace falta ni que me la enseñes porque ya sabía que un día vendrían a preguntar por ella. Supongo que aquí estamos entre gentlemen. —Cazó a Joseph con sus ojos amarillos, y no los apartó hasta que este hubo asentido—. La abrí cuando trabajaba para Nando Cruz. Have you ever heard of him?

—No.

El Cocodrilo soltó una risilla victoriosa, y Joseph hubiera jurado que le vio un colmillo brillar.

—Pues eso es una señal de que hicimos bien las cosas. Él se dedicaba al estraperlo y se acabó montando un negocio bueno bueno, con muchas sociedades. I used to cook the books for him. Nada escandaloso: lo típico. Por eso salgo de apoderado de la sociedad Zurc, que si te fijas, es Cruz escrito upside down.

—El problema es que esa bank account ahora es parte de una investigación del MI6 —interrumpió Joseph.

Sheriff apretó las mandíbulas en un imperceptible gesto de rabia por su descuido.

—Me lo creo. Tendría que haberme salido de ella, pero estoy con demasiadas cosas en la cabeza. Lo que te he contado de Nando Cruz no es ningún secreto. En cuanto te pusieras a mirarlo, te ibas a enterar en dos minutos. Yo lo he defendido en muchos casos de pitufeo, de money laundering en cantidades pequeñitas, y no perdimos ni uno. Nando no era chungo: un tío muy bruto pero buena gente. The thing es que murió hace unos años. Yo seguí representando a su hijo, por costumbre. Le llevaba las empresas, hasta que me enteré de que estaba en cosas feas. Lorenzo Cruz, se llama, el Loren, y es un chapucero del carajo. Lo único que quiere es trincarse el cheese de la forma más sencilla. Y como lo que hay ahora por todas partes es drogas, pues él está con las drogas.

—¿Trafica?

—Creo que más bien transporta, pero no me hagas mucho caso, porque yo no sé de eso. —Fingió el Cocodrilo una inocencia que Joseph no podía comprarle—. Trabaja para otras bandas que sí trafican o que roban a la competencia, y el Loren les saca la droga de España.

—Buen negocio.

—Y creo que ni siquiera se esfuerza mucho, porque en verdad tampoco le gusta. El problema es que no le gusta nada en esta vida. Solo saca droga a todo correr y ya está. Yo no quería saber nada de esos zapatiestos y dejé de trabajar para él, pero se me quedó abierta la bank account por torpeza mía, ¿sabes?

El despecho con el que el Cocodrilo hablaba de su antiguo cliente le provocaba algunas dudas sobre su implicación emocional en el caso, pero Joseph prefirió pasar por encima de ellas.

—¿Y dónde puedo encontrarlo? —preguntó.

—Ni idea. I forgot it. Me hago viejo y se me olvida todo.

—No sé si eso sería fácil de defender ante un juez —dijo Joseph.

Médicos y comerciantes gibraltareños eran los clientes ideales para los apartamentos de la exclusiva urbanización de La Alcaidesa, con campo de golf y una maravillosa playa. En la urba abundaban los jóvenes letrados británicos importados de Londres para un periodo de intenso trabajo en los bufetes de Gibraltar; y para las familias llanitas con más posibles, el producto estrella eran los adosados con jardín.

Ya aproximándose a la frontera con la provincia de Málaga, llegaba el momento de las fortunas que se medían en millones. Sotogrande era el enclave en que lo más granado de la sociedad gibraltareña alimentaba su autoestima codeándose con los ejecutivos madrileños y los dueños de las productoras de televisión catalanas. Allí los altos cargos del Gobierno de Gibraltar, empresarios y abogados del Peñón tenían la oportunidad de cumplir su sueño, de relacionarse únicamente con gaditanos vestidos con mono de jardinero, cargando una bandeja de jamón en la mano, o dedicados a encerarles el casco de los barcos del puerto deportivo.

Como Joseph sabía a dónde llegaba, entró en Sotogrande con las ventanas bien subidas para protegerse de los efluvios. Los argumentos para bajarlas eran, sin embargo, muy persuasivos: perfume a jazmín, setos podados al milímetro, adolescentes con bolsas de pádel al hombro... Para conjurar la tentación de escupir a su paso, Joseph optó por aumentar la potencia del

—Mister Sanchez, un juez ahí no tiene nada que decir. Nothing related to me, por lo menos. No me intentes hacer el lío porque no te va a salir, que el abogado soy yo. Además, tú sabes que los Giboes no nos achantamos así de fácil. Este es un sitio de mucho batallar. Los jóvenes ya no se acordáis, pero los viejos lo hemos pasado mal, con la guerra, the evacuation... Yo sé que al MI6 le puede parecer fatal que mi nombre esté en una bank account que sale en sus papeles, pero, si no hay pruebas, la verdad es que me da igual lo que piensen de mí. A pencar. ¿De qué se ha vivido siempre en Gibraltar? Human trafficking, slavery... De todo lo malo. Two centuries under siege que llevamos, y se dice ligero. Gibraltar de toda la vida ha sido una cárcel llena de tabernas. Los soldados llegaban aquí a morir a cañonazos, y había que tenerlos tranquilitos. ¿Tú sabes por qué no hay putas en Gibraltar? Aquí no se andaban con tonterías: traían dos o tres para que les dieran servicio a los soldados, pero en cuanto se despendolaban las colgaban en jaulas y las ponían a tostarse en las murallas. En Gibraltar no queremos más líos de los que nos han tocado.

Joseph conocía la legendaria capacidad de Sheriff para envolver a sus rivales y soltarlos solo cuando quedaban noqueados por la infinitud de sus recursos oratorios. Sin embargo, en ese momento entendió que, si no lograba cambiarle el paso de inmediato, difícilmente saldría de ese chalé con información sobre moldavos, lavado de dinero o cualquier tema que afectase al Cocodrilo.

—Mind you si...? —Sacó un purillo el viejo e hizo ademán de encenderlo. Joseph le dio permiso con una mirada de envidia—. Aquí en el office me fumo siempre alguno escondido. Si me pilla mi esposa me mata. —Señaló una foto sobre su escritorio en la que abrazaba por la cintura a una mujer varios años más joven que su propio hijo mientras los flanqueaban dos niñas espectrales peinadas con enormes lazos—. Son mis dos hijitas, my treasures —le aclaró orgulloso.

Joseph tomó aire, preparándose para un último esfuerzo para evitar que el viejo se le escabullera.

—Usted ya no tiene nada que ver con la bank account —arrancó—. Vale: that's what you are saying, pero resulta que sigue activa, y le sigue entrando dinero que se limpia en bitcoins en China, y yo quiero saber quién está haciendo esos deposits y por qué. Esto está relacionado con cosas serias: Moldovan mafia. The Proca family. ¿Los conoce? Murders, arms trafficking...

El viejo se mordió las mejillas en una mueca de incomprensión:

—Bitcoins? The Proca family? ¿Dinero de China? Pero ¿qué películas son esas para un viejo como yo? Moldovan mafia? ¿Ellos han metido dinero aquí, en La Línea? —preguntó con aspecto de estar genuinamente preocupado.

—La mafia no, pero parece que la misma persona

que les limpia el dinero a los moldovans puede ser quien está haciendo los deposits in your bank account.

—La bank account de los Cruz, te repito. Yo solo la abrí hace una pila de años y no la he vuelto a tocar.

—¿Y su hijo? ¿Él ha podido seguir representando a los dueños de la bank account?

Sheriff bufó.

—Vamos a dejar a mi hijo fuera de esto. Mi hijo no sabe nada de nada. La law firm es mía y se acabó, pero déjame decirte una cosa. —Señaló a Joseph haciendo tintinear su reloj de oro—. Aquí todos somos vecinos, sabemos de qué pie cojea cada uno y no conviene fastidiar por fastidiar. Si hubiera un delito, yo apechugo, pero de chismes de mafias I don't know a thing.

Joseph sonrió resignado y se levantó del sofá dando la charla por terminada. Sin embargo, el viejo Sheriff pareció recuperar el control de su mal humor y le pidió que esperase con la mano en alto como un guardia de tráfico.

—Pero también tenemos que ayudarnos, y no quiero que te marches con mal sabor de boca. Yo de bitcoins no sé nada, pero tampoco soy un cateto, y te voy a hacer un favor —dijo mientras se ponía a garabatear un papel—. Te voy a dar la dirección de un experto en esas cosas con el que alguna vez hemos tratado en el bufete para casos raros. Es un hacker de esos. Nos ha hecho varias veces counselling services. Un chaval muy bueno, de los mejores de España. Vive en Cádiz, por el centro. Give him a call de mi parte y él te explica todas las cosas esas. A lo mejor conoce a alguien que esté en el ajo, pero la verdad es que Moldovans en Cádiz yo no he visto muchos. Aunque ya sabes, kicks por si pega: por si acaso.

Joseph se acercó a la mesa y recogió el papel. El Cocodrilo parecía haber digerido su enfado por completo:

—Antes de que te marches no puedo resistirme a decírtelo: eres clavadito a tu padre. Y cuantos más años pasan, más te pareces.

Joseph no consiguió disimular la sorpresa.

—Pepe el cantaor —continuó Sheriff—. Nos conocíamos de la Peña Calpense, de los toros. Tengo buena memoria. Era un morlaco tu padre. Le cabían bien los kilos. Yo engordo un poco y me pongo hecho un monstruo. Qué envidia. ¿Te gustan a ti los toros?

—No los sigo —dijo Joseph, inmovilizado por el último recurso del Cocodrilo.

Este respondió en voz baja:

—Te iba a decir que tenía entradas para mañana en El Puerto, que va a estar de lujo, pero ya me veía que no ibas a querer. It's something you like or you hate. —Luego pareció recuperar su energía y estrechó la mano de Joseph—. Y nada, que me alegro de verte después de tanto tiempo.

Joseph salió del despacho y cerró la puerta. Thomas Sheriff seguía de pie en el mismo punto del salón, como si la preocupación por lo que ocurría en el despacho lo hubiera transformado en uno de esos dálmatas de porcelana. Joseph pasó ante él murmurando unas palabras de despedida. Cuando llegó ante Hairy Frank, este le abrió la puerta de la calle con una sonrisa irónica.

—Sigue en forma el Cocodrilo, ¿verdad?

Joseph no supo qué contestar. Abandonó la casa en silencio y al llegar a la acera miró a un lado y a otro, no porque temiera que un coche pudiera atropellarlo. El viejo Sheriff ya lo había vapuleado bastante. En medio de Sotogrande recordó qué se sentía cuando eras el camarero y el dueño de la fiesta podía ponerte en la calle en cuanto le parecía que estorbabas.

V

Joseph aparcó el coche a la entrada de San Roque, de vuelta a su territorio natural. La visita a Cádiz que le proponía el Cocodrilo para entrevistar a un *hacker* sin relación con el caso de los moldavos le olía a señuelo para alejarlo de la pista buena. Una persona que vivía del encubrimiento difícilmente regalaba el nombre de un contacto en el inframundo. Igual de sospechosa parecía la libertad con la que el abogado hablaba de Loren Cruz y un tema tan confidencial como un negocio de transporte de drogas. Daba la impresión de que el Cocodrilo estuviera dirigiéndolo hacia su antiguo socio para cobrarse unas cuentas pendientes. Por eso Joseph se preguntó si hacía bien entrando al trapo. No se fiaba, pero, al mismo tiempo, si él tuviera que delatar a alguien dentro del mundo del narco, probablemente lo haría con una estrategia igual de indirecta, dejando caer una referencia que fuese fácil de rastrear, pero que no lo comprometiera mucho.

Con la esperanza de aclarar sus dudas, Joseph optó por acudir al Google del narcotráfico local: las tascas de San Roque. Hacía ya muchos años que los negocios entre lancheros y narcos se cerraban mediante mensajes telefónicos, sin necesidad de encontrarse cara a cara, pero los traficantes eran criaturas sociales, y el mejor lugar para vanagloriarse de las hazañas seguía siendo aquel donde el alcohol soltaba las lenguas. Los bares de la zona reunían a la gente apropiada para informarse sobre el negocio de envío de droga a domicilio del perezoso Loren Cruz; sin embargo, antes de ponerse manos a la obra, Joseph estaba obligado a consultarle a su fantasmal jefe sobre un detalle fundamental.

Sacó el teléfono y tecleó en inglés: NECESITO DINERO PARA INFORMANTES. MIL EUROS.

McPhail respondió a la velocidad habitual, como si tuviera siempre el teléfono en la mano, con el mensaje ya escrito y pendiente solo de pulsar el botón de envío:

OK. ¿ALGÚN AVANCE?

Joseph respondió:

NADA SOBRE LOS MOLDAVOS.

SIGUE INTENTÁNDOLO, contestó McPhail.

Joseph estaba rabioso. Decidió provocar a su espía jefe.

¿DE VERDAD EXISTEN LOS MOLDAVOS O SON UN CUENTO DE HADAS?

Se trataba del intercambio más largo que habían tenido hasta la fecha. Esperó una respuesta de McPhail, pero no llegó nada. El móvil debía de habérsele resbalado de sus delicadas manos. Joseph suspiró. Tras dos minutos sin vibraciones, asumió que había forzado demasiado y salió del coche con un portazo.

Sacó dinero en un cajero y entró en el lugar que solía visitar primero en aquellas ocasiones: el Caballo Negro, una popular casa de comidas de la calle del Obispo. Se sentó en una esquina, en una mesa de madera que a menudo quedaba libre porque tenía una pata más corta que el resto, y pidió un manchado con dos sobres de sacarina. La parroquia respondía al patrón habitual, aunque Joseph no reconociera a ningún cliente en concreto. Sobre un paisaje de obreros con expresión de cansancio, brillaban como gemas los grupos de cachorros del narco: chicos con chándales demasiado caros para un sueldo legal de los que se daban por la zona, dueños de rostros alegres, con la confianza de los que se sienten con control sobre sus destinos. Pero a pesar de su halo de aristócratas bravucones, quienes atraían todas las miradas aquel día no eran ellos, sino dos cuerpos extraños, víctimas de un incómodo problema de locuacidad. Ambos compartían el centro de la barra: el primero era un cincuentón grande y desaliñado, con un bigote que parecía dispuesto a saltarle fuera de la cara para copular con la primera rata que encontrara paseando entre el serrín del local; el segundo era más menudo, con el pescuezo descoyuntado como consecuencia de andar estirándolo para ganar centímetros, y una americana con hombreras que tampoco conseguían solucionar su escasa presencia física.

El más grande actuaba de cicerone. Conocía o fingía conocer a buena parte de los clientes, invitaba a cerveza y contaba chistes de los que solo él se reía. Su acompañante se mantenía en un segundo plano, limitándose a aparentar que compartía la misma frecuencia de onda que los demás, mirándolos desde una media sonrisa que daba a entender que había frecuentado infinidad de tascas como esa o incluso un poco más sucias, por mucho que eso casara mal con su pelo repeinado hacia la izquierda y sus gafas con lentes del tamaño de platos. Para subrayar esa pretendida familiaridad con el lumpen, de cuando en cuando se acodaba en la barra y, aupado en el travesaño de la banqueta, pedía un vino con voz muy segura:

—Compadre, un barbadillo. Y unas raciones de gambas y carne mechada para los amigos.

Por debajo de la comanda, su colega bigotudo se volvió hacia uno de los vecinos de barra:

—No sé qué se dice por aquí, pero a mí todo el mundo me cuenta de un tiempo a esta parte que están llegando unas semirrígidas alemanas que son de lo mejorcito que hay para correr con mala mar. Unos pepinos tremendos.

El chico al que iba dirigida la afirmación, un rubio con dos pendientes en la ceja, respondió con una mirada guasona para la que buscó la complicidad del resto de sus compañeros antes de romper a coro en una risotada.

Joseph se sentía incómodo con la atmósfera enrarecida que generaba la presencia de la pareja. Para abstraerse, sacó la baraja que llevaba en el bolsillo y la extendió sobre la mesa, pero no conseguía dejar de escuchar la conversación. Tenían aspecto de periodistas o de algo peor, y estaban llamando tanto la atención que aquel día sería imposible sacar un ápice de información de todo San Roque.

—A mí me gustaría saber qué música escucháis. Aparte de reguetón y esas cosas —intervino el tipo más pequeño, fingiendo un aplomo que cada vez estaba más claro que no tenía—. Una época tuve trato con muchos mexicanos y me aficioné a los narcocorridos. ¿En el Campo de Gibraltar tenéis algo parecido? Quiero decir, una música que represente a los del gremio.

El hombre del bigote pareció alarmarse ante la intervención de su compañero, como si aquel paso en falso fuese más grave que los otros mil que llevaban toda la tarde ejecutando.

—Mi amigo quiere decir… —intentó corregirlo.

Joseph intentó ahorrarse la respuesta. Se puso de pie y se dirigió al baño. Desde niño experimentaba dolorosos ataques de vergüenza ajena en presencia de personas a las que veía sufrir simulando ser lo que no eran. Cuanto más fallido resultaba el intento, peor se sentía él. Entró en el servicio de caballeros, orilló un charco sospechoso, y empezaba a orinar en la taza cuando la puerta se abrió a su espalda. Sin percatarse de que estaba acompañado, el hombre más pequeño se abalanzó sobre el lavabo, abrió el grifo del agua fría y sumergió la cara.

Mientras se humedecía el cuello y la nuca, el recién llegado iba resoplando con fuerza, siguiendo un ritmo regular, como si estuviera ejecutando los pasos de un ritual que le sirviese para evitar un ataque de ansiedad. No era agradable contar con testigos mientras te derrumbabas, así que Joseph intentó pasar desapercibido. Alargó su propia operación todo lo que le permitieron los esfínteres, hasta que su vecino se percató por el espejo de que no se encontraba solo. Entonces se colocó las gafas que se había quitado para refrescarse y trató de recuperar la compostura, enderezándose y arreglándose el flequillo. Joseph se subió la cremallera y saludó con un «... días» siseado entre dientes. Cuando se dirigía hacia la puerta, el otro se echó al lado como un boxeador sonado, dejándole sitio para limpiarse las manos. Joseph correspondió al gesto de cortesía con un enjuagado lo más rápido posible, pero en el momento en que iba a salir del baño el hombre lo detuvo.

—Me llamo Santiago Solevilla. Soy un periodista de Madrid y estoy grabando un reportaje sobre el narco. ¿Le puedo hacer una pregunta?

Joseph se quedó petrificado, incapaz de responder a aquel extraño que había visto al borde del colapso y que ahora lo asaltaba con una petición.

—Mi compañero es un periodista de Cádiz que me está ayudando —siguió—. Buscamos a alguien que se dedique al tráfico de hachís y nos deje acompañarlo en un viaje en lancha desde Marruecos. ¿Conoce a alguien a quien le interese?

Joseph intentó despegar los labios, pero no lo consiguió. Miró a los ojos de Solevilla, que a esa distancia se veían conmovedoramente pequeños como efecto conjunto de las dioptrías y la ansiedad.

—No les molestaríamos en el trayecto —insistió—. He tenido contacto con el narco mexicano, y he participado en muchas guerras. Sé cómo funcionan estas cosas.

El hombre parecía recuperar su aplomo al escucharse a sí mismo, aunque Joseph hubiera preferido que no fuese así.

—Lo siento —farfulló mientras terminaba de abrir la puerta.

Pero antes de que hubiese conseguido salir, Solevilla lo frenó de nuevo, ofreciéndole un apretón de manos con el que parecía necesitar que quedase claro que no era menos hombre que nadie. Joseph aceptó el saludo, y el pequeño reportero le estrujó los dedos con una fuerza exagerada. En cuanto pudo recuperarlos, Joseph escapó del baño dejando al hombre frente al espejo.

En la barra el ambiente había seguido degradándose. Los parroquianos de mayor edad se habían retirado y el periodista bigotudo se encontraba rodeado por un grupo de chicos que lo acusaba de meterse donde nadie lo llamaba. Él continuaba con su estrategia de reír a destiempo, ofrecer cerveza y fingir que le divertían las acusaciones que le planteaban. Por un segundo Joseph se planteó recuperar su sitio y limitarse a esperar que todo acabara, pero cambió de opinión al ver a través de la ventana del bar a un jovencito que le resultaba familiar. Dejó sobre la mesa el precio del manchado, recogió de un manotazo las cartas y salió a la calle. El chico que le interesaba seguía fumando recostado contra la fachada, mirando a los paseantes con el aire siempre alerta de los que viven de ser más rápidos que quienes intentan cazarlos.

Al pisar la acera, Joseph lo examinó con tiento. Un destello en los ojos del chico delató que se habían reconocido mutuamente. Rozaba los veinte años y vestía una camiseta sin mangas que dejaba al aire dos brazos pálidos y delgados que eran la clave de su mote: el Alambrito. Joseph recordaba que habían trabajado juntos no hacía demasiado, durante la temporada en que se dedicó a pasar tabaco por la Verja después de que lo expulsaran de la Royal Police y se encontrara sin dinero para el alquiler. El chico se movía en el amplio circuito del comercio ilegal en el Campo de Gibraltar, y lo mismo cruzaba la frontera en *scooters* cargadas de cartones de Marlboro que descargaba fardos de hachís en la playa de la Atunara. Tenía buena memoria y era lo bastante curioso como para enterarse de quién se ocupaba de cada cosa en cada momento dentro de aquel pequeño ecosistema. Podía no ser una solución tan carismática como el piloto de planeadoras que buscaban los periodistas para su reportaje, pero a Joseph le bastaba para lo que él necesitaba.

—Tú eras Grabi, el Alambrito, ¿verdad? —se acercó Joseph.

—Claro. Y tú el Llanito, el Jose. Qué buena cara tienes, picha. ¿Cómo te va? ¿Tienes curro?

Joseph asintió:

—Pues sí, y justamente quería pedirte un favor de los que se pagan. Estoy buscando a unos notas. No es para hacerles nada malo. Es un trabajillo en el que me dan un dinero por enterarme de movidas. Ya sé que tú estás en el lío y no me puedes decir nada, pero, si conoces a alguien que quiera hablar, díceselo y yo me arreglo con él. Busco a un pibe que se llama Loren Cruz y se dedica a subir costo. ¿Te suena?

El Alambrito giró la cara, como si un ruido lo hubiera sobresaltado. Negó con un movimiento eléctrico y tiró la colilla.

—¿Cuánto pagas?

—Depende de lo que me cuenten. Trescientos, quinientos, setecientos… Si me mandas a alguien, yo le doy aparte una comisión de cien pavos para ti. Tú solo dile que voy a quedarme un rato en el Caballo Negro.

—¿Cuánto rato?

—¿Veinte minutos? —probó Joseph.

El chico no esperó a que terminara de hablar. Pisó el cigarro y se escurrió calle abajo. Joseph escupió un taco, frustrado por no ser capaz de contener las prisas. Durante un instante se sintió tan torpe como los dos periodistas que había dejado en la tasca, pero la comparación le duró el tiempo que tardaron en abrirse las puertas del bar y salir por ella los dos hombres como dos curas expulsados del *saloon* de un *spaghetti western*. Detrás de ellos avanzaba la camada de jóvenes narcos, con los puños cerrados y dando berridos. El último del grupo era el rubio de los pendientes en las cejas, que grababa la escena con su teléfono.

El periodista de Madrid pidió tranquilidad y se adelantó a su compañero, dando a entender que, desde ese momento, él quedaba al frente de la situación.

—Vamos a calmarnos, Nacho —se dirigió al que parecía el cabecilla—, yo solo te he pedido una pequeña ayuda para el reportaje, pero, si no quieres, estamos entre amigos.

El narco no se dejó conmover, desenfundó la mano derecha y le propinó al periodista un bofetón que le hizo perder las gafas.

—¡Que no me llamo Nacho, que me llamo Pedro, subnormal, y tú a mí no me conoces de nada! Irse a tomar por culo ya, hombre. Si queréis montarse en una lancha, se vais al Aqualand.

El periodista recogió las gafas de la acera mientras mantenía la otra mano en alto, protegiéndose de más golpes que pudieran llegar. Como el falso Nacho parecía dispuesto a propinárselos y volvió a acercarse escupiendo espumarajos, el periodista de los mostachos se interpuso. Fue recibido con un rodillazo en la entrepierna que sonó con la fría contundencia de un despeje una tarde de invierno en el campo de la Balompédica. El hombre soltó un gemido y cayó de rodillas entre un rumor de aprobación. El camarógrafo del grupo se acercó a la escena con su móvil, gritándole al micrófono:

—Esto es lo que les pasa a los que se meten donde no les llaman. Somos los Caballo Negro gansta, me cago en mis muertos.

Joseph observó la escena en silencio, sabiendo que no había mucho que pudiera hacer. Los chicos se quedaron satisfechos con su exhibición de dominio territorial y se marcharon calle abajo chillándole a la cámara sandeces sobre la San Roque *crew* para asegurarse de que la policía podría identificarlos en cuanto colgaran el vídeo en YouTube. Ningún transeúnte se acercó a los periodistas, que permanecían en el suelo apoyados el uno contra el otro, infundiéndose ánimos a la espera de que remitieran el dolor y la vergüenza.

Dispuesto a cumplir con los veinte minutos de espera a los que se había comprometido, Joseph entró de nuevo en la tasca. Recuperó su sitio en la mesa coja, pidió un segundo manchado y volvió a extender las cartas. El silencio en el que había quedado la barra era perfecto para completar unos cuantos solitarios con la única interrupción de algún vistazo al reloj de su teléfono. Estaba en la tercera mano cuando una bocanada de aire de la calle revolvió aquella calma. Joseph levantó la vista de los naipes y vio en la puerta a una chica morena que buscaba a un desconocido. Reconoció su intención porque su mirada era demasiado abierta, más dirigida a localizar al protagonista de una descripción difusa que a tropezar con unos rasgos familiares. Para hacérselo más fácil, Joseph irguió la espalda, anunciando que le apetecía ser encontrado. La recién llegada reaccionó a la señal y se acercó con paso enérgico, echándose la larga melena hacia atrás para dejar al aire unos orgullosos zarcillos de oro.

Joseph plegó los brazos y le dejó sitio en la mesa, aunque aquella mujer no necesitara su aprobación para apropiarse de todo el espacio disponible. Lucía unas afiladas uñas postizas que entrelazó frente a él, levantando una muralla de porcelana.

—¿Tú eres el amigo del Alambrito?

—Sí.

—Me ha dicho que preguntas por alguien que yo conozco.

—Eso es. Podemos hablar aquí o vamos a otro sitio.

La chica bajó los párpados.

—No te voy a decir nada que no piense todo el mundo. Aquí todos comemos de lo mismo: desde el que da el agua, hasta el de la refinería que roba el queroseno para las gomas. Si nos jodemos entre nosotros, no nos queda más nada.

Joseph entendió por qué no hacía falta esconderse. Sobre los dos había descendido una repentina campana de invisibilidad. El camarero se entretenía abrillantando unos vasos que nunca antes habían visto una bayeta, y los escasos clientes parecían absortos en lo suyo, sordos y ciegos igual que si en la mesa coja no se sentara nadie.

—¿Por qué buscas al Loren? —preguntó la chica.

—En verdad busco a un socio del Loren, pero para eso necesito encontrarlo a él primero.

—Tú tranquilo, que no me importa si vas a por él —dijo ella con desprecio.

Joseph mantuvo una expresión neutra, se metió la mano en el bolsillo y dejó sobre la mesa varios billetes de cincuenta.

—Te doy doscientos por lo que me cuentes, y cien más para el Alambrito. No tengo problema en pagarte otros doscientos si lo que sabes vale la pena.

—Eso no es dinero para hablar mal de nadie.

De nuevo, un cauteloso silencio fue la única respuesta con la que se encontró la chica. Joseph no quiso recordarle que, si había ido allí a buscarlo, era porque tenía ganas de hablar.

Ella torció la nariz de disgusto, pero finalmente clavó las uñas sobre los billetes y los arrastró hasta el borde de la mesa. Primero los contó moviendo los labios, y luego comenzó a hablar.

—Hace mucho que nadie quiere trabajar con los Cruz porque son unos gualtrapas. Les encargas que te suban cien kilos a Francia, tardan una semana y llegan solo ochenta. Por eso ya no los llaman y se dedican a putearnos a los demás.

—¿Siempre fue así?

—No. Desde que se murió el padre. Tampoco fueron nunca muy legales, la verdad, pero entre los viejos se entendían y se debían sus favores.

—¿El padre también se dedicaba al hachís o solo contrabando? —interrumpió Joseph, recordando cómo el Cocodrilo había desvinculado del narcotráfico a su antiguo socio, Nando Cruz, exculpándose de paso a sí mismo.

—Pues no sé si haría contrabando también, pero de lo que vivía era del costo. Fueron de los primeros en mandar gente a Marruecos. Hasta que desapareció el patriarca y el negocio se les fue al carajo, porque mantener eso es mucho curro. Se fueron quedando atrás y, como ya no les quedan clientes, se dedican al mercado chungo: a llevar la droga de los paleros que vienen de fuera y les pegan vuelcos a las collas de aquí. Por eso no los traga nadie. Cada vez que roban a una familia de las nuestras, ya sabemos que son los Cruz los que van a subir la droga a Madrid o a Barcelona. Imagina tú qué gracia: gente del Campo de Gibraltar de toda la vida, ayudando a los que roban a sus vecinos.

—No parece muy bonito, no —le dio la razón Joseph.

—Está todo el mundo calentito. Por aquí ya ni aparecen.

—¿Y dónde viven?

La chica titubeó, pero se echó la melena hacia atrás y en el movimiento pareció desprenderse de sus dudas.

—Tienen una casa a la entrada de Castellar. En el pueblo todo el mundo los conoce, y desde allí pueden salir muy rápido por carretera. Eso lo tienen bien montado, la verdad.

—¿A tu familia le han dado algún palo?

—Para hablar de mi familia hay que lavarse la boca primero, ¿me entiendes?

A Joseph no le intimidó la respuesta. Era lo que esperaba. Estaba seguro de que, si la policía se tomara el tiempo de revisar la lista de los últimos vuelcos en la zona, encontraría en la lista de víctimas a alguien del círculo de la chica. El despecho con el que hablaba de los Cruz sonaba demasiado vivo.

—Entendido —asintió Joseph.

La chica sacó su teléfono, un iPhone con una funda rosa con orejas de conejo. Le mostró una foto.

—Este es el Loren.

Joseph se inclinó sobre la foto. Era un hombre entrado en kilos, piel morena y una coleta. No encontró nada llamativo en él, más allá de cierto aire contemplativo, de entereza estoica ante los reveses de la vida.

—Espera —dijo la chica arrancándole el móvil para teclear algo a toda velocidad, como si no pudiera prescindir del aparato más tiempo.

Después de un segundo volvió a enseñarle en la pantalla el resultado de su búsqueda:

—Esta es la casa de los Cruz en Castellar. La encuentras nada más entrar en el pueblo, cogiendo el camino que sube.

Joseph intentó memorizar la mayor cantidad de detalles posibles: la plaza de albero y la puerta de lo que parecía un garaje. Mientras se concentraba en las imágenes dejó sobre la mesa el resto del dinero prometido, que la chica se guardó como si a ella también le importara muy poco. Joseph le dio unos minutos de ventaja y salió de la tasca mientras esta iba retomando el pulso tras su estratégico momento de intimidad.

Al verse de nuevo en la calle se percató de que no tenía claro cuál era el siguiente movimiento. Se había hecho tarde para conducir hasta Castellar y, en cualquier caso, necesitaba un plan antes de abordar aquella visita. No parecía prudente aparecer por allí sin más elementos que la palabra de una jovencita que ejercía de hija, prima o novia vengadora de algún narco que había salido perjudicado de un negocio con los Cruz. A cada paso todo le parecía más inverosímil en aquella historia: unos transportistas de hachís vinculados a la mafia moldava a través de una vieja cuenta bancaria de los Sheriff… Entre tanto fuego de artificio, Joseph decidió que utilizar el tiempo muerto para algo concreto no podía ser censurable a ojos de nadie, así que pospuso hasta el día siguiente el debate sobre si resultaría más absurdo visitar primero Cádiz o Castellar, y optó por aprovechar la visita a San Roque para acercarse a conocer a Samira, la amiga de Ibtisam de la que le había hablado Abraham.

Sacó la tarjeta con su dirección y se puso en marcha. La casa se encontraba solo a unas manzanas del Caballo Negro, en un edificio de tres plantas con una barraca de chucherías en el bajo.

La cancela estaba abierta. Joseph entró sin anunciarse en el telefonillo y subió por las escaleras de la corrala hasta el piso de Samira, el tercero. En la línea de la colada que correspondía a su puerta convivían ropa de hombre y de mujer. Llamó al timbre y, tras unos segundos de ruido, la puerta se abrió el espacio que permitía la cadenilla de seguridad. Un ojo de mujer se asomó. A sus espaldas se adivinaba una cocina. Invadió el descansillo un olor a legumbres a medio cocer.

—¿Qué quiere?

—¿Es usted Samira Palomeras? —leyó Joseph el papel que sostenía en la mano, como si se dispusiera a entregar una citación judicial o unos zapatos comprados por internet.

—Sí. ¿Y quién es usted? —replicó con desconfianza la mujer.

—Un amigo de Ibtisam Barred.

Un silencio siguió al anuncio. La mujer estudió las posibilidades que se le ofrecían. Cerró la puerta. Por un momento Joseph pensó que la dejaría así y simplemente subiría la televisión lo suficiente como para no oírlo insistir en el timbre. Pero el cerrojo se descorrió y la mujer volvió a abrirle, esta vez sin cadena.

—Pase —lo invitó, evitando mirarlo a la cara, como si aquella situación supusiera una vergüenza para ambos.

Joseph atravesó la cocina hasta una diminuta mesa chapada de verde en la que la mujer le indicó que se sentara. Ella tomó otra silla y se colocó enfrente. Llevaba un moño improvisado y una gastada bata bajo la que asomaba un camisón de flores con pequeños ramos malvas y azules. No debía de tener cinco años más que la chica con la que Joseph acababa de entrevistarse en el bar, pero podría haber pasado por su madre.

—¿Por qué está buscando a Ibtisam? ¿Es policía?

—No. Soy Joseph, el llanito. Si conocías a Ibtisam, a lo mejor te suena mi nombre. Vivió en Gibraltar conmigo y mi mujer después de irse de casa de su tío. Intenté ayudarla, pero no salió bien. Quiero verla y echarle una mano si todavía lo necesita.

La mujer concentró la vista en su regazo. Planchó con los dedos las arrugas de la bata.

—Un amigo me dijo que tú podías ayudarme a encontrarla —continuó Joseph ante la falta de respuesta.

Samira desvió la mirada hacia el fogón un instante para vigilar los desahogos de la olla exprés, pero Joseph se percató de que una lágrima le asomaba al borde del ojo. Se la restregó rápidamente y respondió con rabia.

—Es un poco tarde para venir a por Ibtisam. No sé dónde está, pero seguro que le va mejor que cuando estaba contigo.

Joseph examinó la cocina de un vistazo. En una esquina se dio cuenta de que se secaba un uniforme de policía sobre un tenderete con la mitad de las varillas rotas. En lugar de ondear al viento en el patio de la corrala, era la única prenda húmeda que se había quedado en el interior, absorbiendo el olor a legumbres. Joseph señaló el uniforme con la barbilla:

—Yo también fui policía —dijo.

Samira refunfuñó, molesta:

—Seguro que no tenías que esconderte de los vecinos.

Aquella rabia descolocó a Joseph. No esperaba encontrarse en aquella cocina a nadie así de furioso.

—Solo necesito saber dónde está Ibtisam —dijo—.

Quiero decirle que su tío ha muerto. Lo mataron hace unos meses. Puede volver cuando quiera. Ya no le hará daño.

La mujer soltó una carcajada incómoda, entre el sarcasmo y la emoción, y a renglón seguido se cubrió los ojos como si hubiera agotado sus últimas resistencias.

—Te lo digo en serio —siguió Joseph—. Si hablas con ella, cuéntaselo. Su tío ya no está. Que le pregunte a quien quiera.

Samira levantó la vista y se concentró en digerir las noticias.

—¿Han matado al hijoputa ese?

Joseph asintió.

—¿Por lo que le hacía a los niños? —preguntó emocionada la mujer.

La respuesta no era sencilla. No, Salim no había muerto a manos de alguien que quisiera vengar sus años de pederastia. Su ejecución había sido parte de un pacto que Joseph cerró con los Keane. Un pacto por el que se había comprometido a muchas cosas que no le gustó hacer, pero que probablemente había sido una de las pocas decisiones rentables de su vida.

Sin embargo, Joseph entendió que Samira buscaba que le confirmaran que la muerte de Salim había representado un acto de justicia. A Joseph le pareció bien darle esa pequeña satisfacción, así que asintió de nuevo.

Samira suspiró:

—Ibtisam se quedó con nosotros unos meses. Pero lo único que quería era marcharse de aquí —dijo.

—¿Adónde? ¿A Marruecos?

—¿Estás de coña? A cualquier sitio menos a Marruecos.

—¿Por ejemplo?

Samira chascó la lengua.

—Adonde fuera.

—Dime dónde, por favor. Le debo una.

—¿Qué le debes?

Joseph unió las manos, se las llevó a la boca y se mordió suavemente los nudillos. Luego retomó la conversación más sosegado.

—Cuando se vino a Gibraltar conmigo yo quería alejarla de su tío. Pero no medí bien. En esa época estaba revirado. Tenía muchos problemas y ni podía ocuparme de mí ni podía ocuparme de nadie. Bebía, estaba mal en casa... Pero Ibtisam sí estuvo a la altura. Se encontró con problemas que no eran suyos y se quedó allí, cuidando a mi mujer.

—Te la llevaste de criadita.

Joseph no se sentía capaz de aceptar más reproches. El eco de unas voces femeninas subió por el patio, recordándole que nunca se está del todo solo, sino rodeado de gente que en cualquier momento puede husmear en tu colada.

—Ya te he dicho que lo hice mal. Y por eso quiero

arreglarlo. Mi mujer murió después de que se fuera Ibtisam. Fui un subnormal, pero ahora estoy mejor. Si ella también lo está, lo único que quiero es pedirle perdón; y si me necesita, puedo ayudarla.

Samira pareció aflojar.

—De acuerdo. Pero tampoco tengo mucho que decirte. Después de que se fuera de tu casa, volvió con su tío, y a las pocas semanas se vino conmigo porque no lo soportaba más. Estuvo un tiempo aquí, pero seguía demasiado cerca de lo que le había ocurrido. Conoció a mi primo Yusef, que se la subió a Cádiz con él. Tenía un amigo con un puesto de pescado en el mercado, y dijo que podía colocarla de limpiadora.

A Joseph se le abrieron los ojos.

—¿Y sigue allí?

—No lo sé.

—¿No mantienes contacto con ella?

—No mantiene contacto con nadie. Cuando estaba demasiado embarazada dejó el trabajo y desapareció.

—¿Embarazada?

—Claro. ¿No lo sabías?

—No.

—Entonces, ¿por qué te creías que se fue? No quería que su tío supiera que iba a tener un hijo de él.

Un calambre subió por la garganta de Joseph. Se mordió los nudillos hasta que quedaron lívidos, pero nada conseguía distraerlo de la repugnancia que sentía. Comenzó a sudar y unos calambres en el abdomen lo obligaron a agruparse sobre sí mismo. Samira entendió lo que le ocurría. Se puso de pie con parsimonia, sacó un vaso de la alacena y abrió el grifo. Lo llenó y se lo entregó a Joseph, que se aferró a él con más abatimiento que sed. Lo bebió de un trago largo y doloroso y lo dejó sobre la mesa.

—¿Me puedes dejar el contacto de tu primo? —pidió al fin.

—Yusef ya no vive en España, tuvo unos líos; pero te doy el del Fali, el amigo para el que trabajó Ibtisam.

Sobre un papel grasiento, Samira escribió el teléfono, apretando el lápiz con tanta fuerza que los trazos de los números parecían cicatrices. Joseph recogió la hoja y se la guardó en la chaqueta. Al menos la próxima parada del viaje había quedado decidida. No sería Castellar, sino Cádiz.

Samira y él se despidieron con desagrado, como si los dos se arrepintieran de aquel encuentro. Bajó las escaleras y, al llegar a la calle, consultó su móvil. Había recibido un mensaje de McPhail. Desde el fondo de su tempestad dudó un momento, pero terminó por abrirlo. Era un enlace con un archivo acompañado de unas pocas frases: AQUÍ ESTÁ TU CUENTO DE HADAS. SE GRABÓ ANOCHE. UNA FIESTA QUE MONTARON LOS PROCA POR UNAS DEUDAS. ENCUÉNTRALOS.

Mientras pulsaba la flecha de descarga, Joseph se sentó en una diminuta boca de riego que sobresalía de la acera, entre dos jardineras mustias. El vídeo estaba grabado por la policía de Londres. La primera imagen era un preámbulo donde el agente que sostenía la cámara irrumpía en un edificio de viviendas como parte de una unidad armada hasta los dientes. La oscuridad de las escenas a medida que se internaban por un dédalo de pasillos ya hacía aventurar un desenlace desagradable. Al llegar al final del último corredor, la mano enguantada de uno de los policías empujaba una puerta roja. La fina hoja de madera se abría de par en par y entraban a una habitación con las paredes amarillas. Parecía que se había celebrado una fiesta allí. Quedaban botellas de alcohol vacías y vasos por el suelo, pero esos detalles pasaban al olvido de inmediato, ante la visión de la pared llena de manchas de sangre. Eran huellas de dedos que se arrastraban por el papel pintado como si sus propietarios hubieran intentado huir. Uno de los policías del vídeo comenzaba a gritar muy alto, pero sus palabras apenas se distinguían. La cámara giraba de un lado a otro para enfocar los cadáveres de tres hombres en ropa interior tumbados en distintas posiciones por la sala, los tres con la cabeza reventada a disparos y el pecho velludo cubierto de sangre coagulada. A pesar de la brutalidad de la escena, el camarógrafo se mantenía firme. Al menos hasta que abandonaba aquella primera habitación y avanzaba hasta la siguiente, siguiendo a sus compañeros. Al llegar a la puerta, lo primero que se distinguía eran dos policías cubriéndose la cara, horrorizados por lo que les había tocado presenciar. El cámara no se detenía ante el aviso, se abría paso entre ellos y accedía al cuarto. Allí conseguía grabar un solo plano. En la cama de matrimonio cuatro cadáveres de mujer esperaban apilados sobre la colcha de raso. Estaban todos mutilados de la forma más brutal, con cortes en los pechos, los genitales y el rostro. El cámara entonces parecía quebrarse y regresaba corriendo al pasillo. Lo último que se veía en el encuadre eran sus pies antes de arrodillarse a vomitar.

VI

Joseph no durmió apenas, pero estaba acostumbrado a aguantar el tirón la mañana siguiente con una ducha y dos cafés.

El dilema había quedado resuelto. Con el pelo apelmazado por el agua y vistiendo su última ropa limpia, un polo verde menta estampado con cangrejos y bogavantes que guardaba para ocasiones especiales, se instaló en el asiento del conductor y puso rumbo a Cádiz. Antes de salir había llamado al *hacker* que le recomendó el viejo Sheriff y le había comunicado su intención de visitarlo aquel mismo día. El hombre que dominaba los secretos del cibermundo había resultado llamarse Paco Michavina, lo cual a Joseph le pareció poco sofisticado para un *hacker*, aunque quiso pensar que en los foros utilizaría algún sobrenombre con más tirón que compensase aquel desastre mercadotécnico.

La dureza del vídeo de la matanza de los Proca que había pasado la noche rumiando le había convencido de cuáles tenían que ser sus prioridades, pero su voluntad era débil y a última hora había decidido reservarse la tarde en Cádiz para sus asuntos privados. Por eso había enviado un mensaje también al contacto que le proporcionó Samira, el dueño del puesto de pescado donde trabajó Ibtisam, y habían quedado a última hora del día en un bar del centro.

El camino hasta la capital de la provincia era especialmente agradable. Tras cruzar el túnel de Valdeinfierno, la autovía dejaba atrás los últimos complejos industriales de la costa algecireña para internarse en el parque natural de los Alcornocales. Circulando sobre aquel firme rugoso que parecía pedir perdón por pisar la dehesa, Joseph casi olvidó la visión de la sangre de sus pesadillas. El paisaje de pastos y encinares salpicado por rebaños de retinto conservaba la capacidad de devolverlo a una calma primitiva, por mucho que supiera que el espejismo de cualquier mundo más tranquilo ocultaba siempre unas reglas íntimas llenas de crueldad. Aquel era el corazón de la Ruta del Toro. La brisa entraba en el coche arrancando de la grupa de las bestias un olor a prehistoria heredado de las criaturas mitológicas que un día se bañaron en las pozas del camino, pequeños pantanos parcheados contra el sol y que funcionaban como un aperitivo del gran embalse de Charco Redondo sobre el que Joseph conducía en ese momento.

Una vez salida del Charco, la carretera viajaba horadada por pasadizos destinados a que cruzasen los animales siguiendo las vaguadas. En los márgenes, los toros y las vacas contemplaban sin comprenderlo el afán de aquel coche por abandonar a la mayor velocidad posible ese reino de privilegios. Joseph respondía a las miradas de conmiseración con otra resignada, pero pronto tomó el desvío hacia Cádiz y se apartó del perfume a tierra mojada y cuero. Unas obras en la carretera de Medina Sidonia lo obligaron a entrar en la capital siguiendo un itinerario inusual, a través del tómbolo del puente Zuazo, que comunica la península ibérica con la isla de León, como se denomina a la unión de Cádiz y San Fernando. Ya nervioso, pensando en el día que lo esperaba, Joseph atravesó el puente sin dedicarle una mirada al caño de Sancti Petri, la arteria madre del laberíntico universo de marismas, caños y salinas que forman la bahía de Cádiz.

Al detenerse en el primer semáforo de la ciudad, comprobó que su teléfono había comenzado a escupir mensajes de McPhail interrogándolo sobre su agenda.

Voy a ver al hacker a su casa, le puso al tanto Joseph.

Saca fotos y mándalas, respondió el teléfono con una de esas frases que McPhail parecía tener programadas para un envío automático.

Joseph apretó los dientes y se contuvo para no responder lo que le pasaba por la cabeza. Había comenzado a darse cuenta de que un jefe a distancia seguía siendo un jefe.

Tras el rutinario trayecto en línea recta por la zona moderna de Cádiz, atravesó las murallas de entrada al casco antiguo y aparcó frente al puerto, en donde un par de días a la semana los cruceros de ruta por el Mediterráneo recreaban el desembarco de Normandía con ejércitos de turistas, para alegría de las tiendas de recuerdos cercanas.

La casa del *hacker* quedaba lejos del circuito de visitantes, ya en la calle San Pedro, perdida entre los recovecos del centro. Joseph siempre sentía cierto extrañamiento al caminar por Cádiz. La ciudad conservaba un deje señorial con el que no terminaba de estar cómodo. Su pasado como puerto de Indias había quedado atrás hacía siglos, pero el mármol en las portadas de las casas seguía resultando una visión ostentosa para quien estaba acostumbrado a la aspereza zen de los bloques de hormigón de La Línea y Algeciras. Incluso los vivos colores de las fachadas del Peñón no dejaban de ser un inocente maquillaje para embellecer unas construcciones recias, hechas con el propósito de resistir bombas y saqueos: casas prácticas, propias de una concepción colonial del mundo, y por eso desnudas de la fe en sí mismas que tuvieron tiempo de atesorar los palacetes de la burguesía gaditana antes de que la ciudad se precipitara en aquel letargo económico que ya parecía irreversible.

Joseph llegó a la dirección que tenía anotada. En el portal se topó con una tienda de comida ecológica llamada La Sostenible que anunciaba que durante toda la semana tendría de oferta el Despertar de Buda y la kombucha. Joseph pasó junto a la pizarra con la tentadora oferta antes de acceder al patio de la casa, donde languidecía una maceta de aspidistra. A la izquierda, unas oscurísimas escaleras subían hasta la azotea donde el *hacker* ocupaba uno de esos diminutos apartamentos que en su infraidioma los agentes inmobiliarios denominaban «áticos con encanto».

Cuando llegó hasta el último piso no fue necesario llamar a la puerta. Un tipo con el pelo de punta y una camiseta varias tallas más pequeña de lo que le correspondía regaba un geranio reseco en el descansillo.

—¿Paco Michavina? —preguntó Joseph asfixiado por el ascenso.

El chico asintió con timidez, y el gesto le sirvió a Joseph para reafirmarse en la corazonada de que su experto informático se iba a parecer poco a lo que había imaginado que era un peligroso *hacker*. Rondaba los veinticinco años, aunque parecía incluso más joven por efecto de la camiseta XS, desde cuyo frontal un grupo de musculosos superhéroes le mostraban a Joseph los puños. Una cara con las mejillas sonrosadas terminaba de conferirle a Michavina el aspecto de un tripitidor de bachillerato.

—Llámame Micha —respondió el chico dejando la regadera en el suelo, pero sin atreverse a alargar la mano para saludar como lo hacen los adultos.

—Soy Joseph Sanchez. Vengo de parte de Dylan Sheriff.

—Sí, me dijiste que vendrías. Pasa. ¿Era por unas dudas sobre criptomonedas?

—Más o menos.

—Uf. Miedo me da ese «más o menos» —bromeó el informático mientras entraban en la casa.

El apartamento no era más grande de lo que se intuía desde fuera, todo extremadamente limpio y decorado con muebles nuevos, aunque de la gama más barata. Solo algunos detalles revelaban que allí también vivía una mujer, como una percha para collares sobre un tocador a la entrada. El dormitorio, que permanecía cerrado, debía de ser el espacio de la pareja, mientras que el salón estaba monopolizado por el trabajo de Micha, como revelaba la mesa del fondo, presidida por su ordenador, varios discos duros externos y un monitor de treinta y dos pulgadas.

Al pasar junto al escritorio, Joseph descubrió que desde la pantalla los vigilaba una partida de solitario a medio completar.

—Un clásico, ¿eh? —Señaló el juego con la satisfacción de quien se encuentra con un conocido en el momento más inesperado.

—Habrá juegos mejores, pero este es el que más me relaja —confirmó Micha.

—Lo perfecto no envejece —dijo Joseph.

Los dos hombres compartieron un silencio lleno

de admiración, hasta que Micha salió de su ensueño y pareció recordar que no estaba solo.

—¿Quieres un té? —propuso.

—Prefiero café.

—¿Los ingleses no tomáis té todo el rato? Este es muy bueno. Lo compro en la tienda de abajo.

—Algunos sí, pero yo prefiero el café. Manchado, si puede ser.

El informático entró a la cocinita a preparar las bebidas. Joseph recordó lo que le habían pedido los habitantes del palacio de Ceaucescu en Londres y, disimuladamente, cogió su teléfono, activó la cámara y comenzó a pasear por la habitación grabando un vídeo lo más detallado posible.

—Trabajo en seguridad en Gibraltar —dijo, para hacer su paseo más natural—. Por eso conozco a los Sheriff. Fui su guardaespaldas.

—Me han dicho algo de eso, sí, y que más vale no meterse contigo.

—Exageran. ¿Tú cómo empezaste con ellos?

—Bueno, yo también me dedico a la seguridad y les he echado algún cable con sus clientes. —Se oyó la voz del chico entre el zumbido del microondas y el tintineo de tazas y cucharillas. Mientras siguiera hablando, Joseph podría calcular la distancia a la que se encontraba y seguir grabando.

—A ti te van más los microchips, ¿no? —dijo Joseph.

—Los microchips no: las redes. No me ocupo de *hardware*, sino de detectar vulnerabilidades en páginas, en redes privadas que se pueden craquear y ese tipo de cosas.

—¿Eso es lo que hace un *hacker*?

El chico regresó de la cocina con las dos tazas y encontró a Joseph fingiendo escribir un mensaje en el teléfono.

—Lo de *hacker* es un poco peliculero —dijo Micha—. Soy solo un especialista en seguridad. Las empresas me contratan para que me meta en sus sistemas y vea lo que falla, lo que les pueden robar o escacharrarse. Luego me piden un plan donde les diga las barreras que necesitan poner para que no entren otros como yo lo he hecho. Hace unos años se puso de moda llamar a eso «*hacker* de sombrero blanco», pero la verdad es que soy un técnico y ya está.

A Joseph le agradaba esa forma de quitarse importancia. Le pareció que el chico hablaba con sinceridad, o al menos tenía una habilidad natural para parecer inofensivo.

—¿Y cómo empezaste con esto?

Micha cogió un paquete de Camel del tocador y le señaló a Joseph la puerta del apartamento.

—¿Te importa si salimos? A mi novia le molesta que fume.

Joseph lo siguió a través del mismo descansillo por el que había llegado. Enfrente, una puerta metálica daba paso a la azotea, con el enigmático incentivo de que por debajo de ella escapaba una melodía aflamencada. Cuando Micha la abrió y salieron al mar de antenas que perfila el cielo de Cádiz, la música rompió en la tensa vibración de unas cuerdas de guitarra. Joseph barrió la terraza en busca de la fuente de aquel soniquete de soleá. La azotea ocupaba el doble de metros que la vivienda y se distribuía en dos alturas, ambas con el suelo de losetas y delimitadas por pretiles encalados. La parte baja funcionaba como un recibidor con una mesilla y dos hamacas y, subiendo por una escalerilla de un metro de altura, se accedía al nivel superior. Sobre él, un guitarrista japonés se abrazaba a su instrumento en un gesto de íntima concentración. Era un hombre joven, con barba y pelo largos, casi tanto como las uñas con las que pellizcaba las cuerdas. Completamente ajeno al mundo, se sentaba con las piernas cruzadas en una silla de enea verde, levantando hacia el cielo los ojos cerrados y marcando el compás con los botines.

El viento arrastró las notas hasta Joseph con una claridad y una potencia perturbadoras, pero, en cuanto el guitarrista se percató de que tenía espectadores, se detuvo, se incorporó y les hizo una reverencia de concertista. Micha le devolvió la inclinación de cabeza con una seguridad que indicaba que estaba acostumbrado al ritual. Luego el músico bajó las escalerillas y entró en la casa sin decir una palabra, caminando con majestuosidad hasta perderse tras la puerta.

—Es Yoshiro —explicó Micha mientras tomaban posesión de las hamacas—. Casi no sabe español. En Japón tocaba el oboe en una orquesta, pasó una crisis personal y lleva dos años en Cádiz aprendiendo guitarra. Vive en el segundo. Le dejo que ensaye aquí porque tiene un cuarto muy pequeño y se vuelve loco encerrado todo el día; pero en cuanto me ve salir, se baja a su habitación.

Joseph le dio un trago a su café y asintió.

—¿De qué estábamos hablando? —preguntó el chico.

—Te había preguntado cómo te metiste en esto.

Micha se frotó un ojo, dando a entender que su historia le aburría hasta a él mismo:

—Estudiaba Ingeniería Informática en Deusto. Me fui de Erasmus a Gales y un día un amigo que me eché allí me pidió que entrara en el correo de su novia porque creía que le estaba poniendo los cuernos. El chaval sabía cero de informática y no tenía ni las claves del mail. En esa época yo de internet pilotaba lo justito, pero me puse una noche entera hasta que craqueé la cuenta. Le pillé el gusto y fui liándome con retos cada vez más grandes.

—¿Y qué pasó con tu amigo? ¿La chica lo engañaba?

—Pues la chica no, pero descubrimos un montón de correos guarros que le mandaba el padre de mi colega, así que imagínate. —Rio Micha.

—Mejor no enterarse de los líos de los demás —le dio la razón Joseph.

—Eso lo tengo clarísimo. El hackeo me enganchó por el desafío, pero los secretos no me interesan. Lo que me gusta es ser el primero en romper los sistemas. A las empresas les va bien que les diga qué falla, y yo me divierto.

—¿Y eso lo puedes hacer desde Cádiz?

—Claro, con una buena conexión me basta. Es la ventaja de ser autónomo. A mi chica le gusta vivir aquí —siguió Micha—. Es vasca, como yo, pero le chifla el *kitesurf*.

—Tú no pareces muy de eso.

—¿Yo? —Se señaló con una sonrisa resignada—. Yo en la playa ni me quito la camiseta; pero a ella es lo que le llena. Está haciendo unos cursos para ser profesora, y a mí ya me va bien quedarme trabajando mientras tanto en el chiringuito. Me gusta estar tranquilo, sin que me atosiguen los jefes.

—Yo he empezado hace poco con un jefe a distancia, pero la verdad es que pensé que iba a ser más tranquilo —empatizó Joseph mientras dejaba la taza sobre la mesilla.

—He venido porque necesito pistas en una historia que me queda un poco grande —se sinceró a continuación—. No tengo nada ni contra los Sheriff ni contra ti.

—Vamos a ver. —Sonrió tímido Micha.

—Fui a ver a Dylan porque alguien está usando una cuenta suya para limpiar dinero. Él dice que lo único que hizo fue ceder su nombre para que abrieran esa cuenta hace mil años, y desde entonces no la ha tocado. A mí lo que hagan los Sheriff con sus chanchullos me la suda: lo que me interesa es pillar a la persona que está ingresando el dinero en esa cuenta, porque utiliza el mismo camino para blanquear la pasta que otros tipos que me han mandado investigar.

Micha le dio un largo trago al té. Carraspeó.

—¿Y en qué te puedo ayudar yo?

—En que el dinero del que te hablo, en algún momento de su ciclo, tuvo forma de bitcoin que alguien compró en internet. Tanto la pasta de la cuenta de los Sheriff como la que me interesa rastrear salieron de la misma granja de bitcoins y luego estuvieron moviéndose por cuentas virtuales de esas que no están asociadas a ningún banco. El dinero que llegó a la cuenta de Dylan parece que es de unos capos pequeños de la droga de por aquí, los Cruz. Dice el Sheriff que a lo mejor tú sabes quién ha podido ingresarlo ahí. Tiene pinta de que el mundillo de la gente que se dedica a esto es pequeño y os tenéis que conocer.

—Ni idea. Será un mundillo pequeño, pero yo no estoy dentro. No sé por qué Dylan cree que puedo ayudarte con movidas bancarias. Me suenan tan a chino como a ti.

—Supongo que porque en Cádiz no se ven operaciones así de gordas a menudo. Si hay una, debe de llamarle la atención a un experto como tú.

—Pero es que esos movimientos no tienen por qué estar haciéndose desde aquí. Quien mete ese dinero en un banco de La Línea puede vivir en Papúa. Los bitcoins son unos códigos que se suben a una plataforma y la gente los descarga a medida que los compra. Luego los cambian por dinero convencional en un banco en internet y los ingresan donde quieran. No hace falta estar aquí.

—Yo no soy mucho de intuiciones —puntualizó Joseph—, pero diría que los Cruz no son de irse a buscar un *hacker* a Papúa. No tienen los medios, no tienen olfato ni parece que tengan ambición suficiente para meterse en algo así. Me pega que debe de ser un apaño que les hayan ofrecido por aquí o que se hayan encontrado ya medio hecho. A lo mejor estamos hablando de que han contratado a un crac mundial del rollito *hacker* que vive en un búnker en Ucrania, no lo sé, pero será porque se han chocado con él cuando pasaba las vacaciones en Conil, o los ha puesto en contacto con él alguien de la zona, porque no me los veo viajando ni haciendo un *casting* de *hackers* internacionales.

El chico miró con genuina curiosidad a Joseph.

—Puede ser —concedió—. Aunque te sorprendería ver cuánto sabe la gente de estas cosas. Las aprende del Netflix o se las explica su cuñado. Pero lo más probable es que tengas razón. El problema es que, entre un *hacker* que trabaje desde la torre esa de ahí enfrente —señaló Micha una de las hermosas torres vigías que coronaban las casas de Cádiz— y nosotros en esta azotea, hay la misma distancia que si él estuviese en Ucrania y yo en Arizona. En internet no tenemos por qué vernos nunca, ni cruzarnos. Yo no sé desde dónde opera la gente.

Joseph se quedó callado, por una parte consciente de la profundidad de su ignorancia; por otra, escasamente apenado por esa carencia.

—¿Y no se te ocurre ningún rastro que pueda servirme? —preguntó.

—Un rastro informático, no. Está claro que si has encontrado su patrón es porque quien blanqueó el dinero la ha cagado. Su error ha tenido que estar en las rutas que ha utilizado para mover los bitcoins. Las casas donde los compró deben de dejar más huellas de las que él se pensaba, y luego se ha confiado y no ha limpiado las miguitas que iba soltando. Pero eso son técnicas de blanqueo, y deberías hablarlo con alguien experto en el tema, porque yo no sé mucho.

—Solo lo que has visto en Netflix, ¿no? —dijo Joseph.

—Exacto. —Sonrió el informático.

En ese momento la puerta de la azotea se abrió y asomó una cabeza rubia tocada con una trenza en forma de diadema.

—Hola —saludó la mujer con una sonrisa de compromiso, apenas un fruncido de labios.

—Hola, chiqui —respondió Michavina, saliendo

del estado de concentración en el que habían entrado durante la charla sin darse cuenta.

—Ya estoy aquí. Me voy a duchar, pero tenemos que irnos enseguida. —La mujer terminó de salir a la terraza.

Lo primero que sorprendió a Joseph fueron sus dimensiones. Era notablemente más grande que él. Sus brazos eran largos y gráciles, y tenía unas espaldas fuertes y un esternón amplio que dejaba los pechos más separados de lo habitual, pero con una simetría perfecta. El conjunto quedaba sustentado por unas piernas interminables, morenas y bien contorneadas, que quedaban a la vista casi en su totalidad gracias a unos *mini-shorts* vaqueros. En definitiva, parecía la estatua de una divinidad esculpida a una escala feliz, más generosa que la miseria humana.

—Es Nagore, mi novia —la presentó Michavina con orgullo.

Nagore respondió al saludo con un cariñoso abrazo a su pareja, dentro del que Michavina se envolvió como si fuera un muchacho perdido, dispuesto a aprender hasta el último secreto del *kitesurf*.

—Este es Joseph —anunció el informático.

Nagore se acercó a Joseph y le ofreció las mejillas para intercambiar dos besos, siempre con la misma expresión de afable deidad playera.

—Encantada —le dijo—. Perdón por interrumpir, pero vamos con un poco de prisa. ¿Se te había olvidado? —Se volvió a su pareja con una expresión de cómico reproche.

El informático miró el reloj de su teléfono, a ver si le recordaba de qué le estaban hablando. Al no conseguirlo, se disculpó:

—Perdónanos un momento —se disculpó con Joseph mientras entraba en casa de la mano de la chica.

En el momento en que la pareja se ausentó y la azotea quedó en silencio, Joseph pudo escuchar los acordes de guitarra flamenca que subían desde la habitación del japonés. Se desperezó al sol y disfrutó del receso en su máster de informática; pero al cabo de muy pocos minutos, cuando su cuerpo se hubo hecho a la calma ambiental, comenzó a distinguir nuevos matices en las voces que llegaban desde el apartamento de Micha y que revelaban que el diálogo entre la pareja no era tan armonioso como habían intentado que pareciese. Por un par de expresiones que llegó a cazar, Joseph se dio cuenta de que la mujer le exigía algo con firmeza al informático, y de que este se resistía.

Apenas unos instantes después, Micha regresó con aire confuso, como si se viera obligado a transmitir un mensaje del que no le agradaba ser portador.

—¿Tienes alguna pregunta más? Podemos hablar otro día, pero no me acordaba de que tenemos una cena en Tarifa con unos amigos de Nagore.

A Joseph no le quedaban muchas dudas pendientes, así que no le costó plantear lo que de verdad le interesaba.

—Lo único que te pido es que me avises si oyes algo sobre *hackers* que anden metidos en rollos que te recuerden a esto que hemos hablado. Y si te enteras de quién puede estar haciéndolo, dile que es peligroso. Los tipos a los que estoy buscando son chungos de verdad. Chungos de tiros y muertos, quiero decir. Si lo que sospecho es cierto, y el *hacker* que busco había trabajado hasta ahora solo para gente como los Cruz, no creo que esté preparado para meterse en algo así. Cuando estos se enteren de que hay un eslabón débil en su cadena de blanqueo, lo que van a hacer es ir a por él, y a tomar por culo. ¿Me entiendes?

Micha lo observó con seriedad, aunque Joseph no supo si atribuirla a un simple sentimiento de solidaridad ante los deslices de un compañero de profesión.

—Estaré atento —prometió el informático.

Joseph se despidió.

—Gracias por la clase.

Micha asintió con su rictus triste y lo acompañó hasta la escalera, que Joseph bajó sumergido en la misma oscuridad que a la subida, tanteando las paredes para adivinar los giros y no tropezar en el próximo escalón. Nada más verse en la calle, buscó un bar en el que sentarse a enviar un largo mensaje a McPhail con un resumen de la conversación y los vídeos que había grabado en la casa del *hacker*. Cuando terminó se comió un bocadillo de chicharrones y resopló sin encontrarse satisfecho del todo.

A pesar de que le quedaba la incómoda impresión de no haber logrado grandes avances, decidió que tenía bula para dedicar el final de la jornada a su otra tarea pendiente. Aún era demasiado temprano para llegar al café donde se había citado con el antiguo jefe de Ibtisam, pero podía irse acercando con un paseo.

La tarde estaba comenzando a enturbiarse. El viento en Cádiz tenía ese componente voluble, perfecto para enloquecer a los turistas que acudían a las ciudades de costa decididos a despellejarse en la playa y al final de la jornada no dudarían en ofrecerles todos sus ahorros a un vagabundo a cambio de un abrigo con olor a vino. En las esquinas de los callejones los remolinos se envalentonaban, compartiendo entre ellos confidencias sobre las rutas por las que resultaban más molestos, luego cogían impulso en las plazas vaciadas de niños y saltaban por encima de los bancos sobre las espaldas de los transeúntes desprevenidos. Joseph recorrió la ciudad en círculos concéntricos, indiferente a las conspiraciones de tempestad que lo amenazaban, disfrutando de uno de los grandes placeres que la vida regala a las personas de sangre caliente: el privilegio de abrigarse poco y no pasar frío, el poder de atravesar ligeros de ropa el corazón de un vendaval.

Después de una hora vagando, dejó atrás la plaza de la catedral y entró al barrio medieval del Pópulo a través de una puerta de piedra con una extraña placa que rememoraba que en la capilla vecina acostumbraban a velar los reos la noche antes de ser ejecutados.

Los recuerdos de Joseph sobre el barrio no se remontaban tan lejos, pero sí llegaban a un tiempo que ya parecía inventado. El Pópulo se había reciclado en una zona de copas con cierto regusto canalla, pero en los noventa la heroína casi logró reducirlo a una escombrera humana. Joseph había pasado muchas noches caminando por aquellas callejuelas en las que no cabían coches ni policías, sorteando los esqueletos que la droga abandonaba contra las casapuertas a la espera del amanecer. En los años en que se dedicó a recopilar fuera del Peñón informaciones para alguna investigación, se había dejado caer con frecuencia por allí, buscando conexiones con los intermediarios que movían la droga desde La Línea o Sanlúcar.

Esos días ahora quedaban muy lejos. En los barrios del Pópulo y Santa María ya no había más droga que en otras partes, aunque siguieran siendo enclaves humildes y con un sabor arcano, donde las conversaciones de los viejos venían cargadas de nombres de cantaores olvidados en el resto del mundo.

La noche había caído ya. Los faroles aportaban volúmenes inesperados a la piedra ostionera con la que estaban construidos los muros de la ciudad, para siempre salpimentados con esquirlas de conchas y crustáceos. Las mismas luces estiraban y rompían la sombra de Joseph, que avanzaba entre las ventanas enrejadas de los bajos, absorbiendo el olor a húmedo de los callejones que daban al mar.

Unos metros antes de llegar al arco de salida del barrio, se detuvo junto al bar que andaba buscando, el café teatro Pay Pay. El exterior conservaba el aspecto de tasca marinera que Joseph recordaba. Sin embargo, al entrar, le sorprendió descubrir que el aire espeso que un día lo caracterizó, ese perfume denso de cabaret de provincias, se había disuelto. Ahora actuaban allí cada noche agrupaciones de Carnaval y cantautores locales. A la espera del recital de esa noche, el café estaba a medio llenar, y el público y los simples bebedores se mezclaban en la barra y las mesas cercanas al escenario, cegado con un telón rojo. Entre ellos circulaba una camarera con un vestido que se ajustaba tanto a sus volúmenes y ranuras que parecía habérselo enfundado después de untarse en aceite.

En un extremo del local, Joseph se fijó en un hombre. Tenía un cuello largo y hermoso, y una pequeña coleta en el cogote de la que se le escapaba el flequillo. Bebía una copa de un líquido oscuro, y Joseph fantaseó por un momento con la posibilidad de que él fuese su cita de la noche. Sin embargo, la ficción duró un instante, hasta que regresó del servicio su acompañante y los dos hombres se cogieron de la mano y retomaron la conversación.

Joseph agradeció el ensueño, aunque hubiera sido

tan corto. Se sintió reconfortado por el aire distendido del café. En La Línea los locales donde podían verse hombres de la mano estaban demasiado connotados, especialmente el Poniente, al que lo unían tantos recuerdos de resacas culposas. Y en Gibraltar era imposible imaginar nada parecido. Después de siglos perfeccionando el control social, a nadie se le ocurriría abrir un lugar semejante, porque ningún llanito se arriesgaría a que lo vieran entrar por la puerta.

Había otras opciones, por supuesto. Si se lo propusiera, Joseph sabía que le costaría muy poco conducir hasta Conil para convertirse en un guiri más entre los cientos que cada noche recorrían silbando el paseo marítimo, sin que nadie se preocupara por quién lo acompañaba. Su problema era que la acumulación de pequeñas barreras adicionales había terminado por convertir en imposible lo que ya de por sí le resultaba complicado. A Joseph su atracción por los hombres le había torturado desde el mismo día en que se le presentó como una verdad innegable. Repentinos ataques de pasión podían llevarlo a dar pasos de los que no se creía capaz, siempre ayudándose del alcohol; pero sin ese auxilio se sentía como si tirara de la correa de un enorme perro dedicado a vigilarlo durante las veinticuatro horas del día, afeándole con su silencio lo que hacía y lo que deseaba, siempre esperándolo a la vuelta de sus aventuras, en la puerta de los lugares donde no lo dejaban entrar, para recordarle que hacía mal en enredarse en situaciones que no encajaban con la imagen que desde niño había querido tener de sí mismo.

A Joseph no le costaba asumir que había fracasado en cada uno de los apartados en los que se podía esperar algo de un hijo. Sabía que si sus padres siguieran vivos le habrían perdonado cualquiera de sus defectos: la falta de constancia le impidió terminar sus estudios, la arrogancia le había convertido en un apestado, y le faltó generosidad para formar una familia. Sin embargo, no albergaba ilusiones sobre lo que habrían dicho acerca de sus querencias sentimentales. Como buena gibraltareña, su madre concentraba en un lunar de su piel más fervor católico que un coro rociero al completo; y su padre, aunque no pisara la iglesia más de lo necesario para evitar que lo excomulgasen, era la encarnación de un mundo donde las mujeres eran mujeres y los hombres eran hombres en todas las situaciones de la vida. Cantaor, peón de obra y comerciante con un don para el estraperlo, Lucas Sánchez no hubiera admitido ni siquiera la insinuación de que había engendrado un hijo que no se acostaba con mujeres. En un ejercicio de autolesión, Joseph a veces revisaba las fotos que guardaba de su padre, interrogándolo sobre lo que le habría respondido si hubiera sido sincero con él, pero no lograba extraer una sola palabra alentadora ni de sus imágenes de juventud, cuando era un albañil rubiasco que sonreía a cámara con insolencia, ni de las de su madurez de comerciante entrado en kilos con el ceño siempre plegado sobre el celeste de los ojos.

Por fortuna, las reflexiones oscuras pesan tan poco como las alegres, y con el paso de los minutos la atención de Joseph se fue distrayendo de los castigos de la memoria. El problema era que el incentivo que había logrado captar su atención no resultaba más recomendable que los recuerdos morbosos. En la mesa contigua, una pareja estaba concentrada en una partida de *backgammon*. No eran muy buenos, y Joseph enseguida llegó a la conclusión de que podría ganarles: una certeza nada positiva en manos de un individuo con un inigualable talento para las adicciones. Se tenía prohibido entrar en lugares donde se jugara, pero no podía marcharse de allí antes de que llegara el antiguo jefe de Ibtisam. Activó sus mecanismos de seguridad y estiró los dedos para comprobar que llevaba en el bolsillo la baraja con la que distraía sus instintos a base de solitarios. Acarició los bordes de los naipes, pero el olor de la madera del *backgammon* era demasiado atractivo. Ya no hacía esfuerzos por disimular las miradas al tablero. En sus dedos podía sentir el peso de las quince fichas a medida que iba distribuyéndolas por el tablero, y volvió a sorprenderle la cantidad de peligros por metro cuadrado que poblaban la vida. Estaba a punto de ponerse de pie y acercarse a la mesa a proponer una partida cuando una voz lo reclamó a sus espaldas:

—Soy el Fali. ¿Tú eres Joseph, o Jose, o Pepe…? ¿O cómo quieres que te llame?

—Jose está bien. —Se agarró con alivio a la mano que le tendía un hombre de aspecto pétreo, con pantalones de chándal y sandalias de cuero.

—Pues encantado, Jose. ¿Qué tal? Se te van los ojitos con el *backgammon*.

—Sí.

—Pues le pedimos a la dueña uno, que yo también estoy viciado.

—No, no —intentó detenerlo Joseph extendiendo el brazo.

No llegó a tiempo. El Fali ya estaba charlando con la camarera envasada en su traje. Tras unos segundos regresó con el tablero ya abierto. Joseph aprovechó para estudiarlo mejor y preguntarse por la relación que había tenido con Ibtisam. No era un hombre propiamente guapo, pero tenía una presencia sólida: espaldas anchas, un cráneo rapado que no intentaba disimular la alopecia y una barba que le llegaba hasta el pecho. Joseph no estaba seguro de que ninguno de esos fuera un atributo que Ibtisam apreciase, y dudaba que ella tuviera mucho interés en aventuras románticas en un momento en que huía de La Línea embarazada de su tío, pero había aprendido a no descartar nada.

Con los movimientos despreocupados que parecían caracterizarlo, el Fali fue disponiendo sobre la mesa el tablero mientras Joseph miraba con ansiedad los veinticuatro triángulos alargados que componían las casillas, alternativamente negros y rojos.

—Mejor guárdalo, por favor. No puedo jugar —se escuchó decir con su último hilo de voz.

—¿No sabes? —respondió el Fali sin dejar de repartir las fichas.

—Sí que sé, pero soy ludópata.

El hombre levantó la vista.

—¿Eso no es para las tragaperras y esas cosas? —preguntó.

—Es para todo. Si empezamos con un *backgammon*, en un cuarto de hora me he apostado el coche.

—Cojones. —El Fali soltó las fichas, como si le hubieran revelado que estaban rellenas de uranio.

La camarera apareció para interrumpirlos. Suavemente, el Fali le colocó el tablero sobre la bandeja.

—Llévatelo mejor, Mari. Y tráeme un Barceló Cola.

—Yo quiero un Coca-Cola Light —pidió Joseph.

—¿Coca-Cola? —silbó con desprecio el Fali mientras se marchaba la camarera—. Parece que me vas a interrogar, picha.

Joseph rascó incómodo una mancha de la mesa.

—¿No bebes alcohol? —Pareció que el Fali comenzaba a conectar piezas.

—Ya no.

—Joder, quillo. No estás tú acabado ni nada... ¿Tienes sida o qué?

Joseph rio, relajado por la broma.

—No me he hecho la prueba.

—Pues no te la hagas, anda. Mejor no te la hagas.

—¿Sigues teniendo un puesto en el mercado? —cambió de tema Joseph.

—Qué va, tío. Eso se acabó. Se lo traspasé a un notas que lo reformó entero y montó un barcito de *sushi*. Se está forrando el hijoputa. Yo me quedé con la copla y quiero hacer algo parecido.

—¿Vender *sushi*?

—No, *sushi* no, que no como pescado crudo. Pero quiero montar un negocito de degustación en la plaza, con su barrita, sus Cruzcampo... Estoy buscando un socio con pasta. Hasta entonces mi cuñado me hace el favor y me presta el taxi por las noches. De hecho, entro en un ratito. Por eso te dije que no podía quedar muy tarde.

—¿Y te bebes eso antes? —señaló Joseph la copa.

—¿Esto, carajo? —La levantó el Fali como si fuera un vaso de leche—. Es solo una. Y me da tiempo a que se me baje.

Joseph sonrió.

—Perdona que cambie de tema —retomó el Fali—, pero ¿tú qué relación tenías con Ibtisam?

—Fui su tutor legal durante unos meses, hasta que se escapó —dijo Joseph.

—Qué fuerte. No sabía eso. Creí que era huérfana y ya está. Te lo pregunto porque no quiero meter la pata, pero que sepas que nosotros nunca tuvimos nada. Lo juro. Yo soy un sinvergüenza, pero lo único bueno que tengo es que no voy detrás de las niñas, no sé si sabes lo que te digo.

Joseph sintió cierto alivio, o quizás algo distinto.

El Fali se humedeció los labios y siguió hablando:

—La ayudé porque el tío que me la presentó, el Yusef, es un colega de puta madre. La trajo y me quedé prendadito con ella. Me hacía falta una niña para limpiar el puesto. Y quitar los restos de pescado es un temazo. Eso huele fatal y, si quieres que salga la pringue, hay que frotarle por derecho. Al final, se la veía tan dispuesta que empezó a venir también a preparar la mercancía conmigo, y a veces me sustituía despachando. Era una chavala muy guay: trabajadora, lista, pero que muy lista la hijaputa, ¿eh?, y un pibón. —Le dio un trago a la copa nervioso, como si Ibtisam pudiera aparecer y desaprobar lo que decía de ella—. Lo que pasa es que es de esa peña que se la ve que llevan el demonio dentro, ¿sabes? No porque sean mala gente, pero porque tienen líos en la cabeza.

El Fali hizo una pausa y dibujó un remolino sobre la mesa con el cerco que había dejado la copa.

—Lo digo porque yo soy igual —siguió—. Llevas el bicho y ya está: así son las cosas. Donde vayas, la vas a liar. Y la Ibtisam tenía ese punto. Ella venía muy modosita, así —emuló con las manos el gesto de cubrirse la cabeza—, y se ponía a fregar el puesto, pero se veía que ni velo ni nada: que era una piba con dos cojones. Entonces un día dejó de venir, yo llamé al Yusef y me dijo que ella se había pirado. A mí me jodió porque habíamos cogido confianza, pero tampoco me mosqueé. Ya me imaginaba que en cualquier momento dejaría de currar conmigo, preñada y limpiando con los productos químicos esos. De todas formas, ella fue de legal y se marchó sin que le pagase ni la última semana: no es de esas que te piden pasta adelantada y se largan. Por eso mismo al principio me quedé un poco flasheado, pero un colega que tengo, el Manu, me contó luego que se la había cruzado por Estepona y que la vio bien.

—¿Por Estepona? —preguntó sobresaltado Joseph.

—Eso es.

—¿Cuándo? Yo la vi hace seis meses en Marbella.

El Fali frunció el entrecejo para concentrarse.

—Pues yo creo que antes. Como hace año y pico.

—Puede ser —susurró Joseph haciendo cálculos mentales.

—Estaba muy guapa. Con el pelo suelto, muy arreglada... ¡Mira! —exclamó—. Tengo fotos.

Sacó el teléfono, buscó la galería de imágenes y le tendió a Joseph un retrato de su amigo en Estepona, un tipo de nariz ganchuda y unos pantalones pirata, encantado de pasar su brazo por la cintura de una versión de Ibtisam mucho más refinada de la que Joseph había conocido, con melena a capas, joyas de plata y blusa de niña bien.

—¿Lo flipas, eh? —Acercó su cabeza el Fali para ver los dos la pantalla.

Joseph asintió confuso ante la imagen de aquella Ibtisam, y al mismo tiempo cautivado por el olor alcohólico que emanaba el Fali.

—Espera, que te busco fotos de antes, de cuando trabajaba en el mercado. —El hombre siguió pasando imágenes.

La siguiente en la que se detuvo era una Ibtisam igualmente sorprendente. Joseph reconoció sus rasgos aniñados, aunque tan perdida dentro del amplio caftán marrón que la contenía que más bien parecía una abuela.

—Este *look* era otro rollo —dictaminó el Fali rascándose la barba.

Era la primera vez que Joseph veía a la chica con el pelo cubierto. Siguió una serie de fotografías muy similares, donde Ibtisam figuraba siempre disfrazada de mujer de la limpieza marroquí, apoyada en una fregona, disimulando las formas de su cuerpo encinta, falseando su edad y, en definitiva, ocultándose del mundo para que no volviera a molestarla.

Joseph no era capaz de decir nada. Cuando se percató de que el Fali lo observaba, intrigado por las emociones que adivinaba en él, carraspeó y planteó su siguiente pregunta:

—¿Ibtisam no le dejó a tu amigo ninguna dirección en Estepona, un teléfono ni nada?

El Fali le dio un nuevo trago a la copa y negó.

—Qué va. No he tenido forma de localizarla. Mi colega la reconoció no sé cómo. Él era repartidor en el mercado. Me traía el pescado y charlaba bastante con Ibtisam. Del calor que hacía y de pamplinas, no te creas, pero el notas tiene buena memoria para las caras: dice que estaba sentado en una terraza en Estepona y la vio pasar. Ibtisam se paró, le dijo que estaba contenta de verlo y se echaron la foto. Ella le contó que había tenido el niño, que era muy guapo y se llamaba Roger, como el tenista, porque ahora parece ser que le gusta mucho Federer, que, fíjate tú, la primera noticia que tenía yo de eso.

Joseph sonrió al reconocer una de las salidas características de Ibtisam, su fascinación por lo que ella consideraba la elegancia, y que se parecía bastante a un paraíso de pequeños tenistas con cintas blancas en el pelo.

Todavía con una mueca de abuelo orgulloso colgada de los labios, un aguijonazo en la cadera lo sacó del trance. Era la vibración de un mensaje telefónico. Sacó el aparato del bolsillo y no pudo reprimir un resuello al encontrarse con las órdenes de McPhail.

URGENTE. VUELVE A CASA DEL HACKER. TE MANDO INSTRUCCIONES.

Antes de ponerse de pie, murmuró algún tipo de insulto en inglés.

—Me voy a tener que marchar.

—¿Ya? —preguntó el Fali—. Muy pronto, ¿no?

Sin más explicaciones, dejó un billete sobre la mesa con el que pagaba la primera ronda y una extra para que el Fali llegara de buen humor al taxi.

—A mi salud —dijo.

—Pues muchas gracias —replicó el Fali.

—Gracias a ti. Me gusta hablar de Ibtisam.

—Ya hubiera querido decirte más. La verdad es que me acuerdo un huevo de ella —completó con el tono melancólico que comparten dos personas que se refieren a una tercera que sospechan que no volverán a ver—. Si la encuentras, dale un beso de mi parte, y que me llame un día o algo.

Joseph le dio un ligero golpe en el hombro para despedirse y salió del Pay Pay. Sin tiempo para analizar la conversación que acababa de tener, apretó el paso en dirección a la calle del *hacker*. Cuando llegó, sacó el teléfono para comprobar si McPhail había cumplido con lo prometido. Efectivamente, allí estaba el mensaje con las instrucciones: HEMOS VISTO ALGO EN TU VÍDEO. ENTRA EN LA CASA Y BUSCA UN ORDENADOR O UN DISCO DURO. LUEGO LLAMA AL NÚMERO QUE TIENES PREGRABADO EN LA TECLA 3.

Joseph se coló en el portal e iluminó la cancela con la linterna del móvil. El dueño de la tienda ecológica la había cerrado al irse. La cerradura no tenía mayor complicación. Sacó una ganzúa y la forzó con un par de giros de muñeca. En el centro del patio lo esperaba la aspidistra, brillando como un embrujo nocturno.

Subió las escaleras. Se dio cuenta de lo estúpido que era que por la mañana lo hubiera hecho a oscuras y que ahora, de noche y cuando no quería ser descubierto, estuviera ayudándose de una linterna. La iluminación le permitió descubrir que las paredes de la bóveda estaban tapizadas con estampas de santos, vírgenes y cristos que no dejaban un milímetro de escayola sin cubrir. Mientras avanzaba por aquella siniestra capilla, oyó un ruido varios pisos por arriba, una puerta que se abría y alguien que bajaba a toda la velocidad que permitían los giros de noventa grados que tomaba aquel desfiladero. El pulso de Joseph se aceleró y dudó si apagar la linterna o apuntar con ella al extraño para aturdirlo y lanzarse sobre él. En una décima de segundo se decidió por la primera opción: cortó la luz, quedándose completamente a oscuras, y pegó la espalda contra la pared, metiendo tripa y poniéndose de puntillas para que sus pies ocuparan la menor porción posible del escalón. Cuando aún no había terminado de comprimirse, la figura que corría escaleras abajo dobló el codo de la escalera y pasó junto a él, tan cerca que le propinó un suave latigazo con el pelo, largo y con olor a suavizante. En cuanto estuvo seguro de que había pasado de largo, Joseph asomó la cabeza y vio recortada contra la luz del patio la silueta de un varón de metro setenta que llevaba en la mano un objeto con forma de funda de guitarra.

Joseph se sintió aliviado al escuchar cómo el japonés cerraba el portón al salir a la calle. Dedujo que llegaría tarde a un compromiso musical, quizá algo como el Pay Pay, y por eso se había arriesgado a partirse el cuello en la escalera. Sin embargo, la tensión se había apoderado ya de sus músculos y llegó al ático jadeando por el nerviosismo. En su primera visita había comprobado que el piso no contaba con alarma ni cerraduras de seguridad. Precisamente era una de las razones que lo llevaron a descartar que Micha escondiera allí algo de valor, pero era consciente de que, en el mundo de los cibermisterios, su olfato, ya de por sí escaso, no valía nada.

No llevaba encima guantes, pero sí dos bolsas de plástico plegadas en el bolsillo de la chaqueta. Se envolvió las manos en ellas. Forzó la puerta con la misma facilidad que la principal y entró dejándola encajada tras él. Después de unos segundos inmóvil, a la caza de cualquier sonido, avanzó entre las tinieblas para comprobar que la casa estuviese vacía. Una vez convencido, regresó sobre sus pasos para cerrar la puerta, bajó las persianas y encendió la lámpara de la entrada.

La torre del ordenador del escritorio no estaba. Solo quedaban los cables colgando por detrás del monitor. Tampoco había rastro de los discos duros que Micha acumulaba sobre la mesa. Inspeccionó el apartamento, repasando los escondites más evidentes: bajo la cama, en el colchón, los cajones, tras los libros...

Pero no dio con ningún componente informático. Lo único llamativo era una caja fuerte en el armario, oculta tras los vestidos de la novia de Micha.

Cuando estuvo seguro de que no encontraría nada más, pulsó la tecla 3 de su teléfono y, tras unos segundos de espera, le respondió en inglés la voz de una jovencita medio dormida.

—Buenas noches. Soy Tina. Sí que has tardado. Te voy a ir dando instrucciones técnicas.

—¿Tú eres una de los Mutantes?

La chica rio:

—Supongo que sí, pero lo hablamos luego. Ahora haz lo que te vaya diciendo.

—De acuerdo —dijo Joseph, a medio camino entre la fascinación que le producía que aquello de verdad estuviese funcionando, y el fastidio por que lo considerasen un juguete teledirigido.

—Lo primero: ¿has comprobado que no haya ordenadores ni discos duros en la casa? —preguntó la chica.

—Cien por cien seguro.

—Qué hijos de puta. Se lo han llevado todo. Entonces dirígete a la Roomba.

—¿A la qué?

—Es un robot aspiradora. Parece una escudilla de perro gigante. Blanca. En el vídeo que nos mandaste estaba debajo del escritorio, cargándose en su plataforma.

Joseph se contuvo para no hacer más preguntas y

ejecutó la orden. Se arrodilló frente a la mesa y allí se topó con el aparato.

—La estoy viendo —exclamó como si se tratara de un milagro.

—Mola. Verás que tiene un montón de botones. Presiona a la vez los de ACOPLAMIENTO, LOCALIZAR LIMPIEZA, MODO SPOT y LIMPIEZA. ¿Qué ocurre?

Joseph calculó cuántos dedos le harían falta para pulsar todo aquello a la vez. Sus gruesas falanges desbordaban los botones, pero, tras algunos problemas para sincronizarlos, consiguió cumplir la orden. En respuesta, todas las luces del pequeño platillo volante se iluminaron.

—Creo que ya está —le comunicó a la voz de su teléfono.

—Entonces vete a la función MÁS del menú. Entras en CONFIGURACIÓN, luego en AJUSTES WIFI y, por último, en DETALLES WIFI.

—Ok.

—Ahora viene la parte difícil.Tienes que meterle el código que te voy a dictar.

Joseph no pudo contenerse más tiempo:

—¿Estás de broma? ¿He entrado aquí para programar la aspiradora?

—No, en serio. Llevamos horas trabajando en esto. Va a ser increíble.

Joseph suspiró, aún de rodillas bajo la mesa y maldiciendo el espionaje moderno.

—De acuerdo, díctame el puto código.

—Te lo leo despacio: 7y78ECxXllp(@ —deletreó la voz—, y dale a ENTER.

—Hecho.

—¿Qué dice ahora?

—ACTIVAR CONTROL REMOTO. CONTRASEÑA.

—Bien. Entonces teclea este otro código. Es un poco más largo. Vamos a ir despacio: o3ehHhvWt2i09]+*jUuhGKHikuh%%¿76Po8^*^.#3¡

Tras medio minuto peleando contra el alfabeto marciano, Joseph gruñó para indicar que había terminado:

—Qué facilito.

La voz soltó una risilla. Joseph casi pudo adivinar al otro lado de la línea la cara de becaria empollona de Tina, con sus gafas de pasta y dos medallones de rosácea en sus mejillas lechosas de las Midlands:

—La has conectado a la wifi —dijo la chica—, pero hemos creado un filtro para que él no pueda detectar que su aspiradora está hablando con internet. Ahora solo tenemos que esperar unos minutos para que yo entre desde aquí en el cacharro, lo craquee y le diga lo que queremos de él.

—¿Eso es todo?

—Espera. ¿Seguro que no hay ningún componente informático por la casa? Es muy importante que lo compruebes.

—Ya te he dicho que no. Se han llevado todo.

—Ok. Era previsible. Pero busca una última vez, por si acaso. Un pequeño *pendrive* puede alegrarnos la vida. Y necesito que saques fotos de todo lo que te parezca interesante: papeles, tarjetas de crédito, números con pinta de ser un código...

—Lo único raro que he encontrado es una caja fuerte.

—¿Estás de coña?

—No. Tienen una caja de seguridad como la de los hoteles.

—Joder, ¿pues a qué esperamos? ¡A por ella!

Joseph abrió el armario y se situó frente a la caja.

—¿Puedes buscar el número de serie? —preguntó la técnica—. Suele estar en la esquina inferior derecha o en la parte de atrás.

Sin dejarle tiempo a terminar, Joseph sumergió la cabeza entre los vestidos hasta encontrar el panel donde figuraban el número de serie y el modelo.

—Aquí está.

—¿Me lo dictas?

—Sí —dijo, y este fue su turno de deletrear letras sin sentido.

—Vale. Parece un código sencillo —dijo para sí Tina mientras apuntaba los datos—. En dos minutos te envío un mensaje con la contraseña. Cuando abras la caja, fotografía lo que encuentres dentro, pero luego vuelve a dejarlo como estaba. No queremos que sospechen. Por cierto, mola tu camiseta.

—¿Mi camiseta?

—Sí. Molan los bichos esos. ¿Qué son, cangrejos?

Joseph se giró alarmado, buscando desde dónde podían estar viendo en el MI6 el estampado de su polo de langostas. Buscó a su alrededor y no encontró a nadie. Entonces la aspiradora comenzó a deslizarse hacia él, como si quisiera presentarse.

—Exacto —siguió Tina por el teléfono—. Has programado la aspiradora para que nos retransmita lo que pasa allí. Y ahora, buenas noches. Necesito colgarte para descifrar la clave de la caja.

La línea enmudeció y, de forma simultánea, la aspiradora dio media vuelta y se retiró a su soporte, igual que un gato que se acurruca en su cesta. Antes de apagarse por completo, sus luces azules le lanzaron un guiño de despedida.

Joseph se sentó en el canto de una silla para no dejar huellas innecesarias, con las manos juntas y la vista clavada en la puerta, por si alguien entraba repentinamente. La espera duró poco más de dos minutos, pero para cuando recibió el mensaje con el número estaba tan nervioso que al abalanzarse sobre la caja se enredó en sus propios pies y se golpeó la frente con la hoja del armario. Tras el ruido sordo permaneció unos segundos en silencio, atento a posibles reacciones. Afortunadamente no hubo ninguna. Introdujo los diez números en la cerradura electrónica y la caja se abrió con un clic que le sonó a champán. Lo que encontró dentro, sin embargo, no le pudo resultar más decepcionante.

Se trataba de una decena de papelitos estampados con minúsculos cuadrados blancos y negros de corte robótico, como los códigos de los billetes de avión. Los fotografió a toda prisa, los dejó en el mismo orden en que estaban en la caja y envió las imágenes a McPhail para que la banda de mutantes las interpretaran.

Antes de abandonar el apartamento, comprobó que todo quedaba en orden, volvió a subir las persianas, apagó la luz y cerró la puerta con cuidado, conteniéndose para no arrojarse escalera abajo.

Consiguió no correr tampoco al salir a las calles vacías. Intentaba controlar la respiración mientras doblaba esquina tras esquina para alejarse de la casa, haciendo de la ciudad un ejercicio de papiroflexia. Pese a ello, la ansiedad no desaparecía: le dolía el golpe en la frente, y se había apoderado de él una impresión desagradable, de no estar caminando solo. Con el propósito de que la manía persecutoria no le nublase las ideas, se concentró en recordar las instrucciones que le habían dado en el MI6 para despistar a posibles perseguidores. Darse cuenta de que estaba incumpliendo la lista entera de recomendaciones solo sirvió para ponerlo más nervioso, pero todos los consejos le parecían de imposible aplicación en una ciudad laberíntica como aquella, donde los pasos retumbaban bajo los faroles y a cada zancada se volvía más difícil determinar si se estaba alejando o acercando de su perseguidor.

Buscando deshacerse de la sensación de claustrofobia salió a la alameda Apodaca, un paseo decimonónico dividido en tres calles paralelas que discurría sobre la muralla, asomado al mar, imitando el trazado de una arboleda pero sin un solo álamo en su recorrido. Una hilera de plátanos aislaba el paseo de las callejuelas del casco urbano, mientras que la explanada que se asoma a la bahía albergaba las especies más singulares, las que dibujaban un patio indiano de ficus y chirimoyos junto a un par de mastodónticas bellasombras.

Joseph intentó resguardarse de las miradas extrañas encerrándose en el pasillo central del paseo, una pista de cerámica vidriada acotada por bancos y farolas de hierro forjado. El siseo de un cigarrillo al caer al agua le erizó el vello, pero al volverse solo encontró un barrendero que acababa de apagar una colilla en un charco. Examinó al hombre del mono fluorescente, y este le devolvió una mirada comprensiva, convencido de hallarse ante un turista borracho. Joseph se desentendió y siguió por el desfiladero de salones y glorietas entre los parterres.

Al llegar a la fuentecilla del final de la alameda ya no le quedaron dudas de que estaban espiándolo. En la acera de enfrente, expuesto sin el parapeto que le ofrecían los árboles, reconoció a Hairy Frank, el guardaespaldas de los Sheriff. La visión duró solo un segundo, y la sombra se escapó por una de las calles que se hundían en el casco, siguiendo el recorrido del poniente en los días frescos.

Joseph reaccionó girando sobre sus talones y apretó el paso en dirección contraria, ya liberado de cualquier necesidad de disimular, y sin otra preocupación que llegar a su coche antes de que le cortaran el paso. No entendía por qué los Sheriff habían ordenado que lo siguieran, pero estaba seguro de que no le agradaría encontrarse a solas frente a Hairy Frank.

Para avanzar más rápido se apartó de la zona arbolada, plagada de obstáculos, y se lanzó a correr en paralelo al mar, sumergiéndose en una negrura donde no se distinguían el cielo y el agua más que por las descargas de los peces eléctricos que bailaban sobre las olas, reflejando las luces de la ciudad. No tuvo tiempo de llegar muy lejos. La figura imponente de Hairy Frank no estaba ya a sus espaldas, sino que se materializó frente a él, contra una de las garitas de la muralla, con los brazos separados del cuerpo como un pistolero de dibujos animados. Joseph miró a su alrededor y estudió las posibilidades que le quedaban.

Entonces, una voz gritó su nombre:

—¡Jose, Jose!

Se giró siguiendo la llamada y vio primero el taxi estacionado en la acera de enfrente. A continuación se fijó en el hombre barbudo que se apoyaba sobre el auto haciéndole gestos con la mano.

—¡Jose! —lo llamaba el Fali.

Sin tiempo de pensárselo, corrió hacia él y se lanzó al asiento trasero.

—¿Qué estás haciendo, *running*? —preguntó el Fali recuperando su lugar al volante.

—Lléveme al puerto —pidió Joseph.

—¿Es una petición oficial? ¿Pongo el taxímetro?

—Sí, sí —le metió prisa Joseph.

—Pero el puerto está en dirección contraria. Tendría que dar la vuelta a la ciudad.

—Lo que sea.

—Vale, vale. Solo quiero ser un taxista honrado.

El coche arrancó traqueteando por el empedrado del paseo y se alejó del punto en donde Joseph estaba seguro de haber divisado al matón de los Sheriff. Volvió la cabeza, pero esta vez no fue capaz de distinguir nada contra la negrura del mar.

—Menuda casualidad, picha. —Rio el Fali.

—Sí —contestó distraído Joseph, sin dejar de comprobar por la luna trasera que no los estuvieran siguiendo.

—Es que Cádiz es muy chico. Es lo bueno y lo malo.

Joseph no se veía capaz de hilar una conversación de cortesía. Inspiró con fuerza, manteniendo la vista perdida en los dígitos en rojo del taxímetro. El Fali respetó su silencio unos segundos, pero enseguida volvió a la carga.

—No, pero en serio, no estabas haciendo deporte así vestido. ¿Qué hacías corriendo?

Joseph tomó aire de nuevo; sin embargo, antes de que le diera tiempo a soltar la excusa que se le había ocurrido, el rostro del Fali adquirió otra gravedad, y levantó una mano a modo de disculpa.

—Deja. No hace falta que me digas nada. Perdona, picha. Se me olvida a veces. Tú eres el cliente y no tienes por qué contarme tus movidas. Te llevo tranquilamente. Disfrute usted de su viaje —dijo, con una mezcla de rendición bienhumorada y sorna de sirviente zumbón.

Joseph aceptó la tregua y se acogió al privilegio del silencio que le concedía el taxímetro. Se asomó a la ventanilla e intentó poner sus pensamientos en orden.

Para llegar hasta el punto donde había aparcado su coche por la mañana, debían circunvalar la almendra del centro. Joseph pronto valoró una ventaja de tomar el camino largo: las avenidas anchas le permitían asegurarse de que no los perseguían, a diferencia de las traicioneras callejuelas del casco. Siguiendo el itinerario exterior, dieron la vuelta por el malecón del Campo del Sur, acercándose a la catedral, iluminada en la noche como los espías sueñan los bulbos del Kremlin.

El nerviosismo regresó en el momento de enfilar el paseo del puerto y divisar las grúas industriales, amarillas y azules, alineadas con la posición en la que había dejado el coche.

—Aparca al lado del Citroen rojo. —Señaló Joseph su tartana.

El Fali se detuvo en segunda fila, pero en el momento en que Joseph puso un pie en tierra se dio cuenta de que su coche estaba extrañamente hundido. Las dos ruedas traseras habían sido acuchilladas y no les quedaba un soplo de aire.

—Mejor sigue conduciendo —ordenó al Fali regresando al taxi.

—¿Adónde voy?

—A la parte nueva.

El trayecto hacia las afueras le sirvió para confirmar que no llevaban en cola ningún vehículo extraño. También le dio la oportunidad de pensar sobre las opciones que se le presentaban, y decidió que lo más prudente sería volver a casa en taxi.

—¿Y a Gibraltar me podrías acercar? —Se asomó al espacio entre los dos asientos delanteros para preguntar.

El Fali se giró con los ojos muy abiertos.

—¿En serio? ¿A Gibraltar? ¡Claro! Mi cuñado va a flipar. —Soltó una carcajada.

Joseph abrió la cartera y le alargó dos billetes de cien euros.

—Toma. Luego lo ajustamos, pero tengo dinero para pagarte.

—¿Quieres que te lo calcule ahora?

Joseph levantó la mano suplicándole que no lo hiciera. El Fali pareció entenderlo, recogió el dinero sin desviar la vista de la línea de la carretera y se lo guardó en un bolsillo de los vaqueros.

Salieron de la ciudad por la carretera hacia San Fernando. La madrugada estaba comenzando y las monótonas luces halógenas de la autovía empezaban a demostrar sus poderes hipnóticos. Joseph reposó la cabeza sobre el asiento y respiró hondamente. Los párpados le pesaban. Quizás era precipitado relajarse por completo, pero no podía luchar contra los automatismos de su cuerpo. Notaba cómo la adrenalina se retiraba de la sangre y le dejaba una repentina laxitud en los músculos, igual que la resaca de una marea alisa la arena con sus olas.

Cuando se cansó de mirar por la ventanilla, se quedó con la vista clavada al frente. Allí tenía el cuello del Fali: un tronco en el que emergía el vello espinoso característico de quienes se esfuerzan por mantener a raya con una cuchilla las frondosidades de su cuerpo. En el espejo retrovisor Joseph encontró los ojos del hombre examinándolo, y distinguió en ellos un brillo que conocía bien.

—Pues va a ser verdad que las copas y la carretera se llevan mal. Con carreras cortitas por la ciudad no se nota, pero aquí me está dando flojera. ¿Te importa si paramos a tomar un café? —le consultó el Fali.

—No, claro —se sorprendió respondiendo Joseph.

El Fali no añadió nada. Tomó el desvío a un polígono a las afueras de San Fernando y se detuvo en el aparcamiento del hostal y área de servicio Los Tres Reyes, un edificio ocre de una sola altura adosado a una gasolinera.

Se bajaron sin cruzar la mirada y se dirigieron al bar pasando bajo el fluorescente roto de la entrada, que con sus sincopados parpadeos funcionaba como un cuchillo de cocina, picando el paisaje, los rostros y los gestos en un remolino de blancos y negros. Una vez dentro, el local resultaba ser todo lo contrario: un espacio sin contrastes, bañado por una luz cegadora que le robaba cualquier volumen a las cuatro mesas que lo ocupaban, anormalmente distanciadas entre sí.

Joseph se sentó en una de ellas.

—¿Qué te pido? —le preguntó el Fali, manteniéndose de pie a su lado.

—Café —respondió.

El Fali fue diligentemente hasta la barra y volvió con dos tazas. Dejó la suya sobre la mesa y volvió a ausentarse. Joseph se quedó solo, sin otra cosa que hacer más que observar. El suelo era uno de aquellos terrazos grises y blancos sobre los que parecía que hubieran volcado un camión de cenizas. El bar estaba tan vacío que el eco amplificaba cada paso, cada roce, incluso las contorsiones de cada servilleta arrugándose sobre un platillo de café. Los escasos clientes parecían demasiado agotados para hablar entre ellos. Un hombre jugaba a la tragaperras. Otro revisaba un expositor de postales, como si en aquel polígono de San Fernando se pudiera encontrar una perspectiva única del mundo.

Cualquier cosa parecía posible dentro de aquel espacio extraño, un purgatorio entre la morgue y la nada. El Fali regresó balanceando una llave atada a una gran bola de corcho mediante un cordel. Miró muy serio a Joseph y, ante su falta de respuesta, anunció con una timidez que era difícil haber imaginado en él:

—Conozco al dueño. Estoy un poco sucio y me ha dejado un cuarto para darme una ducha. ¿Te importa?

Joseph le indicó con la mano que no le parecía mal, pero el Fali no se movió de su sitio hasta que consiguió hacerle entender que estaba esperando que él también se levantara. Lo hizo, y se dirigieron juntos hacia la recepción, cruzaron frente a una mesa vacía y siguieron avanzando por un pasillo con las paredes adornadas con láminas de flores.

El Fali abrió la puerta de una de las habitaciones, le sonrió torpemente y se encaminó al baño. Joseph apenas tuvo tiempo de responder a la mirada. Pulsó el interruptor de la luz, pero solo la mitad de las bombillas acudieron a la llamada: una en el techo, y otra en una de las dos mesillas auxiliares. Luego se sentó en el lado menos iluminado de la cama y comprobó que estaba rígida como una tabla. Oyó cómo se abría la ducha y el agua comenzaba a correr.

Abandonado en mitad de aquel cuarto barato sentía un agradable ensoñamiento que lo empujaba a ser manso y cumplir las órdenes dictadas por alguien que lo conocía bien. Pensó en la intensidad de todas las cosas que habían ocurrido en las últimas horas. El pico de adrenalina al ver a Hairy Frank cortándole el paso en las murallas, la tensión del robo en casa del *hacker* en contraste con la nostalgia que lo envolvió al hablar de Ibtisam en el Pay Pay, la tentación del alcohol y el juego... Y por último, la calidez que lo recorría en aquel momento, la melancólica familiaridad que le generaba el lugar donde se encontraba, con aquel olor a desinfectante, las luces tuertas y la cama sobre la que había comenzado a quitarse los zapatos con el temor de encontrar que sus calcetines estaban agujereados. Le llegaban a la mente escenas que ya había vivido, escondites tan familiares como aquellos silencios cargados de sobreentendidos en los que llevaba buceando desde hacía muchos minutos.

Interrumpiendo su reflexión, el Fali salió de la ducha desnudo, con excepción de una toalla beis que llevaba anudada en la cadera. Joseph se fijó en él con detenimiento. La conjunción del pecho amplio y musculado, los ojos almendrados y la larga barba en punta le otorgaba un aspecto de genio de la lámpara. Su primera conclusión fue que se trataba de un hombre muy bello. La segunda, que se alegraba de no haberse puesto la faja lumbar esa mañana.

El Fali susurró algo mientras dejaba caer la toalla y empujaba con suavidad a Joseph para que le hiciera sitio en la cama. Le levantó los brazos y le quitó el polo. Por un segundo se quedó mirando el mosaico de tatuajes de su cuerpo, y Joseph volvió a sentir aquella vieja inseguridad.

Al Fali no parecieron desagradarle los naipes de su pecho, las rosas, las dagas y las calaveras con muecas de dolor. Por el contrario, fue investigando con los dedos cada uno de aquellos dibujos de un verde desleído. Luego acarició el cuello de Joseph y con la mano abierta pareció cegar el solitario ojo sin pestañas que llevaba tatuado entre los dos omóplatos para protegerlo de quien lo atacara a traición.

Finalmente lo rodeó con sus brazos y lo besó.

Las caricias duraron largo rato. Pasó una hora antes de que ninguno llegara al orgasmo. El semen del Fali tenía un sabor ardiente que abrasó la boca de Joseph. Cuando fue al baño a lavarse encontró allí la ropa de su compañero plegada sobre una banqueta, a diferencia de la suya, dispersa por la habitación. Al regresar, el Fali roncaba plácidamente, ocupando casi toda la cama. Apagó las luces, se tumbó junto a él y se quedó dormido en una paz que había olvidado que fuera posible.

En mitad de la noche abrió los ojos. El Fali lo observaba a oscuras, sentado sobre el borde de la cama. Joseph alargó la mano. Los dos hombres volvieron a enredarse como dos luchadores e hicieron el amor con una tosca ternura. Al día siguiente Joseph era incapaz de recordar dónde terminó el sexo y empezaron aquellos sueños inquietantes. Solo sabía que al despertar se encontró solo en el cuarto. Le dolían la espalda y los riñones. Se había quedado frío, desnudo sobre las sábanas que cubrían aquel colchón de piedra.

Comenzaba a amanecer. Por el suelo correteaba una cucaracha que al sentir la mirada incriminatoria de Joseph se ocultó bajo la toalla beis que nadie había recogido.

Saltó de la cama alarmado. El aire que se colaba por debajo de la puerta le arañó los tobillos. Entró al baño y descubrió que faltaba la ropa del Fali y que la banqueta donde la había dejado la noche anterior estaba ahora debajo de un ventanuco abierto. Se aupó y se asomó por él. Tenía el tamaño necesario para que pasase un hombre, y daba directo al aparcamiento. Un vistazo le bastó para comprobar que el taxi ya no estaba allí.

Regresó al dormitorio y se vistió a toda prisa. Ni su cartera ni su teléfono estaban en el pantalón. En cuanto tuvo los zapatos puestos bajó a la recepción. Un muchacho sin demasiado interés por lo que le contaba le dijo que no podía darle el nombre completo del hombre que había pagado la habitación. Tendría que llamar por la tarde. Su jefe era quien se ocupaba del turno de noche y se había ido a dormir un rato antes, dejando en su despacho los libros de reservas.

Joseph se contuvo para no golpearlo. Estaba ciego de furia, pero lo último que necesitaba era que llamasen a la policía.

Se preguntó de dónde había salido el Fali. ¿Era la carta que se guardaban los *hackers*, o el recurso de los Sheriff por si fallaba Hairy Frank? ¿Un amigo de la despechada Ibtisam? ¿O quizás solo se trataba de un sinvergüenza al que le picó la codicia cuando le ofreció pagar el taxi al contado? No tenía ningún indicio para responder a esas preguntas. Su única certeza era que el teléfono que acababa de perder contenía los vídeos y las fotos que sacó en casa de Micha. Ahora alguien sabía lo que había estado haciendo allí y podía identificarlo. Era un balance insuperable para su primera semana en los servicios secretos.

Joseph miró al recepcionista y sintió que la ira crecía ingobernable. Logró mantenerse bajo control, aunque no sonó relajado del todo cuando preguntó:

—¿Puedo hacer una llamada? Es a un número extranjero.

VII

Los carteles del aeropuerto de Gibraltar anunciaron el desembarco de los pasajeros del vuelo de las 15:30 procedente de Londres-Heathrow.

Joseph se levantó de la cafetería, lanzó a la papelera el vaso de cartón y se dirigió a la puerta de llegadas, deseoso de perder de vista a la parejita de turistas que a medio metro de él distraía la espera chuperreteando yogures en tarritos de cristal.

Los recién llegados de Londres comenzaron a invadir la sala arrastrando maletas y bolsas de golf. Joseph se situó frente a la puerta de llegada, lo más a la vista posible, y se dedicó a evaluar a todos aquellos que le parecieron buenos aspirantes al papel de McPhail, sin atreverse a abordarlos directamente, cohibido por la sospecha de que el MI6 no apreciaría que el inútil de su hombre en Gibraltar se dedicase a interceptar a viajeros en el aeropuerto preguntándoles si eran agentes secretos.

Su candidato favorito era un caballero alto y delgado con un sombrero de gabardina. Como principal punto a su favor contaba con un aire tan exageradamente *british*, con aquella piel pálida y esas cejas que a fuerza de rubias parecían calvas, que en Cambridge debían de haberle entregado el diploma nada más presentarse a rellenar la matrícula. En su contra jugaba que aparentaba tener bastantes más años de los que Joseph le atribuiría a McPhail: por lo poco que había podido deducir de sus mensajes de texto, su agente de control no debía de estar por encima de los cincuenta.

Como segunda opción para el puesto, había detectado a un elegante negro caribeño, dueño de una barba recortada con pulcritud y unas gafas redondas de nácar. Vestía un traje claro de sastrería y llevaba bajo el brazo el *Times*, que a esas alturas cualquiera sabía que era un periódico que solo compraban quienes fingían leer prensa, como podía ser el caso de un espía interesado en camuflarse. Este postulante cumplía con una considerable cantidad de requisitos, como ser menor de cuarenta años y miembro de uno de los sectores sociales cuya incorporación C se había propuesto fomentar. Sin embargo, le rechinaba que luciese aquella planta de *playboy*, en abierto conflicto con la exigencia de discreción sobre la que tanto habían insistido en la agencia.

Incapaz de decidirse, Joseph continuó fichando a posibles McPhail al mismo ritmo que el vestíbulo se iba vaciando de recién llegados. Cuando apenas quedaba ninguno, alguien le tocó en el codo.

—¿Joseph Sanchez? —le preguntó una turista con gafas rectangulares y una amplia sonrisa.

Antes de responder, Joseph se tomó un segundo para examinar a la candidata que acababa de colocarse en lo alto de la pirámide. Tenía unos treinta y cinco años y un saludable aspecto de guiri, con las sandalias reglamentarias y un vaporoso vestido de flores. Era de complexión robusta, pero poseía unas manos finas y ágiles que se apresuró en pasear por su pelo, el cuello y los brazos, como si intentara deshacerse de la suciedad del viaje para presentarse adecuadamente ante su subordinado.

—¿Tú eres McPhail? —le devolvió Joseph la pregunta en inglés.

La mujer expandió aún más su sonrisa y le tendió la mano:

—Sí, Tina McPhail. Todavía llevas tu camiseta de cangrejos. Mola, pero podrías darte una ducha —bromeó.

Joseph tartamudeó:

—¿Eres la técnica de anoche? ¿La misma Tina?

—Sí, pero no me pareció el momento para presentaciones. No quería distraerte.

Sin darse cuenta, Joseph ladeó la cabeza para estudiarla mejor. Sabía que esa no era la verdadera razón por la que había ocultado quién era. McPhail podría haberse presentado antes o después de la llamada, y prefirió no hacerlo, posiblemente calculando que tendría más autoridad sobre Joseph si este seguía pensando que su jefe había sufrido un divorcio traumático, tenía dos hijos en un colegio privado y se le hinchaba la próstata de cuando en cuando.

—Te he alquilado un coche, como pidieron de Londres —dijo Joseph.

—Perfecto. ¿Conduces tú? Así me voy acostumbrando a circular por la derecha.

Salieron del aeropuerto en dirección al aparcamiento. Joseph tenía asumido que en cuanto pisara el Peñón, su jefe le reprocharía haber puesto en peligro la misión con su ineptitud, pero, al contrario, encontró en aquella McPhail un derroche de entusiasmo.

—Estamos superexcitados con lo que mandaste —dijo la agente, soltando su bolsa de cuero en el maletero—. Nos hemos pasado la noche trabajando, por eso cuando llamaste al número de emergencias yo no estaba disponible. Me avisaron y cogí el primer avión.

Frente a ese ardor, Joseph se sentía derrotado. No podía creer que, después de tanto tiempo de contención, en el momento más inoportuno se hubiera dejado llevar por uno de sus arranques de pasión. Por supuesto, no le había detallado a Londres los pormenores del robo y, cuando llamó para comunicar que ya no tenía el móvil con las pruebas contra los moldavos, se limitó a contar que había sido víctima de un atraco sospechoso. La humillación escocía demasiado: en el peor de los casos, la mafia había encontrado su punto débil y lo había explotado para reventar la operación; en la lectura más optimista, un buscavidas lo había despeluchado con la misma indignidad que a un pervertido en Tailandia.

Ajena a aquellas cuitas, McPhail se acomodó en el asiento del copiloto.

—Es evidente que Michavina no salió a cenar anoche —dijo mientras arrancaban hacia el centro del Peñón—. O no salió únicamente a cenar. Después de vuestra conversación debió de inutilizar sus ordenadores para eliminar los rastros que contenían, así que nos hemos quedado sin pruebas físicas. Lo hemos estado vigilando hoy con la aspiradora y ha llegado a casa con un ordenador nuevo. Estos días vamos a grabar lo que teclea y su pantalla. A lo mejor tenemos suerte, habla por teléfono con alguien y podemos trazarlo. Nada de eso va a ser fácil, pero, si queremos que la policía española acepte detenerlo, necesitamos pruebas concretas.

—¿He fastidiado la operación? —expresó al fin Joseph lo que lo atormentaba.

McPhail negó con la cabeza. Por primera vez la vio ponerse seria.

—No te voy a mentir: que te robasen supone un contratiempo. Ya saben quién eres. Pero la información que nos conseguiste es muy buena. Sabíamos a qué nos arriesgábamos al depender de un agente sin experiencia. No pasa nada: la vía tecnológica la teníamos agotada. Necesitábamos algo así: un revulsivo para el caso. Siempre es peligroso agitar el avispero, pero, si tenemos cuidado, podemos salvarlo.

Joseph quería sentirse aliviado, pero no era capaz.

—¿Y os ha servido de algo lo que fotografié en la caja fuerte?

—Por supuesto. Por lo que me contaste, el *hacker* te explicó que la pista de los bitcoins siempre se diluye en internet, pero eso no tiene por qué ser así. Tú puedes guardar los bitcoins dentro de una cuenta virtual, en la nube, lo que se llama una cartera caliente; o puedes tener los códigos de los bitcoins en un soporte físico, que se llama cartera fría porque no se puede acceder a ella desde internet. Hay que conectarla. Esa cartera a veces es un lápiz USB, o un disco duro externo... O puede ser también un código QR como el de los papelitos que fotografiaste.

—¿Ahí están guardados los bitcoins de los moldavos?

—No exactamente. Los bitcoins no se guardan porque no son algo material: son códigos. Cuando conectas una cartera fría al ordenador, los bitcoins vuelven a ser reconocibles para el sistema, pero este te reclama otros códigos para ponerlos en circulación, por ejemplo para intercambiar dinero con usuarios que quieran vender servicios. Gracias a esos QR, lo que hemos podido hacer es comprobar el saldo de los moldavos. Son nueve millones de euros. Ahora sabemos que están ahí, pero no podemos tocarlos sin las claves de desbloqueo, y esas solo podemos conseguirlas si nos las dan ellos o nos hacemos con el ordenador en el que trabajaron. Esa es una de las razones por las que hubiera sido genial conseguir el equipo del *hacker*. No pudo ser, y ya está. Ahora solo nos queda la opción de detenerlo a él y que colabore.

—Pues ya me dirás cuál es el plan, porque él no creo que quiera confesar.

—Ya veremos. Traigo varias ideas. Lo que me preocupa es que fueran los *hackers* o los moldavos quienes te robaran el teléfono. En ese caso ya sabrían que tenemos una imagen de sus carteras, y lo más seguro es que cierren la cuenta en las próximas horas. En ese caso, se acabó todo.

Entonces McPhail recordó algo y se llevó la mano a la frente.

—Por cierto —dijo sacando del bolso un teléfono nuevo y un pasaporte británico—. Toma.

Joseph gruñó un «gracias» incomprensible.

—Y ahora, ¿me podrías acercar a mi hotel? Es el Rock Hotel.

Pese a su mal humor, la noticia le arrancó a Joseph una carcajada:

—¿En serio? Ese es el hotel donde se alojan los turistas que quieren ser James Bond.

—No creo que sea para tanto —protestó divertida McPhail.

—Espero que no cogieras la suite 007.

La mujer respondió con otra risotada.

—Me lo reservaron los del departamento de viajes.

—Muy sutiles.

—La verdad es que no me extraña. Es una cosa típica de la agencia. Alguna secretaria leería hace cuarenta años algo en el *Hello!* sobre una fiesta en el Rock Hotel con Timothy Dalton y lo apuntó en una ficha como alojamiento de referencia en Gibraltar.

—Pues ya me contarás qué tal. Ahí lo tienes. —Joseph señaló una estructura rectangular abalconada sobre la ladera del Peñón.

En lugar de mirar en la dirección que le indicaba, McPhail dio un gritito de júbilo cuando distinguió a su derecha, al otro lado de la carretera, la puerta del jardín botánico:

—¡Espera! Conozco este sitio. ¿No es donde está la estatua de Molly Bloom?

Joseph pisó el freno.

—¿La del *Ulises*? —preguntó confuso.

—Sí, la mujer de Leopold Bloom, la que nació aquí.

—Sí, pero no es una estatua muy espectacular. Así, pequeñaja.

—¡Genial! Escribí mi tesis sobre el feminismo en la vanguardia irlandesa, y Molly Bloom es un icono. Deja que baje un momento —dijo mientras se lanzaba a la carretera.

Los cláxones que comenzaron a sonar ahogaron el

final de la frase. La agente de enlace estaba logrando desconcertar a Joseph. En primer lugar, porque aquella Tina parlanchina tenía poco que ver con la McPhail cortante que veinticuatro horas antes le daba órdenes en mensajes de una línea. Y de forma más general, porque no se imaginaba una actitud tan distendida por parte de ningún miembro del MI6 en mitad de una misión que navegaba a un milímetro del naufragio. Ahora resultaba que la prioridad de un agente de Su Majestad al llegar al escenario de la acción era alojarse en hoteles *kitsch* y enrolarse en rutas culturales... Joseph sacó del bolsillo un caramelo de menta y le dio una larga chupada. Le parecía ser el único espectador de una obra de teatro perfectamente ensayada. Pero con el impulso del mentol respiró profundamente, y la inyección de oxígeno extra le ayudó a comprender que, vista con detenimiento, la situación tenía una lógica innegable: después de lo que había ocurrido en las últimas horas, a McPhail le sobraban las razones para sospechar que él podía estar traicionándola. No era descabellado pensar que hubiera fingido ser víctima de un robo para vender a los moldavos la información que sacó de casa de Micha. En el MI6 tenían un largo historial de agentes dobles, y sabían que era conveniente tomar precauciones, especialmente con un nuevo fichaje. Además, McPhail necesitaba asegurarse de que nadie la siguiera en Gibraltar; por lo que, probablemente, solo se dedicaba a obedecer los protocolos de actuación del MI6 durante misiones en el extranjero, que en el caso de destinos vacacionales pasaban por vestir como un dominguero, alojarse en un hotel pintoresco y fotografiar monumentos ridículos.

McPhail puso fin a aquellas divagaciones saludándole desde la puerta del botánico mientras volvía a lanzarse al tráfico.

—Me encanta. Mira. —Le enseñó en el móvil una imagen de la estatua de bronce: una mujer con una pamela en el trance de flexionar una rodilla.

—Maravilloso —concedió Joseph.

—Sí que mola —dijo McPhail con satisfacción.

Joseph aparcó y entraron en el Rock Hotel. El alojamiento más icónico del Peñón se esforzaba por conservar una serie de tics propios de otra era, como servir a la hora del té bandejas de pasteles de tres pisos, u organizar en una *suite* sesiones de hipnosis para los huéspedes que intentaban dejar el tabaco. La clientela era de lo más homogéneo en su procedencia, íntegramente británica, pero en lo sociológico consistía en una mezcla de ancianos con posibles, clase media anhelante de un pequeño lujo pop, y alguna celebridad de concursos televisivos en busca de intimidad sin salir de lo que se seguían considerando los límites del Imperio.

Mientras McPhail completaba el registro en la recepción, Joseph atravesó el salón climatizado con sillones de cuero y salió a la terraza, donde el hilo musical de *bossa-jazz* era abruptamente engullido por la banda sonora de las chicharras que se lanzaban a cantar en cuanto apretaba el calor, por muy nublado que estuviera el día. Se asomó por la baranda y oteó las plantas del mismo botánico que habían visto desde la carretera: dragos, chumberas, hibiscos, costillas de Adán... Una domesticada fantasía tropical dispuesta alrededor de estanques y coquetos puentecillos que nunca había sido del gusto de Joseph. Conocía bien la zona, porque solo unos metros más lejos, al otro lado de aquel jardín de casa de muñecas, quedaba el bloque de protección social donde vivía él, con su oscuro patio de luces y el jaleo de los televisores de los vecinos compitiendo las veinticuatro horas del día. Sin embargo, como no tenía ganas de estropearse las vistas con consideraciones de clase, se sentó en una de las sillas de mimbre y se tomó unos instantes para disfrutar de la majestuosa bahía de Algeciras, que se proyectaba por encima del botánico y de su casa, llenando el horizonte de barcos y grúas.

En ese momento hizo entrada McPhail con una piña colada en la mano. Se sentó y, antes de darle el primer sorbo a la pajita, sacó de su bolso un dispensador de regaliz y bombardeó el cóctel con pastillas.

—Me gustan las mezclas alegres —avisó a Joseph, que había supervisado la operación fascinado.

Y para defender las virtudes de su combinado, le dio un trago largo y lleno de sentimiento.

—Delicioso. —Suspiró, secándose los labios con el dorso del índice—. Ahora, cuéntame los detalles que te saltaste en los informes. Ya has visto que los Proca no se andan con tonterías. Tenemos que movernos rápido, porque la comunidad moldava anda agitada: ajustes de cuentas, cambios de lugartenientes... Estos días parece que está a punto de ocurrir algo en Londres, y Scotland Yard no sabe si intervenir ya para frenarlo o apurar con la esperanza de obtener alguna prueba de peso. Si detienen ahora a los Proca, sabemos que lo máximo que lograrán será encarcelar a un par de jefecillos. A la policía le va bien esa solución porque los saca de las calle unos meses; el lado negativo es que, cuando se reorganicen y vuelvan, ya no quedará ninguna prueba contra ellos y tendremos que empezar desde cero. Eso, sin contar con que las operaciones realmente gordas, como la venta de armas a yihadistas, continuarían desarrollándose fuera del radar, directamente desde Chisináu o Transnistria. Por eso en el MI6 preferiríamos esperar y entregarles a los jueces un caso bien montado, que sirva para encarcelar a la cúpula. Los Proca no saben que aquí les ha surgido ese flanco débil con la cuenta que opera la misma persona que les limpia a ellos el dinero. No se imaginan lo cerca que estamos de bajar al mundo físico su blanqueo cibernético. Ahora mismo nos lo jugamos todo en este lugar —dijo McPhail abriendo las manos para abarcar la terraza, el Peñón y el mar

Mediterráneo al completo, dándole otra pista a Joseph de que la piña colada en aquel escenario estaba más planificada de lo que parecía, porque el MI6 podía estar razonablemente seguro de que el exterior del Rock Hotel era un escenario que Joseph no habría tenido tiempo de acondicionar para grabar a McPhail, a diferencia de su coche, la comisaría o cualquier otro emplazamiento que hubiera elegido él para su primera conversación de trabajo—. Si conseguimos desentrañar su red de blanqueo, les desmontamos la organización entera. Pero en el momento en que sospechen algo, estamos perdidos. En unas horas te aseguro que pueden plantarse en este sitio tan *vintage* y tan mono y borrar todas sus pistas. No se andan con complejos a la hora de defender sus negocios.

Un teléfono rompió la tranquilidad de la terraza. Sonaba cerca de ellos. Muy cerca. Concretamente, en algún lugar en el espacio que quedaba entre los dos. McPhail miró fijamente a Joseph, pero este no se dio por aludido hasta que la agente le señaló la mesa sobre la que había dejado su nuevo móvil. Joseph se quedó unos instantes observando el rectángulo negro temblar frente al cóctel, hasta que lo identificó como propio y, al fin, lo cazó de un zarpazo.

—No había reconocido la melodía, perdona —se disculpó antes de descolgar.

—Normal. Te lo acabamos de dar. No sabíamos si ponerle el himno del Manchester o del Liverpool.

—Betis —respondió Joseph tapándose la boca para responder.

McPhail levantó el pulgar, sin que quedase muy claro si aprobaba la exótica propuesta o que Joseph respondiera la llamada en su presencia.

—Hello, ¿dígame? —preguntó Joseph.

Una voz se trastabillaba al otro lado:

—Soy yo, el Alambrito.

—¿El Alambrito?

—Sí, le diste el número a mi amiga en el Caballo Negro y le dijiste que te llamara si pasaba algo con los Cruz. ¿Te acuerdas?

—Claro, claro. ¿Qué ha pasado?

El Alambrito hizo una pausa.

—¿Cuánto me pagas si te cuento una cosa? —preguntó finalmente.

Joseph se puso de pie ante la sorpresa de McPhail, y se acodó en la balaustrada.

—Pues depende de lo que me cuentes. Si es bueno, otros cuatrocientos. ¿Te parece?

—Dame ochocientos —respondió.

—Si los vale te doy ochocientos del tirón, pero cuéntame primero.

—¿Y cómo me lo das?

Joseph se pinzó el puente de la nariz, haciendo un esfuerzo para no estampar su flamante teléfono contra el suelo.

—Te lo llevo ahora a San Roque.

El silencio que sucedió a la respuesta fue tan largo que Joseph pensó que el Alambrito había colgado.

—No hay tiempo —dijo repentinamente el chico—. Van a matar a los Cruz. Ahora mismo.

—¿Quién los va a matar?

—Los Montoya: la familia de la chavala con la que hablaste el otro día. Han salido ahora mismo a por ellos. Es un ajuste de cuentas por un palo que les dieron. Estaban esperando a que el Loren volviera de un viaje, y esta mañana se han enterado de que ya está aquí.

—¿Dónde?

—En su casa de Castellar.

—¿Sabes la dirección?

—No, pero ve allí y pregunta por los Cruz. Todo el mundo sabe dónde están.

—Ok —respondió Joseph, demasiado excitado para plantearse si se trataba de una encerrona.

—Ya te llamo yo para el dinero. Después de esto, mejor que no nos vean juntos en un tiempito. Pero cuando te lo pida me lo das, ¿vale?

—Por supuesto —contestó Joseph.

En cuanto terminó la llamada, McPhail se levantó con la misma rapidez que Joseph un instante antes.

—¿Está relacionado con el caso? —preguntó.

Joseph asintió y, sin necesidad de más explicaciones, los dos corrieron hacia el aparcamiento. Mientras conducía hacia la Verja, Joseph le resumió la situación, añadiendo sus conjeturas:

—Creo que los traficantes estos, los Cruz, son quienes tienen el contacto en común con los Proca. No sé si les lava el dinero la misma persona o si son dos *hackers* que comparten método de trabajo, pero es la mejor pista que tengo.

McPhail se mordía el labio concentrada.

—Si conseguimos hablar con los Cruz antes de que llegue la otra banda, podemos ofrecerles protección —propuso.

—A ver qué nos encontramos —rumió Joseph.

Apenas veinticinco kilómetros separaban Gibraltar de Castellar. Al llegar al pueblo se dieron cuenta de que no necesitarían pedirle a ningún vecino indicaciones sobre el paradero de los Cruz. Nada más tomar el camino que subía hasta la fortaleza, se toparon con una multitud reunida en la cuneta. McPhail y Joseph echaron el freno y salieron a ver qué ocurría. El centro del grupo lo ocupaba una mujer arrodillada que abrazaba el cuerpo de un niño con la cara cubierta por una máscara de polvo blanco. La sangre le brotaba desde la frente, bajaba por los rizos y le manchaba el chándal de las Tortugas Ninja. A pocos metros de ellos, una bicicleta convertida en un jeroglífico de tubos metálicos aportaba toda la información necesaria para comprender la escena.

Los lloros de la madre revelaban un dolor insoportable, y a cada pocos metros encontraban un eco igual de desgarrador en otros pulmones. En ocasiones procedía de mujeres que se derrumbaban golpeándose la falda con los puños, en otras, de algún adolescente que levantaba al cielo con unos ojos llenos de lágrimas. Joseph no lograba apartar la vista del niño. Una voz profunda parecía luchar por abrirse paso desde el interior de aquel cuerpo roto.

McPhail avanzó unos pasos más para reconocer la zona.

—Hay un coche de la Guardia Civil. —Le señaló a Joseph una pareja de agentes que hablaban por radiopatrulla.

—Están vigilando, pero no se acercan para evitar males mayores —recuperó Joseph la compostura.

—¿Qué males? —preguntó la mujer, confusa al no entender las conversaciones en español—. ¿Qué ha pasado?

—Ya han llegado los Montoya. Por lo que cuenta la gente, unos coches aparecieron en grupo, muy rápido, y atropellaron al niño, que se les cruzó al entrar en el pueblo.

—¿Qué hacemos? —preguntó angustiada McPhail.

—Ven —dijo Joseph, escurriéndose a espaldas de los guardias civiles.

Tras internarse en el pueblo pudieron confirmar que sobre Castellar habían descendido unos aires de venganza imposibles de disipar sin derramamiento de sangre. Un segundo grupo de personas, varones adultos en su mayoría, vagaba furioso por los alrededores de la explanada que marcaba la entrada a casa de los Cruz. Joseph reconoció en aquel paraje la foto que le había mostrado en su iPhone la chica con la que habló en el Caballo Negro. A pesar de la ira de la multitud, el trapecio de albero permanecía vacío, como si un conjuro impidiera pisarlo. En torno a la casa tres todoterrenos negros con las matrículas cubiertas con cinta aislante habían quedado aparcados con el morro empotrado en la fachada, igual que si sus conductores hubiesen intentado derribar el muro a testarazos.

Mientras McPhail inspeccionaba la escena, Joseph se dedicó a preguntar a los hombres.

—Dicen que llegaron doce tipos y utilizaron los capós como trampolín para saltar dentro de la casa —transmitió a McPhail el resultado de sus pesquisas.

—Mira ahí. —Señaló ella una segunda pareja de guardias civiles en un margen de la escena.

Uno sangraba por el brazo mientras el otro le hacía un torniquete, los dos sentados en el suelo, apoyados contra la rueda de uno de los *quads* con los que habían llegado hasta allí.

—Sí, me han dicho que le han disparado cuando ha intentado acercarse a la casa —confirmó Joseph—. Están esperando refuerzos.

El sonido de una ráfaga de tiros en el interior de la finca les confirmó que la posibilidad de llevarse un tiro existía también para ellos. Todos los presentes se quedaron en silencio, con la vista fija en los muros de la casa, intentando deducir qué ocurría dentro. Hasta que, en medio de un murmullo de sorpresa, se abrió la puerta principal y salieron seis mujeres abrazadas a sus hijos. Caminaban a trompicones, rezando entre dientes mientras apretaban las cabezas de los niños contra el regazo. Una de ellas se lanzó a correr cuando vio frente a ella la libertad, pero la retuvo con un tirón uno de los diez asaltantes que salieron escoltándolas, todos con la cara cubierta con medias de nailon y las armas apuntando a la concurrencia. Los hombres de la plaza se revolvieron en protesta por el maltrato hasta que, para frenar la agitación, uno de los Montoya disparó una ráfaga contra el suelo, dibujando un dique de contención en el albero. La muchedumbre se dispersó entre gritos y, en medio de la confusión, los Montoya se subieron a sus todoterrenos y arrancaron marcha atrás, dejando a las mujeres y los niños en libertad. Los coches no necesitaron hacer ninguna maniobra para esquivar a los vecinos, que se iban apartando ante su proximidad igual que limaduras de hierro sujetas a los caprichos de un imán. Solo cuando el último de los vehículos hubo abandonado la plaza, los más intrépidos corrieron hacia los rehenes liberados.

Tras la huida, la casa volvió a quedar cerrada a cal y canto. En la plaza todos hablaban a gritos para soltar la tensión mientras abrazaban a los recién salidos. Hasta que una nueva sucesión de disparos en el interior de la finca cortó las bravatas y devolvió la multitud a un estado de ansiedad.

—¡Siguen dentro! —avisó una de las mujeres que acababan de salir—. Por atrás entró otro coche. ¡Quieren matar al Loren!

En la plaza se levantó una ola de protestas, como si los habitantes de Castellar formasen un coro teatral que reaccionaba en bloque a los giros del libreto.

En ese momento McPhail se dio cuenta de que Joseph ya no se encontraba a su lado. El gibraltareño se había subido a uno de los *quads* de la Guardia Civil y conducía en dirección a los todoterrenos, como si tuviera el propósito de perseguirlos. McPhail corrió tras él unos metros con los brazos abiertos y, solo al darse la vuelta y encontrar al guardia contorsionándose en el suelo, intentando apuntar a Joseph con la pistola mientras que con la otra mano aguantaba el torniquete de su compañero, se dio cuenta de lo afortunada que había sido al no recibir ningún disparo por interponerse.

Sin embargo, Joseph no intentaba alcanzar a los todoterrenos. Enseguida giró a la derecha, dándole la vuelta a la manzana de los Cruz en busca de un punto de acceso a la finca. Siguiendo la serpiente del muro blanco, tardó poco en encontrar el otro *jeep* que habían empotrado para utilizarlo de escalera. Nada más vislumbrarlo, apagó el motor del *quad* y echó pie a tierra, agachando la cabeza y desplazándose a zancadas.

Cuando llegó hasta el coche se ocultó tras el maletero, conteniendo la respiración. Tenía miedo y sudaba tanto que le escocían los ojos. Prefería que fuese así, que esas sensaciones incómodas se impusiesen, porque conforme pasaba el tiempo tenía más presente que, si hubiera visitado Castellar el día anterior en lugar de dedicarse a pasear por Cádiz, habría evitado aquel ajuste de cuentas y el niño que acababan de encontrar atropellado aún estaría montando en bicicleta.

Con un gesto rápido se asomó a uno de los retrovisores del coche. No vio a nadie dentro, así que lanzó un vistazo directo a los asientos a través de la luna trasera. Una vez seguro de que estaba vacío, rodeó el vehículo y subió sobre el capó para saltar dentro de la finca. Se enderezó sacando la cabeza por encima de la tapia y primero comprobó que no hubiese nadie apuntándole desde el otro lado. El panorama que vislumbró dentro no resultaba tranquilizador. Al pie del muro había quedado un cadáver, probablemente uno de los asaltantes que habían abatido al pasar por encima de la tapia. Joseph estudió el jardín y el huerto de la casa para asegurarse de que no hubiera un tirador esperando para repetir con él la secuencia. La puerta de entrada a la cocina, seguramente el punto desde el que dispararon al intruso, había quedado abierta. Por allí debieron de entrar el resto de los Montoya, aniquilando la resistencia que encontraron a su paso. Reconfortado solo a medias por ese indicio de que el camino estaba despejado, Joseph reunió el valor que le quedaba. Las piernas le temblaban, pero consiguió impulsarse por encima del muro. Aterrizó junto al cadáver. En realidad, sobre una de sus muñecas, que chascó al recibir el impacto de sus noventa kilos. Como consecuencia del pisotón, rebotó y cayó de culo; y en esa misma posición se arrastró hasta detrás de un alcornoque.

Parapetado tras el árbol, se tomó unos segundos para recuperar el aliento. Desde su posición solo alcanzaba a ver tres cosas. Primero, a escasos centímetros de su nariz, los corazones grabados a navajazos sobre la corteza; unos metros más lejos, el cuerpo del Montoya que le había servido de cama elástica; y al otro extremo de la parcela, la puerta entreabierta de la casa. Con esas referencias construyó su itinerario. Primero se asomó fuera del tronco y arrancó de la mano del cadáver la pistola que mantenía agarrada por un único dedo. Luego corrió acuclillado hasta otro ángulo muerto del jardín, una caseta para gallinas en la que no quedaba ningún ave. Desde aquel puesto mejor defendido se animó a atravesar el huerto, que estaba lleno de obstáculos que podían retrasarlo y convertirlo en un blanco fácil. Despreciando el orden impuesto por las flores de azafrán y las hortalizas plantadas en hileras, una caótica acumulación de tablones, mallas y plásticos impedía desplazarse en línea recta. El propósito de aquella estructura parecía el de dificultar que los pájaros y conejos que bajaban del monte rapiñasen el huerto, pero la eficacia de la maraña de redes y cúpulas parecía muy limitada, teniendo en cuenta el pésimo estado en que se encontraba la cosecha de pimientos y tomates, muchos medio desenterrazos y plagados de picotazos.

Joseph maldijo aquel laberinto a medio derruir que parecía un monumento a lo limitado de cualquier empresa humana. Finalmente tomó aire y se lanzó. El itinerario más corto lo llevó por los callejones de tierra que discurrían entre las hortalizas. Luego saltó por encima de un melonar y rodó sobre una acequia plantada de estacas hasta llegar a la puerta. Allí tropezó de bruces con el cadáver del centinela de los Cruz, junto a una perra labradora acribillada a balazos.

Entró a la cocina todavía en cuclillas. Los portillos estaban cerrados. En la oscuridad las baldosas irradiaban un calor malsano, templadas por el sol del exterior pero, sobre todo, cargadas de una energía espectral, como si entre las sombras aguardase un enorme macho cabrío amamantado por la violencia que se había desatado entre aquellas paredes. Preparándose para un ataque, Joseph apretó la pistola que empuñaba en la mano derecha y utilizó la linterna del móvil para empujar unos metros la oscuridad.

Las moscas zumbaban a su alrededor bebiendo en lo que parecían charcos de sangre. Mientras avanzaba metro a metro, Joseph se dio cuenta de que el hedor imperante era una mezcla de olor a muerte y el recuerdo de los guisos que se habían cocido allí a lo largo de años.

Un fogonazo quebró la negrura, haciendo reventar una jarra de cerámica a pocos centímetros de su cabeza. Joseph se lanzó al suelo, exhalando un suspiro al aterrizar con el pecho. En la caída perdió la pistola, pero no quiso darle una segunda oportunidad al tirador, así que agarró con las dos manos las patas de la mesa de madera maciza que tenía enfrente y, de un solo impulso, la colocó en posición vertical, volcando todos los platos que acumulaba. Acto seguido se situó detrás de ella, empujándola con la cabeza y todo el peso de su cuerpo en dirección a las sombras.

A pesar de la embestida, el hombre aún tuvo tiempo de disparar. Dos veces. La primera bala hizo saltar una contraventana y abrió en ella un orificio por el que se iluminó la cocina. La segunda agujereó la mesa a la altura del hombro de Joseph. Gracias a la luz pudo ver cómo el ariete colisionaba contra el tirador, empotrándolo contra una alacena. Joseph oyó a través de su parapeto el crujido de la espalda de su oponente, un alarido y la lluvia de jarras y vasos que descansaban en lo alto del mueble, algunos de los cuales rebotaron sobre su propia cabeza antes de estallar en el suelo. No permitió que el dolor lo distrajera: ni el de los golpes ni el del hombro, que quemaba como si se hubiese colado dentro de su ropa una bombilla incandescente. Continuó empujando la mesa, con todo su cuerpo volcado sobre ella, como si el objetivo fuera aplastar un insecto enorme. Pero el escarabajo se revolvió y se puso a empujar también. Joseph sintió contra sus músculos la fuerza de la desesperación de su rival, que hacía palanca con su columna maltrecha, apoyándose contra la alacena para impulsar el tablero con piernas y brazos. Se mantuvieron en ese pulso unos instantes hasta que el hombre consiguió volcar la mesa hacia un lado, provocando que una de las patas golpeara a Joseph en la cara.

El impacto le hizo recular un par de metros, que su adversario aprovechó para recomponerse. Cuando lo tuvo frente a sí, Joseph vio a un hombre joven, jadeando por la rabia y el esfuerzo. No esperó a que se recuperara: cogió por el asa una de las jarras que rodaban por el suelo y la usó como un mazo para golpearlo en la cara. El recipiente se quebró y Joseph se quedó solo con el asa en la mano, mientras su oponente permanecía con la mirada perdida en el suelo, la cara hinchada y soltando una baba negra y espesa. Joseph volvió a golpearlo con el asa en la sien, y el hombre se desplomó inerte. En una respuesta instintiva lo cogió en el aire, agarrándolo por los brazos antes de que se diera de bruces, como si de repente le preocupara su estado físico, y lo recostó en el suelo.

No tuvo tiempo de más. Un nuevo intruso irrumpió en la cocina con los ojos desencajados. Venía huyendo de alguien y no esperaba encontrarse con Joseph allí. La sorpresa le concedió a este un segundo adicional para lanzarse tras el lateral de la alacena antes de que el disparo de la escopeta le arrancase al vasar las baldas superiores.

Formando una bola sobre sí mismo, Joseph sintió cómo la metralla de porcelana y astillas le desgarraba la piel. Los aguijonazos le ayudaron a reaccionar, con el tiempo justo para saltar al otro extremo de la cocina. El cañón de la escopeta lo persiguió en su vuelo, pero el disparo se desvió hacia el techo, reventando una ristra de chorizos que colgaba del artesonado.

Joseph rodó hasta la puerta bajo la lluvia de embutido. Cuando levantó la vista se dio cuenta de que el disparo no le había acertado porque al tirador le acababan de abrir un agujero en el pecho. Aquel primer impacto, llegado desde el pasillo del que venía huyendo, tuvo el efecto de dejar al hombre congelado, como si todavía se preguntase si sería capaz de sobrevivir sin corazón. Pero inmediatamente, un segundo disparo lo hizo saltar hacia adelante.

Ahora el cadáver parecía observar a Joseph desde el suelo, con la cabeza girada hacia él y la escopeta apuntando en su misma dirección. Joseph dudó si sería mejor lanzarse a por el arma e intentar plantar cara al hombre del pasillo, o correr hacia el huerto y confiar en que el otro no le acertase hasta que hubiera tenido tiempo de saltar la tapia. Unos gritos procedentes del exterior resolvieron el dilema.

—¡Guardia Civil! ¡Todo el mundo al suelo!

Cuatro agentes irrumpieron en la cocina y saltaron por encima de Joseph, que permanecía de rodillas, cubriéndose la cabeza. Entonces alguien le acarició la nuca y le habló en un inglés lleno de dulzura.

—¿Estás bien?

Joseph entornó los ojos y se dio cuenta de hasta qué punto su aspecto debía de ser poco tranquilizador, porque McPhail lo miraba con espanto.

—¿Estás bien? —insistió.

Joseph asintió febrilmente.

Un guardia se inclinó sobre el hombre al que Joseph había dejado inconsciente y confirmó que estaba vivo.

—Este no es de los Cruz. Yo patrullo el pueblo y lo conocería. Es uno de los que han entrado.

Los otros tres agentes se perdieron en el pasillo y continuaron desplegándose por la casa, buscando supervivientes.

—¿Te duele? —le preguntó McPhail a Joseph al verle el hombro abrasado.

—Solo quema un poco.

—¿Así que esto es lo que haces mientras yo te escribo mensajes desde Londres? —Sonrió la agente.

Tras unos minutos de búsqueda, los guardias regresaron a la cocina. El más joven sonrió con sadismo:

—Menuda carnicería.

El más mayor le hizo callar con una mirada severa:

—Todos los Cruz han hincado el pico. El único que no aparece es el jefe, el Loren. Debe de ser el que se ha escapado. ¿Tuviste tiempo de ver al tío que mató a este? —Le señaló a Joseph el cadáver con el agujero en el pecho.

—No —carraspeó—. El tiro vino del pasillo. No vi nada.

El guardia descansó los brazos sobre las caderas y gruñó:

—Pues este es un Montoya, así que quien lo mató fue un Cruz. Y tuvo que ser el Loren, porque su mujer dice que él se quedó aquí dentro, y no hemos encontrado rastro suyo.

—Al final el gordo era el puto Rambo —dijo el guardia joven.

El mayor volvió a mirarlo reprobatorio:

—No lo vamos a volver a ver. Se han cargado a toda su colla, pero ahí fuera tiene familia y dinero para esconderse dos años.

McPhail estalló:

—Genial. Lo hemos perdido. Me pregunto qué más puede salir mal.

En la cocina no cabían más moscas, convocadas por el olor a tripas. En su vuelo chocaban contra las sartenes del techo que no habían llegado a ser arrancadas por las balas, como si intentasen ofrecer una respuesta en morse a las preguntas más importantes.

VIII

Hawthorne se despertó vestido de calle en su apartamento de la City Mill Lane de Gibraltar. Apartó de una patada la sábana que se le había enredado en los tobillos y se incorporó con uno de aquellos gemidos que tenían asustados a los vecinos. Al sentarse en el borde del colchón sintió tal náusea que estuvo a punto de vomitar en el cubo que solía colocar a los pies de la cama, pero resolvió la crisis con un par de salivazos.

Llegó a duras penas hasta la cocina y puso la tetera a hervir. El fregadero estaba colmado de platos sucios, así que se dirigió al mueble expositor en el que guardaba, junto a su colección de figuritas de porcelana, la vajilla de la familia real británica que reservaba para las visitas, y sacó de allí una taza con la efigie de la reina.

En realidad hacía años que no recibía visitas, y la vajilla elegante se había convertido en el repuesto automático cada vez que la suciedad dejaba inutilizables sus enseres habituales. De hecho, la mayoría de los platos y tazas sucias que acumulaba en ese momento en el fregadero pertenecían a su vajilla monárquica, como indicaba que entre la manada de ocas y foxterriers de Wade Ceramics que poblaban la alacena apenas quedaran una tetera y unas cuantas cucharillas con la foto del palacio de Buckingham incrustada en el mango.

Cuando el té estuvo listo, lo sirvió y se dejó caer en una banqueta de la cocina. Lo bebió muy caliente, a sorbos mínimos, acompañado de unos biscotes con mermelada de naranja que siempre dejaba para picar cuando la ginebra le daba hambre.

Aquella mañana no tenía prisa, pero tampoco ganas de ducharse. Se cambió la camisa y los calcetines, y rescató del respaldo de la butaca la chaqueta y la gabardina. Las sacudió un par de veces para quitarles la ceniza y le parecieron una elección más que aceptable para una nueva jornada. Antes de bajar al ruido de la calle, se enjuagó la cara, se lavó los dientes y se peinó con su peine de carey, marcando bien la raya a la derecha y aplastando con mimo su pelo blanco. Sobre todas las cosas, Hawthorne se consideraba un perfeccionista.

La oficina quedaba a menos de cinco minutos a pie. Tardó casi diez, y al entrar en el edificio invirtió otra buena porción de tiempo en cruzar aquella selva de maniquíes vestidos de policías para llegar hasta Charles, el portero, que lo ignoró con su habitual displicencia.

A Hawthorne le caía bien Charles. Mejor que los maniquíes, en cualquier caso. Hablaba tan poco como ellos y sabía apartarse de su camino cuando había bebido un poco de más, a diferencia de aquellos muñecos que se llevaba por delante cada vez que salía de la oficina demasiado cargado.

En el primer piso de 120 del Irish Town aquel día le esperaba una sorpresa. Cuando terminó de subir la escalera se encontró con que en la mesa de Joseph no solo estaba él, sino que lo acompañaba una rubia con unas buenas caderas. Hawthorne pensó primero en pasar junto a ellos sin decir nada, pero repentinamente encontró la situación divertida.

—¿Qué tenemos aquí? —bramó—. ¿A nuestro Joseph con una señorita?

Los dos ocupantes de la oficina apenas le dedicaron una mirada. Continuaron en su rincón, debatiendo en voz muy baja, con cara de acelga. A Hawthorne le enfermaba aquella falta de apetito por la vida.

Pero, nada más terminar de formular la idea que tenía a medias, la mujer se puso de pie y avanzó hacia él con la mano extendida. Al ver a aquel alfil que se deslizaba hacia su casilla con tanta decisión, Hawthorne sintió la tentación de dar un paso atrás en el damero de la oficina, pero finalmente se mantuvo firme y extendió una mano, que la mujer sacudió animosamente.

—Soy Tina McPhail, del MI6. Tú eres Chris Hawthorne, si no me equivoco.

—Así es —farfulló él—. ¿Una visita de Londres?

—Sí, estoy trabajando con Joseph.

Hawthorne levantó la vista por encima del hombro de la agente y echó un vistazo a Joseph, tan reconcentrado como un adolescente en perpetua pugna con el universo. Tampoco se le escapó que su antiguo discípulo estaba lleno de moretones, igual que en sus tiempos de borracheras interminables.

—No os preocupéis. He venido solo a por los periódicos —dijo, desdeñando los esfuerzos diplomáticos de McPhail—. No voy a interrumpir vuestras investigaciones.

—No nos interrumpes —dijo extrañada esta—. Siéntate con nosotros si quieres.

Hawthorne dibujó una media sonrisa y se dirigió a su escritorio, donde el portero dejaba cada mañana la prensa española y británica. Sin perder un segundo en revisarlo, levantó ostentosamente el taco de periódicos españoles y lo lanzó a la papelera. Luego cogió los británicos y se los colocó bajo el brazo.

—Os dejo. Tengo que ir a hacer un poco de trabajo de campo. Estoy seguro de que resolveréis el robo de las joyas de la Corona. Pero Joseph, la próxima vez que sientas el elegido, recuerda esa frase: ¿Cómo era? —Se volvió hacia él y carraspeó para limpiarse la garganta—. «La mejor manera de parar a un caballo que se ha escapado del grupo es apostar por él». Ya sabes: no te entusiasmes, porque la suerte cambia en un segundo. Un placer conocerla, agente —se despidió de McPhail llevándose dos dedos a la sien.

Esta se quedó petrificada en el centro de la oficina viendo al viejo alejarse entre las cajas de cartón.

—¿Es siempre así? —preguntó cuando se quedaron solos.

Joseph echó un vistazo por los ventanales sucios y observó a Hawthorne avanzar entre los peatones de Irish Town de camino a la primera pinta del día en la barra de The Three Owls, decidido hasta el final a convertirse en una caricatura de lo peor del viejo orden. No era necesario que McPhail se enterase de para qué quería la prensa Hawthorne. Entre carrera y carrera le gustaba repasar las columnas con predicciones y análisis sobre los mejores caballos, como si aquella información no se encontrara en internet.

Joseph se apartó de los cristales y echó hacia atrás el respaldo de la silla. A esa altura, medio recostado, el cuadro de Turner que le había legado Smalling al dejar la oficina quedaba exactamente alineado con sus ojos. Se levantó y se acercó hasta él mientras McPhail hacía una llamada. Para un gibraltareño no era difícil reconocer en la pintura un pastiche histórico que intentaba reunir en una única escena irreal varios momentos dispersos de la batalla de Trafalgar, con los barcos enemigos yéndose a pique mientras el HMS Victory de Nelson ocupaba el centro de la acción, abriendo las troneras de sus tres puentes para amenazar con toda su potencia de fuego al espectador. Joseph se agachó frente al cuadro y repasó sobre el cristal las banderas de señales del Victory, de las que se llegaban a distinguir la U, la T y la Y: las tres últimas letras del mensaje que mil veces les habían hecho recitar en el colegio y con el que Horatio Nelson envió un telegrama indeleble a la psique británica.

«England expects that every man will do his duty».

Inglaterra espera que todo hombre cumplirá con su deber. Con esa condena histórica se despidió el Almirante de sus chicos antes de que se lo llevara por delante un balazo francés. Acababa de fijar un estándar. Desde ese día, era lo que se le exigía a cualquier súbdito de la reina, y aquella pintura había quedado varada en su oficina para recordárselo a todos los díscolos que se toparan con ella.

Poco inspirado por sus antepasados, Joseph retomó su sitio en el ordenador. Sabía que nada iba a conseguir levantarle el ánimo. Había llamado al hostal de San Fernando y, tras un leve forcejeo, obtuvo la identidad completa del Fali. Se llamaba Rafael Ruiz Tamargo. Con aquel nombre en la mano, le había pedido a un conocido de la policía española que buscase su expediente y en ese momento lo tenía sobre la mesa. Nacido en el Cerro del Moro, uno de los barrios más humildes de Cádiz, se había construido un discreto historial delictivo por trapicheos juveniles, hasta que en la edad adulta consiguió saltar de categoría con un par de detenciones de mayor fuste, las dos por estafa. Probablemente acumulaba demasiados prejuicios en su contra, pero a Joseph no le gustaría ser el socio capitalista del Fali en el negocio de *sushi* que tenía entre manos.

En cualquier caso, después del robo no había podido volver a contactar con él porque únicamente tenía guardado su número en el móvil que él mismo le había robado. Para recuperarlo necesitaba ir hasta San Roque y pedírselo de nuevo a Samira, que podía estar implicada en todo lo que le había ocurrido en Cádiz.

Por supuesto, Joseph seguía sin compartir un gramo de aquella información con McPhail, y no lo haría hasta que no averiguara qué papel desempeñaba el Fali en la historia. Al menos, no había peligro de que se les acabasen los temas entretenidos de los que hablar, porque ella aún tenía a mano otro asunto en el que Joseph había sido protagonista.

—Afortunadamente la Guardia Civil ha sido comprensiva y no va a presentar cargos contra ti —dijo McPhail—. Nos han recordado que no es buena idea ir robándoles *quads*, pero resulta que el coronel Santangracia, el nuevo jefe de Zona de Andalucía, te conoce y habla maravillas de ti.

Joseph gruñó algo similar a un agradecimiento. McPhail lo miró con preocupación. Luego tomó aire y continuó hablando:

—Parece que no hay pistas del tal Loren, lo cual me

fastidia porque es nuestra mejor baza. Y el *hacker* sigue comportándose de forma decepcionante. —Golpeó con el índice la pantalla de su ordenador, donde la aspiradora de Michavina retransmitía imágenes de la actividad de su dueño.

Joseph se levantó y echó una mirada de cortesía a la pantalla, pero ya sabía qué iba a encontrar en aquellas imágenes en blanco y negro. Michavina continuaba sentado en su escritorio, viendo una serie que había descargado de una plataforma totalmente legal, mientras se arrancaba pelos de la nariz con unas pinzas de depilar.

—Lo único que hace es perder el tiempo y comprar cosas por internet, empezando por toda la comida que le llevan a casa —bufó McPhail—. Nadie diría que es un maestro del crimen.

—Esos son los mejores —dijo sin mucho entusiasmo Joseph—. Los que se hacen los tontos.

McPhail se impulsó con una pierna contra el borde de la mesa para alejarse rodando con la silla. Había cambiado la falda de granjera por unos vaqueros y una camiseta de The Cure, pero, sobre todo, a partir del tiroteo de Castellar había recuperado los gestos propios de alguien habituado a la acción, aunque se dedique a fingir lo contrario.

—No lo sé. Al menos estoy contenta de que no me toque vigilarlo desde Londres —bufó—. Me juego las tetas a que ve más porno que un instituto entero.

El chiste sobre consumo de pornografía le sonó a Joseph como una broma rutinaria en el sector del ciberespionaje.

—En serio, comienza a ser desesperante —insistió McPhail—. Tenemos prisa, y desde que hemos empezado la vigilancia no ha hecho ni una llamada, y ni siquiera ha entrado en la Deep Web para operaciones sospechosas. Compra los calzoncillos en la página de Philipp Plein.

—¿Qué es eso? —preguntó Joseph.

—¿No lo conoces? Es con lo que se visten todos los traficantes de Europa, los españoles también. Cada vez que veas a un narco con una camiseta de calaveras que parece que vale tres libras en Primark, piensa que le costó trescientas en Philipp Plein. Deberías comprarte una. A partir de mil libras te las envían gratis.

McPhail terminó su parlamento y hundió la cabeza entre los brazos en el siguiente escritorio al que llegó en su viaje en silla de ruedas.

—Es desesperante —le oyó murmurar Joseph, con la voz amortiguada contra la mesa—. Hemos seguido los pagos que está haciendo y no llevan a ninguna parte. Su tarjeta comunica con una cuenta en bitcoins que no tienen nada que ver con los bitcoins que hemos estado persiguiendo.

Joseph entrecerró los ojos para escudriñar los pensamientos de Michavina entre los grises de la pantalla:

—¿Cómo puede haberse metido en algo así? —se

preguntó—. No lo imagino negociando con la mafia moldava.

—Apuesto que fue por la chica. —Se enderezó McPhail—. El *kitesurf* no es barato, y para retener a una rubia así, hay tipos que están dispuestos a cualquier subnormalidad. De ella te recuerdo que sí que hemos encontrado un rastro, no como del fantasma de tu amigo Michavina. Nagore Vera Muñiz, educadora social y campeona juvenil de surf. Modelo del catálogo de unos supermercados de Mondragón en 2006.

—Era guapa, pero no creo que lo justifique.

McPhail soltó una carcajada:

—¿Pero tú lo has visto a él? Seguro que todavía no se cree que le haga caso una chica así. En un mundo justo, ese tío tendría que ser virgen; y resulta que está con una *top model.* No me jodas. Debe de tener clarísimo dónde acabará su relación en cuanto deje de manejar cuentas con nueve millones de euros.

—Eres muy cínica. —Sonrió Joseph.

—Y me lo dice el amigo Cíclope —resopló McPhail con ironía.

—¿De dónde has sacado eso? —preguntó Joseph, repentinamente molesto.

—Fácil. Hawthorne llamó «Operación Cíclope» a tu trabajito del año pasado con el agente Patterson —dijo McPhail sin darle importancia—. Cuando nos llegó a Londres tu dosier, decidimos mantenerte ese nombre en clave para referirnos a ti. Mola. Siempre los usamos para los agentes de enlace: el Jorobado, Rubio32… Y, ahora que te conozco, Cíclope no te va nada mal. Eres un poco un cíclope: mal humor, tamaño *king size*… ¿También lanzas rocas a los barcos?

Joseph no quería reconocer delante de nadie que el mote le desagradaba, pero tampoco le apetecía que McPhail comenzase a usarlo de forma frecuente. Podía convivir con el hecho de que lo llamaran así entre los frikis del palacio de Ceaucescu, pero no le apetecía andar escuchándolo.

—No es un mote cariñoso. Hawthorne me lo puso porque me ve como un monstruito —se decidió al fin—. Un tío raro y sin muchos amigos, que nació en un peñón y se vuelve un energúmeno cuando le molestan.

—No lo sabía —dijo McPhail bajando la voz hasta llevarla a un punto casi inaudible.

—Si evitas usarlo, yo no empezaré a llamarte a ti «friki cuatro ojos».

—Bueno, pues lo evitaremos entonces —dijo McPhail, dando el tema por zanjado—. Les diré a los colegas de la agencia que te cambien el nombre por «Osito de la Roca».

Joseph recurrió a su mirada más intimidante, pero fue McPhail quien lo desarmó con un puñetazo en el hombro que no tenía fastidiado.

—Te invito a comer para desagraviarte —le propuso—. Hasta que en Londres no me den el visto bueno al último informe, no tenemos nada que hacer, y me estoy desesperando. Llévame a un sitio que merezca la pena.

Joseph eligió los restaurantes de la playa de Catalan Bay. Esta vez fue McPhail quien se sentó al volante y condujo hasta el pueblito de pescadores por la angosta carretera de Levante, deteniéndose contra las paredes del Peñón cuando tocaba dejar pasar a los coches que circulaban en sentido contrario.

Al llegar a su destino y encontrarse frente a las casas verdes, rosas y amarillas asomadas al agua, la espía no pudo reprimir su admiración.

—Menuda pasada. Parece Sicilia.

—No está mal —le dio la razón Joseph—. No me importaría instalarme aquí, pero las casas viejas no se venden, y necesitaría dos vidas para ahorrar lo que cuesta un chalé.

—¿Podemos bajar a la playa? —propuso ella.

Descendieron por unas escalinatas. Una bandada de gaviotas se posaba en el peldaño que formaba la arena compactada un par de metros antes de llegar a la orilla, igual que vigías pendientes de que los buques del Estrecho no se acercaran demasiado.

McPhail se adelantó para tocar el agua con los dedos y aspirar una bocanada de aire marino. Joseph la observaba con las manos en los bolsillos desde el espigón. Cuando terminó regresaron al pequeño paseo de piedra, subiendo entre las barcazas de los pescadores, construidas al estilo genovés, con un mascarón semejante al de las góndolas. Cruzaron frente a la iglesia de la Caleta, Our Lady of Sorrows, cuya talla salía en procesión cada septiembre mientras el obispo de Gibraltar bendecía el mar, y se sentaron en la terraza de un restaurante.

—¿Qué se pide aquí? —buscó consejo McPhail.

—La especialidad es el gallo al cava, pero cualquier pescado estará bueno.

—No me refería a comida —dijo ofendida, llamando al camarero.

El hombre se acercó caminando con una cadencia peculiar. Aunque en la distancia su malformación quedase disimulada por una enorme chaqueta hostelera, cuando llegó hasta la mesa se hizo patente que los andares destartalados obedecían a un desvío de su columna, que se torcía hacia la derecha nada más partir de la cadera.

—Morning. Aquí, Joe Mascarenhas para servirles. ¿Qué quieren tomar? —preguntó en llanito.

McPhail respondió en inglés:

—¿Tienen carta de bebidas?

—¿Británicos? —Cambió de idioma el camarero—. ¿De vacaciones? ¿Recién casados?

McPhail levantó la mirada, con un ojo cerrado para protegerse del sol que la incomodaba.

—No. ¿Por qué piensa eso? —respondió divertida.

—Mucha gente se viene a casar aquí. Es un sitio muy romántico.

—Puede ser, pero por el momento yo me contento con que me ponga un ruso blanco —dijo McPhail—. ¿Sabe cómo se prepara?

El hombre arqueó las cejas despeinadas:

—Faltaría más, señorita. Aquí donde me ve, fui barman en el Connaught Bar de Mayfair, en Londres.

—¿Barman auténtico?

—Más o menos. Ayudante.

—Eso me vale. ¿Y cómo lo prepara?

—A la vieja escuela: una onza y media de vodka, una onza de licor de café y otra de leche condensada.

—Me encanta. Pero póngale un poco más de leche condensada. ¿Y podría echarle por encima unos ositos de gominola o algo así?

El camarero volvió a levantar las cejas.

—Por supuesto —dijo con solemnidad.

—Yo un Coca Cola Light —intentó hacerse oír Joseph mientras el camarero se retiraba cojeando.

McPhail se estiró en la silla, encantada con el sitio.

—Cómo mola esto. Es lo primero realmente auténtico que he visto aquí. ¡Ni siquiera me has enseñado los famosos macacos! ¿Dónde están?

Joseph pasó por alto la provocación:

—Sí que es un sitio particular. A los habitantes de esta parte los llaman caleteños. Cantan en italiano y hacen carreras de barcas.

—Es genial.

—Disfrútalo, porque va a durar poco. Van a levantar unas torres para millonarios británicos. —Joseph señaló los contornos de la playa.

—Pues es una pena —se lamentó McPhail.

Joseph la miró con su expresión de «así son las cosas». McPhail aprovechó el momento de silencio para preguntarle:

—Normalmente no está bien visto que entre los miembros de la agencia hablemos de política, pero he de confesarte que me intriga qué piensas de los ingleses. Quiero decir, que yo asumo que eres tan británico como yo, pero a veces hablas como si no quisieras serlo.

Joseph se encogió de hombros:

—Es complicado. Las etiquetas son incómodas, y este es el paraíso de las etiquetas. Mi padre nació en La Línea, y cada día que cruzaba a trabajar a Gibraltar se encontraba con tres puertas en los retretes. En una ponía «English», y era un baño de lo más completo, alicatado y limpio, para que no le diera asco a nadie recién llegado de las Islas. En otra ponía «Local», exclusivo para los nacidos en Gibraltar, y era una cabinita solo con un váter medio sucio. En la tercera ponía «Alien», y era donde podían entrar los españoles y los moros, así que abrías la puerta y encontrabas un agujero en el suelo para cagar. A mi padre solo le dejaban usar el agujero. Yo habría podido usar la taza. Tú, el váter limpio. Afortunadamente eso ya no se estila, pero aquí siempre se le ha dejado muy claro a cada uno dónde puede hacer sus cosas. La mayoría de los gibraltareños se sienten gibraltareños, y están orgullosos de ello; yo no estoy orgulloso, y no me siento gibraltareño, pero sé que nadie diría que soy español ni británico. Creo que en cualquiera de los tres sitios dirían que pueden apañárselas sin mí.

Un silencio incómodo se instaló sobre ellos. Joseph desvió la vista hacia el cielo. Se intuía un cambio en el viento. Levante calmo, o quizás Southwest, pensó. Cuando volvió a fijarse en McPhail, se dio cuenta de que acababa de recibir un mensaje que le había cambiado el humor, como el viento.

—Vale —dijo guardándose el móvil—. Me acaban de responder de Londres y tengo que decirte algo que no te va a gustar. Me han pedido que te meta en la nevera y me ocupe yo de encontrar a Loren. Voy a buscarlo por los alrededores. Después de ver a qué se dedica Michavina están preocupados. Es muy raro: ni mueve dinero, ni habla con nadie, ni nos proporciona ninguna pista. Están convencidos de que sabe que entraste en su casa; por eso se ha deshecho de los ordenadores y ahora está disimulando. Entre eso y el robo de tus cosas, en Vauxhall opinan que los moldavos deben de haberse puesto en movimiento para encontrarte. Hay que apartarte: por tu seguridad y por la misión. Si te están vigilando ya, saben que tú y yo nos conocemos, y eso me deja marcada; si no han empezado a seguirte, nos queda un poco de margen todavía, y es mejor que me aleje de ti cuanto antes. Ahora, por favor, vete a casa y no salgas hasta que te avise. Gibraltar es un sitio seguro y no creo que estén tan locos como para entrar a por ti.

Joseph miró a McPhail con la cara menos expresiva de su repertorio. Se humedeció los labios antes de hablar:

—No quiero ser poco respetuoso, pero no sé cómo esperas encontrar a Loren tú sola. No hablas español, no conoces la zona ni tienes contactos. Si no lo han encontrado ni los Montoya, una extranjera no lo va a hacer mejor, por muy lista que me parezcas.

McPhail sonrió orgullosa. Joseph percibió una intensidad distinta. Aquel mensaje era el último detalle que le faltaba para comenzar a ser ella misma.

—Llevo un año detrás de los Proca —dijo—. En las últimas semanas apenas he dormido. Sé que sola no será fácil encontrarlos, y la verdad es que me cuesta pensar que vaya a conseguirlo. Pero tú ahora mismo no me sirves. Lo siento mucho. Existe la posibilidad de que arrastres a toda la mafia moldava detrás de nosotros como un pararrayos. Entiendo que a lo mejor estoy hiriendo tus sentimientos, pero esto es más importante que el ego de nadie.

Joseph se revolvió en la silla. Sin embargo, no dijo nada.

—Sin rencores, ¿vale? —pidió McPhail—. Lllámame si te enteras de algo, por favor —se despidió colgándose el bolso.

Mientras se alejaba calle abajo, el camarero se acercó hasta Joseph con el ruso blanco extrazucarado.

—¿Ni lo va a probar? —se lamentó el hombre.

—No le hace falta. Ya va a tope —respondió Joseph.

El camarero le extendió tentativo el vaso a él y, ante su negativa, se encogió de hombros y le dio un trago.

—Pues me ha quedado bien bueno —dijo melancólico.

Del bolsillo de Joseph comenzó a salir una extraña melodía. Sacó el móvil y lo colocó frente a sus ojos, mirándolo con una mezcla de sorpresa y espanto. «Ahora, Betis, ahora, no dejes de atacar», cantaba el teléfono para avisarle de que tenía una llamada. Joseph maldijo el sentido del humor del MI6 y su afición por meterse en los teléfonos ajenos. «Ahora, Betis, ahora, porque el gol ya va a llegar», siguió sonando. Para detenerlo, descolgó.

—¿Puedo hablar con Joseph Sanchez? —le preguntó en inglés una voz muy formal.

—Soy yo.

—Soy el agente Navarro, de la Royal Gibraltar Police. Le llamo en nombre de Angela Kramp. ¿La conoce?

Joseph se enderezó.

—Sí, claro que sí. ¿Está bien?

—Ella sí, pero ha agredido a la mujer que se ocupa de cuidarla, Auxiliadora Campos. No tiene familiares, así que necesitamos que venga usted a su casa lo antes posible.

Joseph dejó al camarero degustando su cóctel y corrió hacia un taxi. En quince minutos estaba en Europa Road, llamando al timbre de Angela. El agente Navarro salió a su encuentro en el jardín y le puso al día sobre la situación antes de dejarlo pasar al salón, donde esperaba la anciana:

—Es un asunto delicado y quería consultarle si desean poner denuncia —comenzó el policía, uno de esos chicos jóvenes e impolutos que no sabían hablar en llanito: solo el inglés de la televisión y las escuelas británicas—. La señora Kramp asegura que encontró a su cuidadora robándole unas joyas y que por eso la golpeó con un cenicero. La cuidadora, la señora Campos, niega haber robado nada, y dice que la señora Kramp tuvo un brote psicótico y comenzó a pegarle sin razón. Fue ella quien nos llamó después de que la señora Kramp cerrara la casa con llave para no dejarla salir.

—Vaya. —Fue lo único que consiguió articular Joseph.

—Cuando llegamos, la señora Kramp no quería abrirnos. Estaba furiosa. Tuvimos que convencerla, pero, si se vuelve a repetir un problema así, estaremos obligados a llamar a los servicios sociales.

—Lo entiendo, agente. Gracias por su paciencia.

El hombre jugueteaba involuntariamente a pasarse la gorra de una mano a otra.

—No hay problema: es mi trabajo. Pero no me gustaría que esto acabara mal para la señora Kramp.

—Ni a mí tampoco. ¿Dónde está Auxi ahora?

—Mi compañera se la llevó a comisaría para que complete su denuncia. La señora Kramp no quiere denunciar, pero, sinceramente, yo le recomiendo que lo haga, aunque sea para cubrirse las espaldas. Es verdad que no tenemos pruebas del intento de robo y es la palabra de una contra la otra. Por el contrario, sí que tenemos pruebas de la agresión.

Joseph asintió.

—Hablaré con ella —dijo.

—Sí, por favor. Pueden acercarse en cualquier momento por comisaría y preguntar por mí —se despidió el agente.

—Gracias —respondió Joseph, entrando en la casa.

Angela esperaba en su sofá, mirándose las manos como una niña que espera una reprimenda. Sin embargo, cuando comenzó a hablar, su voz estaba cargada de orgullo. Eso reconfortó a Joseph: desde que la anciana había empezado a perder la memoria no sabía nunca a qué atenerse. En ocasiones era la Angela de siempre, certera e irónica, pero al instante pasaba a ser una anciana confusa y lastimosa.

—Estaba robándome. ¿Puedes creerlo? —le brotó del pecho.

—Lo siento, Angela —respondió Joseph.

—Pero ¿sabes lo que más me molesta? Haberme convertido en esto: en una vieja chocha de la que puede aprovecharse cualquiera.

Joseph se acercó y le pasó el brazo por el hombro. Ella se volvió hacia él y lo abrazó, agarrándolo con toda la fuerza que le quedaba en sus delgadas manos.

—Lo siento mucho. Buscaremos a otra persona —intentó tranquilizarla Joseph.

—Me da igual todo —sollozó la mujer—. Tengo tanto miedo... No sabes lo que es esto: crees que estás aquí, pero de repente te das cuenta de que no, de que estabas ausente. Te viene la consciencia, y te encuentras sentada en la cama, sin saber qué ha pasado, y la ves a ella con las manos metidas en tus cajones y robándote tus cosas delante de tus propios ojos. Ni siquiera se tomaba la molestia de sacarme de la habitación. Me quitaba todo y yo no me daba cuenta. ¿Cuánto tiempo lleva haciendo esto conmigo, Joseph? No puedo soportarlo. Son peores los momentos de lucidez que los otros, porque es cuando te das cuenta de que ya estás muerta. Te das cuenta de que llevas todo el día oyendo en la cabeza voces que te cuentan cosas absurdas. —Lloró con impotencia.

Joseph solo pudo agarrarla con más firmeza. Angela se convulsionaba en sus brazos, hasta que Joseph notó algo en el timbre de su llanto, que había dejado de parecer el lloro consciente de un adulto para transformarse en el vagido monótono de una niña. Con suavidad se despegó de ella y la miró a los ojos. Allí estaba de nuevo la locura.

—¿Estás bien? —preguntó Joseph con un escalofrío.

—¿Julius no termina de cenar?

—Julius no está, Angela —dijo Joseph.

—Sí que está —protestó—. Está en la cocina. ¡Ve a ver! —chilló, zafándose de su abrazo.

Joseph se incorporó, caminó hasta la cocina y cogió de una bandeja sobre el microondas la medicación de la anciana. Sacó del blíster las dos pastillas indicadas para los momentos de crisis y llenó un vaso de agua. Regresó al salón y le entregó todo.

—Tómatelo. Es para la rodilla. Vamos a acostarte un rato, ¿vale?

La mujer asintió mientras se tragaba las píldoras con una docilidad sospechosa, como si incluso desde su mundo alienado estuviera burlándose de él para ganar tiempo.

—¿Te ayudo a subir las escaleras o puedes sola?

—Sola —dijo agarrándose al pasamanos.

Al llegar al segundo piso, Joseph encendió la luz del dormitorio. La mujer entró, se descalzó y dejó la bata sobre la cama. Esperó a que Joseph hubiera terminado de retirar la colcha y se abrió paso entre las sábanas y el edredón. Cuando terminó, dejó escapar un largo suspiro. Joseph apagó la luz y se quedó estudiándola, tumbada bocarriba en la penumbra, con los ojos abiertos y agarrando el borde del edredón con las dos manos.

—¿Julius va a subir ya? —preguntó.

—Ahora viene —dijo Joseph con un susurro que intentó que sonase convincente.

La mujer hizo una larga pausa, como si ordenara sus pensamientos.

—Mañana se va a Ibiza, pero no quiero que me deje sola otra vez. Está todo el día igual: Ibiza, Marsella, Cornualles... A mí me gusta que se quede aquí, conmigo, que vayamos a montar a caballo y cenemos en Zahara. Él no es como el resto de los ingleses. No es que me importe que su familia tuviera propiedades, pero gracias a ellas pasó la guerra en la campiña, sin racionamientos ni bombardeos. ¿Te he contado la historia? Por eso no nos odia a los alemanes. Por eso se enamoró de mí. Nos conocimos cuando era trompetista en París. Siempre ha sido igual de guapo. Me gustaba con esos jerséis de cuello de cisne en Le Caveau de la Huchette. A ver si vienes un día a verlo. No hacen falta entradas ni nada. ¿Te gusta el West Coast? Yo prefiero el *hardbop*, pero Julius es West Coast: mi pequeño Chet Baker...

En ese punto la mujer dejó de hablar, como si su mente hubiera colapsado bajo la cascada de imágenes que la iba anegando. Su respiración se fue haciendo más pesada, hasta que Joseph pudo salir del dormitorio cerrando la puerta sin sentir que la abandonaba en pleno delirio. Bajó las escaleras de puntillas por mera superstición: sabía que, con aquellas pastillas, a Angela no podría despertarla ni una banda de monos. A cambio, tendría que regresar temprano al día siguiente para sacarla de la cama y preparar el desayuno. Después, era imprescindible encontrar a alguien que se ocupase de ella. Daba miedo verla cuando perdía la cabeza hasta el punto de pensar que Julius esperaba en la cocina. Hacía una década que había logrado que lo encarcelaran, y no le gustaría volver a encontrarse con él, aunque estuviese muerto. A pesar de los amables recuerdos de su esposa, era todo menos un caballero. Tenía a sueldo a la mitad de la Royal Gibraltar Police, y estaba probado que había vendido información a unos traficantes que le costó la vida a un agente de estupefacientes.

Quizá en su juventud, Julius pudo ser ese glamuroso contrabandista que recorría a vela el Mediterráneo, pensó cerrando la cancela y echando a caminar entre el olor a madreselvas que por la noche inundaba el barrio. Sin embargo, con el tiempo había llegado a convertirse en uno de los cánceres del Peñón. Circulaban muchas leyendas en torno a su pasado. Músico, sí, pero mediocre. Para lo único que le sirvió la trompeta fue para entrar en contacto con los libaneses de Notting Hill y saltar a París bajo su protección. Su historial delictivo era un manual de derecho penal.

Traficó con todo lo que era vendible: joyas, antigüedades, pintura... Pero sus golpes más lucrativos llegaron cuando se especializó en la droga. Empezó con el espíritu *amateur* de los sesenta, cargando hachís en las costas marroquíes para llevarlo a Europa y, según el mito, incluso hasta a América. En esa época la mayoría de los camellos eran melenudos psicodélicos que querían comprar una casita de pescadores en Ibiza en la que retirarse a chupar LSD. El marido de Angela no pertenecía a esa raza. Él era un hombre elegante y aficionado a los placeres caros. Por aquel entonces, la España de Franco era un lugar seguro para vivir sin despertar sospechas. El salto a Gibraltar fue un paso lógico: cerca de Marruecos, sin mucha vigilancia... Y con policías muy baratos que actuaban a su capricho.

Angela nunca había imaginado que fue Joseph quien envió a su esposo a la cárcel y, si lo pensaba, se lo guardaba para ella. Murió en la prisión del Puerto de Santa María en mitad de un paseo por el patio durante una ola de calor, dejándola viuda y con todos los bienes que pudieron encontrarle embargados, menos aquella casa y una pensión que tendía a simbólica. Las cosas habían salido así, y Joseph se había propuesto garantizarle una vejez decente a la mujer. Sin embargo, como solía ocurrirle, sus buenas intenciones no habían tenido mucho éxito, y lo único que había conseguido era recluirla en casa con una sinvergüenza que la estaba terminando de desplumar.

Repentinamente, el himno del Betis volvió a escapar de su bolsillo montando un pequeño escándalo. Varios perros respondieron a la provocación con ladridos llenos de sentimiento. Joseph se juró cambiar la melodía en cuanto contestase aquella llamada. Miró la pantalla para comprobar quién le molestaba, pero ya tenía la intuición de que iba a ser McPhail.

—Joseph, ¿estás bien? —preguntó ansiosa la agente.

—Sí, claro. ¿Por qué?

—Me han llamado de Vauxhall. Han disparado a un agente en Gibraltar.

—¿Estás segura? —Joseph se clavó sobre el bitumen de la calzada—. ¿A quién?

—No sé su nombre. Tres tiros. Pierna, estómago y tórax. Está grave, aunque vivo.

—¿Dónde ha sido?

—Me han dicho algo de unos juzgados.

—De acuerdo. Voy para allá.

—Ten cuidado. Me equivoqué: allí tampoco estás seguro.

Joseph salió corriendo en dirección a los Gibraltar Courts Service de Main Street. Al enfilar la calle, los girofaros de las ambulancias anunciaban la cercanía de la línea de meta lanzando sobre las fachadas haces de luz como cubos de pintura azul. El edificio de los juzgados estaba separado de las oficinas del Chief Minister en Convent Place por una hilera de macetones con gladiolos que impedían a los coches acceder al tramo de calle peatonal. Agotado por el esprint, Joseph se detuvo a tomar aliento junto a las flores, donde arrancaba el precinto policial. Examinó la escena. Cuatro agentes permanecían de rodillas en torno a una mancha oscura, acercándole el índice, pero sin llegar a tocarla. Los curiosos se apiñaban alrededor, y los que quedaban más lejos utilizaban como alzas los escalones de los despachos de los picapleitos más codiciosos de la Roca.

—What happened? —preguntó Joseph a uno de los espectadores.

—Pues que un hombre salió de la betting house de allí abajo, and there was another man who came and shot him. Le dio aquí, en el pecho. —Señaló el hombre alternativamente la casa de apuestas de la esquina y el centro de su camiseta de la selección brasileña de fútbol.

Con aquella explicación Joseph no necesitó más datos. Si el agente que recibió el disparo estaba saliendo de una casa de apuestas, ya sabía quién era. Se agachó para pasar por debajo de la cinta de balizamiento y, antes de que pudieran detenerlo, se dirigió con aplomo al agente más próximo. En ese tipo de situaciones se reactivaban en él viejos automatismos, igual que si nunca hubiera abandonado del todo la policía e hibernara en él la capacidad de sumarse con naturalidad a la inspección del escenario de un crimen, guardar pruebas en bolsitas de plástico y sentarse en comisaría a redactar un informe; pero en su comportamiento en aquel momento también existía una parte muy consciente de representación, porque sabía que al agente que tenía a unos metros le resultaría más difícil interceptar a un hombre que caminase hacia él como si aquel fuese el quinto tiroteo al que le tocaba asistir aquella semana.

Joseph puso la mano en el hombro del policía y le susurró que trabajaba para el MI6 y necesitaba saber si el herido era Chris Hawthorne. El agente acertó a pedirle que esperase un segundo y se apresuró en busca de su superior. Joseph lo siguió con la mirada hasta que lo vio hablar con Marty Smith, un inspector tan insípido como su propio nombre, al que había tratado bastante en la época en la que aún patrullaba silbando por el puerto deportivo de Ocean Village.

Smith se dirigió hacia Joseph con aire de suficiencia.

—Joseph, you cannot be here. Tienes que salirte afuera de la police line.

—Marty, wait: ¿es Chris al que han disparado? —preguntó Joseph expresando una angustia que hasta ese momento no sabía que sentía.

El policía tragó saliva.

—Yes, and it doesn't look good —susurró.

Smith le dio los primeros detalles del ataque, que a lo largo de la noche iría completando con los relatos de otros policías, primero en comisaría y luego en el hospital. La información no abundaba, y Joseph también tuvo que declarar, porque pocos conocían tan bien como él las costumbres de Hawthorne. No pudo aportar demasiado cuando le preguntaron por sus enemigos y los casos en los que andaba involucrado, que no eran ninguno, pero tampoco quiso contar lo que sospechaba: que Hawthorne había sido la víctima de una confusión, porque el pistolero lo buscaba a él.

Los empleados de la casa de juegos contaron que Hawhorne había apostado en las carreras de caballos y luego en las de galgos, y que se marchó cuando se le acabó el dinero, como hacía cada día. No habló con nadie ni participó en discusiones. Los peatones que asistieron al ataque lo vieron salir con su característico andar errático, desconocedores de que, en realidad, los pies de aquel hombre seguían con la precisión de unas ruedas dentro de un riel la línea que llevaba de la casa de apuestas a la barra del Angry Friar, donde solía cargarse de pintas antes de retomar la invisible línea de puntos que lo llevaría hasta la licorería de su calle como siguiente parada y a su cama como estación terminal. Pero aquella tarde no logró alejarse más de unos metros de la casa de juegos. Lo interceptó un hombre de considerable envergadura, vestido con una sudadera negra, la capucha cubriéndole la cabeza y piel morena. Se escucharon tres detonaciones anémicas, casi tres salivazos, y Hawthorne se desplomó con tres claveles de opereta pintados en la gabardina.

Aprovechando los gritos y las carreras que se sucedieron, el pistolero consiguió huir entre los turistas sin que nadie lo detuviera y, horas después, aquel seguiría siendo el misterio que mantenía desquiciados a la Royal Police y los servicios de seguridad británicos: ¿quién era ese matón que en las primeras descripciones figuraba simplemente como grande, luego como descomunal y finalmente como un coloso; un tipo de rasgos oscuros, con bigote, o quizá una barba, o quizá nada de eso, pero cada vez más oscuro, más grande y más peligroso? Y sobre todo, ¿dónde podía esconderse un sospechoso que parecía tan fácil de identificar, pero que se había vuelto invisible tras tirotear a un agente del MI5 a la vista de todos?

Sentado en una silla de plástico en la sala de espera del hospital de Saint Bernard's, con decenas de policías y médicos afanándose a su alrededor, a Joseph le golpeó la impresión de que Hawthorne había dejado de ser el viejo borracho por el que hacía años que no se preocupaba nadie para convertirse en otro gigante que necesitaba la atención de todo Gibraltar para sobrevivir. El maldito Hawthorne, pensó, al fin había conseguido la atención que siempre andaba mendigando.

Llevaba tres vasos de chocolate de máquina extradulce y extracorrosivo gracias a los que iba consiguiendo aplazar la tentación de un cigarrillo. Una vez transcurrido el impacto de los primeros instantes, había comenzado a asaltarle la sospecha de que quizá le correspondería a alguien enfrentarse a aquella situación desde una perspectiva no policial. Hacía falta una persona que no se preocupara únicamente por atrapar al culpable, sino que reservara unos instantes para contactar con la familia de Hawthorne, acercarse a su casa a alimentar las mascotas o traerle una maleta con sus objetos personales más queridos. El problema con Hawthorne era que no había ningún conocido a quien llamar, ni mascota a la que cuidar u objetos con más valor sentimental que su colección de etiquetas de ginebra. Joseph sabía que estaba divorciado desde el principio de los tiempos y se llevaba mal con sus hijos. Forzando la memoria, incluso creía recordar que una vez tuvo un pájaro que también murió.

Al contrario de lo que pudiera parecer, aquella falta de arraigo no facilitaba las cosas, al menos desde el punto de vista de la psicología policial. Un acompañante lloroso al que consolar con unas palmaditas en la espalda era un condimento útil en cualquier investigación, una buena ancla emocional para los agentes. «Encontraremos a ese cabrón por tu viuda, Hawthorne, o por tu viejo amigo, o por tu canario», podían decirse en los momentos de duda. Sin embargo, Joseph sospechaba que la impopularidad del herido era tan manifiesta que en aquella sala las apuestas lo señalaban a él como el ser vivo más cercano. Lo más triste era que, a pesar de sus desencuentros, a pesar de la hostilidad que desde hacía tiempo sentían el uno por el otro, probablemente, aquella apreciación fuese cierta.

Desde que había llegado al diminuto hospital de la ciudad solo tuvo la oportunidad de ver un segundo a Hawthorne camino del quirófano. Era la primera vez que no lo encontraba peinado, y su pelo le pareció más fino de lo habitual, como un ligero garabato de hilos blancos. La visión duró solo un segundo, durante el que se sorprendió deseando que su compañero no muriera allí, en su detestada península ibérica, sino que tuviese la oportunidad de volar al menos una vez más a Manchester para que su cuerpo se extinguiera bajo la niebla y la contaminación, con sus herederos echando pestes alrededor de su cama, como sospechaba que él desearía que concluyera su paso por el mundo.

Por si la situación no era lo bastante engorrosa, las puertas automáticas del hospital se abrieron repentinamente y una gran comitiva irrumpió en el vestíbulo. Zigzagueando entre los trajes brillantes de su equipo de seguridad, la figura blancuzca y remilgada de Marc Parody, Chief Minister de Gibraltar, recordaba a un pulpo custodiado por una vaina de tiburones.

Joseph se levantó y avanzó hacia el grupo. Ni siquiera necesitó detener a Parody. Él mismo emergió de entre el cardumen de escoltas hecho una furia, aunque el ímpetu le durase únicamente un par de metros. En cuanto se vio a solas ante él, expuesto a las miradas de todos los jefes policiales de la ciudad y algún periodista con fama de no ser demasiado discreto, Parody se agarró con los pulgares el chalequillo fucsia que vestía bajo el traje para echar freno a su rabia.

—You are happy now, I guess —dijo con los párpados medio cerrados, como si la figura de Joseph ni siquiera mereciera el esfuerzo de mantenerlos abiertos.

—No —respondió.

—Never, ever en mi vida. Never in my entire life había pasado algo así in Gibraltar —prosiguió Parody, intentando ahora no mirarlo directamente, sino en dirección a una mesilla metálica llena de gasas que alguien había olvidado junto a ellos—. A bloody shooting! The Governor está en su casa después de que le haya dado un nervous breakdown. Half of the British Government has phoned me. Llevo dos horas pidiéndole disculpas hasta al último bedel.

—Listen, Chief...

—Siempre estás dándome problemas —le interrumpió Parody señalándole con uno de sus dedos ensortijados—, but this time you went too far.

—¿De verdad que eso es lo importante ahora?

—Of course not. Lo importante es el ridículo que nos estás haciendo pasar a todos. ¿Qué quieres que te diga: that I am worried about your pal, Hawthorne? Pues no, I am not. Los dos lleváis años dándome dolores de cabeza, y me voy a encargar de que esta sea la última vez. Puedo llamar al Prime Minister y decirle que te saque de aquí, ahora que tengo su teléfono y el de medio Whitehall, porque todos me han llamado a cagarse en mis muertos. Es lo peor que ha pasado in Gibraltar since Operation Flavius. Y todo gracias a ti. ¿Te das cuenta?

Joseph quiso sonreír irónicamente, pero no lo consiguió. El engranaje de sus labios quedó atorado en una mueca. La Operación Flavius evocaba demasiadas cosas en Gibraltar. Representaba todo lo que no se debía hacer: uno de los mayores errores de la historia de los servicios especiales británicos, que en 1987 entraron en el Peñón sin avisar a nadie y acribillaron a tres militantes del IRA desarmados. Por culpa de aquella ejecución sumaria, Gibraltar arrastró durante años la imagen de una república bananera. Joseph no se había dado cuenta hasta entonces de las semejanzas, pero si, gracias a él, aquella noche pasaba a la historia como una segunda edición de la Operación Flavius, realmente podía retirarse del MI6 con un expediente memorable.

—Ya veremos cómo acaba todo y cómo nos repartimos las culpas, ¿pero tenéis al tipo? —intentó recomponerse.

Parody sacudió la cabeza.

—The border is closed. No puede entrar ni salir nadie. Y toda la Royal Police está buscándolo. Es cuestión de tiempo.

—When did you close it? ¿Tardasteis mucho?

Parody era un político y no estaba acostumbrado a que las preguntas se las plantease a él la policía, pero con los ojos de la sala fijos en ellos, no tuvo más remedio que contestar a lo que todo el mundo quería saber.

—Cerramos en cuanto lo supimos.

—¿Cuánto tiempo fue eso?

—No sé. Ten, fifteen minutes.

Joseph sintió una punzada de angustia al traducir a la realidad la información que encerraba aquella evasiva: el pistolero debía de haber dispuesto de más de veinte minutos para completar un trayecto que en coche necesitaba diez.

Sin darle tiempo a repreguntar, Parody y sus escualos desaparecieron de su vista. Joseph se dejó caer en una silla y se agarró la cabeza para asegurarse de que las ideas se mantuvieran allí, todas juntas, sin divagar hacia el quirófano de Hawthorne, la Operación Flavius o el chándal de las Tortugas Ninja del crío atropellado en Castellar. Su única ambición era mantener sus pensamientos agrupados y avanzando en la dirección correcta, ser productivo, utilizar lo que sabía, lo que había visto, para resolver el problema que tenía ante sí, y no para martirizarse. ¿Dónde estaba el pistolero oscuro? ¿Cómo podían atraparlo? No debía permitir que los fantasmas comenzasen a revolverlo todo, porque entonces las siguientes en despertar podían ser las voces del agente Patterson o de Pippa Hampton después de que la torpeza de Hawthorne y la suya propia hubiesen provocado su muerte en su última aventura juntos en los túneles del Peñón; o las imágenes del suicidio de su mujer, Marcy, que también conservaba en aquel arcón lleno de pesadillas que ya comenzaba a sentir cómo se iba ampliando para hacer sitio a la desaparición de Ibtisam y la demencia de Angela. Eso era lo que quedaba por venir. Lo que debía digerir aún, paso a paso, para no romperse de nuevo. Toneladas de culpa. El fruto de toda una vida de compromisos fallidos.

El himno del Betis sonó, y todos los ocupantes de la sala de espera se retorcieron en sus sillas buscando a Joseph con el desprecio pintado en la cara. No solo había hundido la reputación de Gibraltar: ahora llegaba con eso.

—Bloody phone —masculló al tiempo que descolgaba.

McPhail sonaba distante al otro lado de la línea. Iba conduciendo de camino a Gibraltar y hablaba usando el manos libres. Sin embargo, aquella impresión de lejanía no podía atribuirse solo al micrófono, que cumplía a la perfección con el trabajo de registrar la gelidez de una interlocutora que sabía que transportaba informaciones difíciles de transmitir:

—Salgo de Sevilla ahora mismo. No me preguntes qué hago aquí. He perdido el día. Me dieron una pista falsa sobre Lorenzo Cruz —confesó McPhail—. Llegaré en un rato. Ten paciencia, por favor. Esto es gordo. Pero no debemos ponernos nerviosos. —Suspiró, reuniendo energías para lo que tenía que contar—. En Londres me confirman que dispararon a Hawthorne porque lo confundieron contigo. Han interceptado una conversación telefónica entre moldavos donde aseguran que los Proca se han enterado de que hay un agente británico en Gibraltar husmeando en sus negocios. No sabemos cómo puede haberles llegado la información, aunque lo más probable es que Michavina se lo contara.

Joseph no respondió.

—¿Me oyes, Joseph? —intentó asegurarse McPhail de que la línea seguía funcionando.

—Sí.

—Los Proca han debido de hablar con algún soplón en la policía y han encontrado que por el momento el único agente oficial del MI5 o el MI6 en Gibraltar es Hawthorne. Por eso han asumido que sois la misma persona. No sabemos a quién le han pagado para que los informe de su rutina, pero le dispararon porque estaban convencidos de que eras tú.

Joseph alzó la vista. En un extremo de la sala de espera se había levantado un pequeño revuelo. Se incorporó y se dirigió hacia el barullo. Parody discutía acaloradamente con el director de la Royal Police, lanzándole reproches mientras el otro trataba de replicar. La voz de Parody se situaba un par de tonos por encima de su registro habitual a causa de la furia.

Un grupo de celadores se acercó para pedir silencio. Joseph se preparó para lo que pensó que podía ser una noticia devastadora.

—¿Hawthorne está bien? —preguntó.

Parody se volvió hacia él, sin hacer el mínimo esfuerzo por contener su odio.

—Who cares! ¡El gunman se ha escapado! Delante de todo el mundo. He crossed the border. Unbelievable! —dijo, dando media vuelta para salir él mismo por la puerta automática, arrastrando a toda su escolta tras él, como si intentara ejemplificar lo que había ocurrido y el bochorno que aquel nuevo fiasco de las medidas de seguridad representaba para la ciudad que dirigía.

Joseph se llevó el teléfono a la oreja.

—¿Te has enterado? El pistolero se ha escapado —le anunció a McPhail.

Siguió una pausa durante la que casi pudo oír las polillas chocando contra el parabrisas en la autopista. McPhail intentaba parecer más calmada de lo que se sentía.

—Es la otra cosa que quería decirte. Ya sé que ha escapado. En Londres ya han revisado los vídeos de la frontera de Gibraltar de las tres últimas horas. Cruzándolos con sus archivos criminales han reconocido a un moldavo pasando a La Línea con una identidad falsa. Un tipo peligroso: un exmilitar. Ya se lo han comunicado a Interpol y a la policía española. Ahora anda suelto por España, pero saben quién es. Eso es bueno.

Joseph clavó la vista en el hueco que acababa de dejar al levantarse de la hilera de sillas verdes. Aspiró fuerte y le llegó un olor a tintura y menta. Sabía que, muchas horas después de dejar el hospital, el olor a aquellos ungüentos seguiría prendido a su piel, debajo de las uñas.

—La parte mala es que no tenemos ninguna pista de dónde puede haber ido —añadió McPhail.

Sin embargo, Joseph sí tenía una idea muy clara del lugar más lógico para comenzar la búsqueda de su pistolero oscuro.

Como si ya hubiera aprendido a interpretar sus silencios, la alarma en la voz de McPhail se hizo evidente:

—Voy para allá. No hagas ninguna tontería. Estoy en camino. Hazme caso, Joseph. Esto es una orden. Por una vez en tu vida, haz caso. ¿Me oyes, Joseph?

IX

Joseph bajó las escalinatas del hospital Saint Bernard's y salió al puerto. Antes de llegar a casa de Abraham le avisó por teléfono:

—¿Cuántos favores se supone que me sigues debiendo? —le preguntó.

—None —respondió Abraham con firmeza, aunque estuviera medio dormido.

—Fucking bastard, I saved your life! —protestó Joseph.

Abraham suspiró y midió su ofrecimiento:

—A ver. ¿Qué necesitas?

—Hoy podemos poner el contador de favores a cero.

—You are scaring me. ¿Qué estás pensando?

—First, I need Rebeca to go to casa de Angela. Mañana.

—¿Y eso?

—Pues que ha pillado a la Auxi con las manos en la masa, stealing from her.

—Hostia.

—En su perra cara.

—Qué fuerte, picha.

—Esta noche la he metido a dormir todo empastillada, pero para mañana I need you que le digas a Rebeca que vaya. Yo tengo un marrón del carajo y no puedo quedarme, pero sería solo acercarse y echarle un ojo.

—Okey. Eso está hecho. What else?

—Estoy debajo de tu casa. —Joseph se detuvo ante un bloque de apartamentos—. Vamos a dar una vuelta con el coche.

—Coño, Joseph. Te doy las llaves y vete tú.

—¿No dices siempre that you miss a life of adventures?

—Joder, stop bringing that back. La última vez que dije eso casi la palmo. Ya tengo claro que prefiero una peaceful life, coño.

Mientras escuchaba a su amigo rezongar, Joseph se sentó sobre el capó de un BMW plateado y comenzó a dar pequeños saltos sobre la acera, haciendo botar la carrocería como si probara la suspensión, hasta que la alarma rompió a sonar.

—Can you hear it? —Joseph levantó el teléfono hacia el balcón de la casa de Abraham—. It's your BMW. Baja ya, pesado.

Abraham hiló una decena de insultos, a lo que Joseph respondió apagando el teléfono para quedarse solo en mitad de la avenida, disfrutando el concierto de bocinazos. Al cabo de un par de minutos, cuando empezaban a encenderse luces de protesta en los edificios vecinos, su amigo apareció en la calle, cojeando con el brazo extendido hacia él y apretando el botón del llavero para cortar la alarma. Joseph sonrió al verlo con la camiseta interior a medio enfundar, atascada sobre la grasa de su lomo.

—Eres un cafre —le gritó Abraham, pulsando el llavero sin conseguir que funcionara.

Hasta que la alarma abruptamente se ahogó en mitad de uno de sus hipidos y la calle quedó en un silencio fantasmagórico.

—Has despertado a los niños.

Joseph no le dio respiro:

—Vámonos. I need you to drive.

—¿Por qué yo?

—Porque a mí no me pueden ver —dijo Joseph mientras sacaba del maletero la caja de herramientas y se sentaba con ella en el asiento trasero.

Su amigo ocupó la plaza del conductor y terminó de colocarse la camiseta. Luego se puso por encima una chaqueta que encontró en el asiento.

—¿Adónde vamos? —refunfuñó.

—To Sotogrande.

Abraham se quedó en silencio, con la vista perdida en el salpicadero.

—No me lo puedo creer —susurró antes de arrancar.

A lo largo del camino, Joseph le obligó a dar una vuelta completa en cada rotonda que atravesaban para asegurarse de que no los persiguiera nadie. A la entrada de la urbanización se arrodilló y se ocultó tras el asiento del conductor. Cuando llegaron al portón blindado de la finca de los Sheriff, Abraham llamó al timbre. Después de unos minutos de espera, la voz de Hairy Frank lo recibió con un reproche:

—Abraham, ¿qué quieres a esta hora?

—Hablar con Sheriff. He phoned me para que viniera.

El interfono se entrecortó, impidiendo entender los juramentos que farfullaba Hairy Frank. Acto seguido se abrió el portón y el coche pudo asomar el morro dentro de la finca. El jardín estaba iluminado con una luz tenue y lo envolvía el agradable olor a tierra mojada que había dejado el último turno de los aspersores. El guardaespaldas llegó a su encuentro, frotándose los ojos por el sueño y vestido con una camiseta y unos pantalones cortos, pero sin olvidarse nunca la funda sobaquera en la que guardaba la pistola.

—Baja la ventanilla y dile que se acerque —le susurró Joseph a Abraham.

Este le obedeció, y en cuanto Hairy Frank se agachó para meter la cabeza en la trampa, Joseph salió del asiento trasero, blandiendo una llave inglesa con la que le sacudió un golpe seco en la nariz.

Hairy Frank soltó un bufido de boxeador noqueado. Dio un titubeante paso al lado y echó mano a la funda del arma, pero Joseph ya estaba fuera del coche. Le golpeó la muñeca y le cruzó la cara de un tercer estacazo. Cuando se derrumbó en el césped, Joseph se inclinó sobre él y le quitó la pistola.

Al volverse hacia Abraham, lo encontró de pie, petrificado junto al coche:

—Eres un animal —balbuceó su amigo, a medio camino entre el reproche y la admiración.

—You stay here —indicó Joseph el suelo que estaban pisando—, y si se levanta, le metes un viaje con esto —dijo entregándole la llave inglesa salpicada de sangre.

A continuación entró por la puerta del chalé y pasó al salón a toda velocidad. La casa permanecía en penumbra, y solo la luz de la cocina estaba encendida. Entró en ella. Una sirvienta gorda, vestida con cofia, sujetaba una fiambrera abierta, y en la mano derecha una loncha de jamón york. Enfrente, sentado a la mesa, Sheriff se comía su sándwich recién preparado. Joseph levantó la pistola y apuntó a la señora.

—Usted métase ahí —señaló el cuarto de las escobas.

La mujer dejó caer el *tupperware*, pero no la loncha de jamón, que se llevó al pecho como si fuera un escapulario que pudiera reconfortarla en un momento de crisis como aquel. Acto seguido, consciente de que era mejor no obligar a que le repitieran la orden, entró en el cuartito entre oraciones. Joseph la siguió mientras mantenía el arma y la vista fijas sobre Thomas, que había abandonado el bocadillo mordisqueado sobre la mesa.

Una vez cerrado el pestillo de la criada, Joseph se concentró en el señorito.

—Levántate —le ordenó en inglés.

Thomas terminó de tragar y comenzó a incorporarse hasta que, aprovechando el impulso de sus piernas flexionadas, agarró la mesa por los bordes e intentó volcarla. Joseph sofocó el ataque bloqueando el tablero y empujándolo de vuelta. Mientras, con la mano que sostenía la pistola propinó un culatazo en la cara a Thomas, que rebotó contra la pared. Sin dejarle tiempo a respirar, lo agarró por las solapas del polo y lo lanzó al suelo. Luego, a base de patadas breves y eléctricas, fue haciéndolo retroceder hasta el salón, adonde llegó a gatas y entre sollozos.

—No me aguanto las ganas de meterte un tiro, así que cuidado —dijo con desprecio.

El heredero había manchado de sangre las largas hebras de aquella alfombra que parecía tejida a base de pelos del yeti.

—Explícame qué pasa aquí —dijo Joseph.

—No lo sé. Lo juro —tosió Thomas.

De un manotazo, Joseph volcó los libros del estante que tenía a sus espaldas y el joven Sheriff se encogió sobre sí mismo, cubriéndose la cabeza.

Joseph empezaba a estar fuera de sí, pero en medio de la furia recordó una idea que había pasado por su cabeza unos días antes:

—Si alguien contrata a los Sheriff es porque no metéis la pata. No me creo que esto sea un error. Dime la verdad. ¿Por qué me mandasteis a ver a Michavina? ¿Os hace la competencia?

Los delicados materiales en los que Thomas Sheriff había sido fabricado no estaban diseñados para resistir. Él lo sabía, y Joseph también. Por eso, tras unos minutos rituales, necesarios para que el heredero admitiera esa debilidad ante sí mismo, lo más normal para los dos fue que se rindiera sin remordimientos. Tras un sollozo donde se mezclaban la derrota y el alivio, se incorporó sobre los codos y comenzó a contar lo que sabía que no sería capaz de proteger a costa de sus huesos:

—Fue culpa mía. Hace un año me enteré de cómo trabajaba Michavina e intenté convencer a mi padre de que el futuro estaba ahí.

Joseph apoyó la espalda contra la estantería con la intención de controlar las puertas del salón mientras Thomas hablaba.

—En ese momento Michavina trabajaba para una red de finlandeses afincados en Torrevieja —siguió Thomas, cada vez más relajado—. Metían nigerianas y vietnamitas en Finlandia, pero manejaban el negocio desde aquí porque las penas de trata son muy altas en los países escandinavos. Michavina, que ya era un personajillo en los círculos de *hackers*, les construyó el entramado de webs. A través de las páginas promocionaban a las chicas en Finlandia, Alemania, Suecia o cualquier sitio donde tuvieran un intermediario que gestionase una filial. Michavina montó todo: los formularios de contacto, los pagos... Todo. Pero lo importante era la madeja con que lavaba el dinero: lo movía utilizando aplicaciones bancarias que para cada pago abrían automáticamente una cuenta en un país distinto. Imagínate: para cobrar una mamada que una chica hacía en Noruega la aplicación abría una cuenta en Ucrania, y para la siguiente la abría en Brasil, y luego juntaba todo ese dinero en una web de Chipre y compraba criptomoneda. Me lo explicó un amigo y me quedé alucinado. El dinero volaba de un país a otro y luego desaparecía. Era una genialidad, pero a nosotros nos dejaba fuera del mercado. Nosotros trabajamos con los bancos de Gibraltar, luego hacemos lo típico: transferimos el dinero a una cuenta de Bahamas, Panamá... Pero, por muy rápido que vayas, es infinitamente más lento. Tardamos días, y Michavina lo hacía en dos minutos, desde su casa, sin firmar nada, sin intermediarios ni historias.

—Así que contratasteis a Michavina.

—Sí, pero no te creas que es porque nos hace felices meternos en este mundo —protestó Thomas—. Somos abogados. Nosotros estamos acostumbrados a trabajar con banqueros de aquí o de Suiza: gente seria a la que avalan las leyes de su país. Y ahora, sin embargo, toca quedar en un Starbucks con un niño de veinte años que te puede dejar colgado en cualquier momento con un montón de dinero sucio y un cliente cabreado. Es como si antes volaras en *business* y ahora hay que pasarse al *low cost*. Nos obliga a exponernos mucho: por eso mi padre se resistía y se resistía. Pero si quieres seguir en el negocio, necesitas evolucionar. ¿Quién va a venir a buscarte a un despacho como el nuestro cuando otro tipo te lo hace por internet más seguro y más rápido? Además, el líquido que te blanquean con bitcoins lo puedes recuperar tú mismo canjeándolo por moneda corriente; sin embargo, mete el dinero en las Islas Caimán y verás la que tienes que pasar para volver a verlo.

—Muy bien, ¿y qué más? —interrumpió impaciente Joseph.

—Bueno, pues que convencí a mi padre de que trabajáramos con Michavina, incorporando sus servicios como un paquete adicional a nuestra oferta clásica. Al principio con clientes pequeños, para probar, por ejemplo los Cruz.

Algo se agitó en el jardín. Joseph se giró y vio pasar al otro lado del cristal a una de las hijas del viejo Chief Minister corriendo tras un balón de piscina. Alarmado, echó un vistazo a un reloj de pared. Eran las dos de la mañana. ¿Qué hacía una niña en el jardín a esa hora? Pero a la cría no parecía importarle nada. Concentrada en su persecución, tampoco se fijó en lo que sucedía dentro del salón. Para evitar que pudiera lanzar un segundo vistazo, Joseph se acercó al ventanal y corrió la cortina. Por un resquicio, comprobó que todo seguía tranquilo en el exterior, y sintió un escalofrío, como si aquella extraña niña que jugaba a horas intempestivas fuera una aparición del crío atropellado en Castellar.

—El experimento con los Cruz salió —continuó Thomas, tan concentrado en su historia que Joseph cada vez sentía con más intensidad que algo raro estaba preparándose—. Michavina estaba contento de que le sirviéramos de plataforma, y poco a poco íbamos probando con clientes más gordos. Hasta que, a través de unos clientes de Londres, me enteré de que los Proca estaban en el mercado, buscando a alguien para llevarles un negocio enorme.

—Y le ofrecisteis el sistema Michavina —intentó acelerarlo Joseph.

Thomas asintió:

—En principio les ofrecimos el sistema mixto. A la compra de bitcoins le sumamos los métodos de blanqueo tradicionales, con testaferros para abrir sociedades en varios países. Por medio de pequeños negocios, sobre todo en hostelería e inmobiliaria, íbamos devolviendo el dinero de los bitcoins al mercado regular. El entramado era de lo mejor que se puede encontrar hoy: una combinación de banca en internet y personas interpuestas, bienes patrimoniales... Totalmente indescifrable. Hasta que Michavina se volvió codicioso.

—Y os quitó a los moldavos.

—Exacto. Digamos que una de las funciones que nos correspondían dentro de la sociedad era dar la cara ante el cliente. Sin embargo, un día nos enteramos de que Micha estaba hablando directamente con los Proca, y que cada vez derivaba más fondos a su red virtual y los convencía de que prescindieran de la red física que gestionábamos nosotros.

—¿Y cómo terminasteis?

—Un día los Proca nos llamaron y nos dijeron que ya no nos necesitaban. Así de fácil y humillante.

—Por eso me entregasteis la cabeza de Micha.

—Por eso, y porque cada día nos llamaba otro cliente para anunciarnos que se iba con él. Mi padre se volvió loco.

—¿Loco con Micha o contigo?

Thomas Sheriff bajó la vista.

—La última vez que te vi tenías la mano vendada —recordó en voz alta Joseph.

—Me di un golpe jugando al polo —replicó Thomas.

—Tú ya no juegas al polo. Pregunté en el club y me dijeron que llevas años sin subir a un caballo —mintió Joseph.

El farol dio resultado. Thomas tardó en decir algo, y cuando lo hizo no contestó a la acusación:

—No le tengas en cuenta a mi padre que te mintiera cuando te envió a ver a Micha. Es un hombre orgulloso y ha luchado mucho por lo que tenemos. Se quería vengar, pero no tenemos métodos. No podemos denunciar ni que nos relacionen con una investigación.

—¿Tampoco le tengo en cuenta que mandase a Hairy Frank a partirme las piernas?

—Eso no es así. Pusimos a Frank a seguirte en Cádiz. Queríamos saber qué hacías, y también que entendieras con quién no tenías que meterte. Nada más.

—¿Y dónde está ahora el moldavo que ha entrado por Gibraltar?

Incluso de rodillas, Thomas tenía una facilidad genética para mostrar displicencia hacia los que consideraba inferiores.

—¿Qué moldavo? Te he dicho que cortamos lazos con los Proca. Hace meses que no hablamos con ellos. No puedo hacerte todo el trabajo.

A Joseph la excusa le pareció tan buena como otra cualquiera. Dio una zancada hacia el joven heredero y le lanzó una patada al costado. Thomas soltó un gemido sordo.

—No me creo que, después de lo que os han pagado todos estos años, los moldavos vengan a matar a un tío a diez kilómetros de aquí y no os pidan que luego lo saquéis del país —dijo Joseph.

Thomas recuperó el aliento. El golpe no había sido tan brutal como aparentaba: solo un desahogo en mitad de las negociaciones.

—En serio. Hemos roto con ellos —dijo.

—No te creo.

—De verdad. No queremos más líos.

—Mentira —le sacudió Joseph otra patada.

Para su sorpresa, el grito de dolor no salió de Thomas, sino del otro extremo del salón. Al girarse para detectar la fuente de aquel chillido ratonil, Joseph encontró al viejo Sheriff avanzando entre las sombras en pijama y blandiendo un atizador de chimenea por encima de la cabeza. El anciano sabía que carecía de la potencia necesaria para llegar hasta él y dejarlo fuera de combate, así que el grito de advertencia era su mejor recurso para que Joseph parara de golpear a Thomas.

—¡Deja a mi hijo! You, punk!

Desconcertado, Joseph asistió a la sucesión de insultos sin capacidad para responder.

—You are a disgrace, una vergüenza para los tuyos, majarón, wanker! You call yourself llanito?

El Cocodrilo soltó el atizador y, con las manos extendidas como una Dolorosa, cruzó delante de Joseph y se lanzó sobre la alfombra. En el trance de colocar la cabeza de Thomas en su regazo, las mangas del pijama de seda de Dylan Sheriff se escurrieron, dejando al aire unos brazos amarillentos como papiro. La evidencia de su debilidad física no le impidió retorcerse a la velocidad de una cobra cuando notó que Joseph se acercaba a ellos:

—Bonito shooting in Gibraltar —silbó el viejo—. ¿Pero para qué dejarlo todo a medias? Think about it, Joseph. Si tú fueras los Proca, ¿te volverías ya a casa o borrarías la prueba principal?

—¿Michavina? —murmuró.

—Eso tendrás que verlo tú —continuó el abogado en aquel tono sibilante, entre la amenaza y la incitación—, pero hazte cuenta que, por culpa de Michavina, los Proca tienen al MI6 encima. No sé cómo se lo van a tomar, pero nunca me han parecido very commiserative people. Michavina is the best evidence in the case against them ahora mismo.

—They are going to kill him —enunció Joseph la conclusión que Sheriff había dejado flotando.

—Ajolá que le haya llegado la hora al chino mierda ese. —Hizo hincapié en el insulto el Cocodrilo, acariciando los cabellos de su hijo, que cerraba los ojos como si mantenerse ciego pudiera transportarlo lejos de aquella escena.

—¿Chino? —repitió incrédulo Joseph.

—Bueno, en realidad es más español que tú y que yo, pero su madre es de Taiwán —concedió el Cocodrilo—. ¿De dónde crees que saca esos ojitos?

Una convulsión hizo temblar el párpado de Joseph.

—Cuando yo lo vi no tenía cara de chino —dijo secamente.

El viejo Sheriff rio divertido:

—A ti también te ha tomado el pelo.

—Yo hablé con un chaval con cara de español y el pelito de punta —tartamudeó Joseph.

—No way. —Meneó la cabeza el Cocodrilo—. Michavina tiene más cara de chino que el Bruce Lee, con melena y una goatee. —Prolongó con las manos la trayectoria de su mentón representando una barbita de chivo.

Joseph apartó una de las sillas de la mesa del comedor y se sentó, esforzándose en recordar los rasgos del japonés que estudiaba sus lecciones de guitarra en la azotea de Michavina con la misma determinación con que unas manos expertas recorren un teclado de ordenador, buscando la combinación de letras necesaria para escribir un código, una orden que abra una puerta y la cierre luego tras de sí.

En la penumbra, el viejo Sheriff parecía esbozar una sonrisa victoriosa, satisfecho de ver a Joseph derrotado de nuevo. Pero Joseph respondió con una bravata llena de rencor:

—Ríete, Cocodrilo. Estamos a punto de coger al Loren. Sé dónde está, y me voy a ocupar de que le cuente al MI6 lo que sabe de tus business. Todos tus clientes. Y en cuanto se enteren de que ayudaste a los Proca, vendrán a por ti.

—Joseph, don't do that. —Dejó de sonreír Dylan—. The people from the Rock tenemos que aceptar lo que somos, and help each other. ¿Ahora te vas a poner del lado de los british? No hagas el tonto. Los del MI6 se van a largar en cuanto pillen a su moldovan family; pero ellos se irán y nosotros nos quedaremos aquí. Choose carefully.

—No, Sheriff. Voy a entregarte igual.

—¡No! —volvió a chillar el Cocodrilo, y esta vez quedó claro que en sus gritos no cabían el miedo o el dolor, sino que eran la expresión de despecho de un hombre que no acepta que le lleven la contraria—. Tenemos algo para ti.

El Cocodrilo levantó su índice esquelético y apuntó hacia la oscuridad:

—¿No se lo has dicho, Abraham?

Un cuerpo respondió a la llamada cruzando el umbral de la puerta. Abraham avanzó hacia el centro del salón, retorciéndose las manos en un gesto que podía interpretarse como el de un mayordomo servil o el de un amigo avergonzado.

—Not yet. Mister Sheriff. Ha habido mucho lío estos días y no he podido transmitirle tu propuesta.

—¿Qué propuesta, Abraham? —preguntó Joseph.

Abraham dobló la cerviz, preparándose para la tormenta.

—Me preguntaron cómo podían ayudarte a cambio de que tú te portases bien con ellos.

Joseph observó al joyero con más cansancio que indignación. Lo conocía demasiado bien como para que aquello lo sorprendiese, y por eso no se iba a tomar siquiera la molestia de protestar. Llevaba haciéndole la misma jugada desde el colegio. Daba igual que enfrente tuviera a un profesor, a su mujer o a un cacique en horas bajas. Joseph sabía que Abraham lo adoraba, pero también que era incapaz de resistirse a cualquiera con un vestigio de autoridad. Podía imaginar su excitación cuando Sheriff lo llamó a su despacho y lo invitó a sentarse, cuando le ofreció una copa de licor y le expuso que necesitaba un favor.

El Cocodrilo carraspeó.

—Let's stay calm. No estamos ofreciéndote nada malo, Joseph. Justo the opposite. Sabemos que fuera del MI6 tienes tus inquietudes personales. Sabemos que estás buscando a una chica. Una marroquina: Ibtisam Barred. Te diremos dónde está. Ya lo hemos arreglado con ella.

Joseph apretó la mandíbula, incrédulo ante la propuesta.

—Es un win-win —continuó el viejo Sheriff—. Déjate de Loren Cruz. ¿Qué ganas tú con eso? Dinos dónde está él, y a cambio, nosotros te damos a Ibtisam. Ella está dispuesta a quedar contigo si se lo pedimos.

—¿Queréis a Loren?

—Sí, hombre, pero para hablar con él nada más —dijo Sheriff, sin preocuparse siquiera por parecer sincero—. Nosotros nos conocemos desde hace mucho tiempo y nos arreglamos.

Un gruñido comenzó a crecer en la garganta de Joseph. Abraham avanzó un paso y le pidió calma.

—Hazle caso, Joseph. Y no te pongas de los nervios. Lo que te dice es verdad.

—Why, Abraham? Why did you do it? ¿Otra vez me la vas a meter? —preguntó Joseph, dejando caer las manos con desánimo.

—No, no. Esta vez estoy cien por cien de tu lado. Believe me. He querido ayudarte. Tú ibas a tardar mil años en encontrar a la chavala, y Mister Sheriff tiene todos los contactos.

—Te aseguro que ha sido un esfuerzo notable, pero todos nos beneficiaríamos de ese intercambio —intervino el viejo Sheriff con recuperado aplomo.

Joseph levantó la pistola hacia el techo y todos enmudecieron. No quería oír más. Sheriff dominaba el idioma de las sirenas, y por eso necesitaba frenarlo. Sus capacidades iban mucho más allá de la simple mentira. Siempre conocía la canción que necesitabas escuchar. Su arsenal era infinito. Su especialidad en los juzgados era responder a la cuestión más básica con parrafadas interminables sin relación alguna con el tema por el que le preguntaban, pero hábilmente tejidas para sepultar la verdad, porque después de que hablara él, ya nadie recordaba los términos de la pregunta, su intención ni su contexto. Sheriff conocía cada puerta que daba acceso a la mente humana y dominaba hasta la última de las técnicas del engaño.

Era capaz de ganar una discusión tan solo preguntando, y podía dinamitar las certezas del adversario con una broma oportuna. Jugaba con el cansancio y la voluntad de creer en algo para generar un espacio en el que no quedasen certezas, solo una montaña de frases muertas en donde no se distinguían los hechos de las ideas, las intenciones de las casualidades, y los resultados de las conjeturas. Joseph lo conocía a él y conocía sus propias debilidades: por eso el primer día le horrorizó descubrir que precisamente el nombre de Dylan Sheriff tenía que figurar en la cuenta bancaria que le había dado el MI6 para encontrar a los Proca. En el momento en que pisó su casa era consciente de que tendría las mismas opciones de salir victorioso de un pulso con él que un lechoncito de una visita al matadero, pero no podía haber imaginado que el viejo sería capaz de anticiparse cien jugadas, activando los resortes para sofocar todo intento de resistencia en caso de que fuera necesario.

Con el arma apuntando aún hacia el techo, Joseph disfrutó del silencio que reinaba en el salón. El Cocodrilo tenía a Ibtisam, y sabía que ahora él no podría ser el ejecutor del castigo que merecía. No lo entregaría, no le dispararía ni volvería a ponerle una mano encima a su hijo. Se marcharía por donde había llegado y reflexionaría sobre el pacto que le acababan de proponer.

Debía admitirlo: el Cocodrilo era el mejor en lo suyo, y por eso cobraba una fortuna. Él no. Él solo podía aspirar a seguir adelante, un poco más. Joseph bajó el arma, respiró profundamente y se dispuso a dejar el salón. Antes, le hizo una petición a Abraham:

—Give me the keys. Me llevo tu coche.

Su amigo se las entregó con una sonrisa de disculpa, aliviado de que la escena acabase con todos vivos, lo que relativizaba el inconveniente que supondría regresar a casa en taxi y despertar a Rebeca.

Sin añadir nada, Joseph salió al jardín. Allí la hija de Sheriff se había desdoblado en dos. Las espectrales gemelas jugaban recostadas sobre la hierba con su pelota grande como una luna. Al desconocido que abandonaba la casa familiar con una pistola en la mano no le dedicaron más que una mirada desprovista de sorpresa, como si fuera una imagen rutinaria, y volvieron a concentrarse en su ritual. La presencia de Hairy Frank, bocabajo en el empedrado que iba hasta la puerta del chalé, tampoco parecía despertar su curiosidad patricia. Joseph sí se detuvo ante él. Sin dejar de apuntarle, le tomó el pulso en el cuello y, tras comprobar que seguía vivo, subió al coche de Abraham y salió marcha atrás por el portón abierto.

Aún quedaban unas horas para que amaneciera, pero la roja densidad del aire ya era el preludio de un día difícil. Joseph sentía tanta ira que le costaba concentrarse en la carretera. Abraham había colocado su cabeza en la guillotina al hablarle a Sheriff de Ibtisam. Si no aceptaba la propuesta que le planteaba el antiguo Chief Minister, se preguntaba cuál era el siguiente paso que daría. Podía amenazarlo con hacer daño a la chica. Incluso si ahora le entregaba al Loren, seguiría siendo vulnerable, y en un futuro podría utilizar a Ibtisam para forzarlo a hacer lo que desease.

En sus mermados reflejos al volante adivinó que las horas sin dormir pronto comenzarían a pesarle. Sin embargo, lo que más le agotaba era aquella sensación de caminar con las piernas enterradas en un lodazal de mentiras. ¿Qué quedaba de cierto en aquella historia? Samira, la amiga de Ibtisam que lo llevó hasta Cádiz, ¿era un personaje real o una figura de atrezo en la comedia escrita por los Sheriff y Abraham? Ya en el momento en que la conoció le pareció sospechosa, ¿pero podía llevar sus dudas sobre el mundo tan lejos como para asumir que todos eran actores colocados en un escenario para mantenerlo entretenido? Y si Michavina era en realidad el guitarrista japonés, ¿quién era el chico con el que había estado charlando en la azotea: otro actor o el director último de aquella superproducción? Ibtisam, ¿estaría ella involucrada en la trampa de los Sheriff? ¿Quién había pagado al Fali para que le hiciera el amor? Y en la cúspide de las dudas dolorosas, ¿cómo podía él, Joseph Sanchez, ser tan estúpido, tan débil y tan estúpido, como para dejarse engañar por aquel plantel de comediantes de medio pelo?

Mientras braceaba en aquel puré de ira, rabia y desconcierto, recibió una llamada de teléfono. Era McPhail, y no sonaba contenta:

—¿Dónde estás? Llevo toda la noche buscándote. ¡Vuelve ahora mismo! —le gritó nada más descolgar.

—Estoy detrás del moldavo.

—¿Quieres dejar de hacer el imbécil? Podemos montar un lío muy gordo. Eres un agente de otro país en una operación fuera de tus fronteras. Hay que pedir permisos.

—Dame más datos sobre él. Necesito saber qué aspecto tiene.

—¡No! Es un asesino profesional. Lo han traído de Moldavia. Ha estado en la cárcel por pasar heroína de Afganistán, por tráfico de armas... Y es sospechoso de un montón de muertes. Esto no es un juego.

—Muy bien, porque soy un jugador malísimo.

—Por favor, Joseph.

—Es grande, moreno, ¿qué más?

—Deja de hacer el *cowboy*. Va a matarte.

—Si no quieres ayudarme, no pasa nada.

Tras un silencio, McPhail rugió al otro lado de la línea.

—¡Eres un gilipollas! Te estoy dando una orden. Vuelve aquí ahora mismo o vete a tomar por culo, porque no tendrás ninguna cobertura del Gobierno británico.

Joseph se quedó sin nada que añadir. Cuando

McPhail mostraba la fiera que llevaba dentro, quedaba patente que ella también era una actriz con muchos registros, capaz de interpretar con igual eficacia a una turista o a una flemática burócrata. Colgó el teléfono. Era consciente de que había rebasado la línea a partir de la que no se podía aspirar a cualquier ayuda. Sus errores le hacían justo acreedor de ese silencio que se iba haciendo más tupido en torno a él. Mientras los repasaba obsesivamente, llegó a Cádiz. A medida que la ciudad tomaba forma al otro lado del puente que atravesaba la bahía, se prometió que aquella vez alguien no lo cruzaría de vuelta.

X

La aspiradora se activó, abrió uno de sus ojos azules y saltó del pedestal para emprender otra de sus peregrinaciones por las cuatro esquinas de la habitación, recordándole que había sido su única compañía a lo largo de los tres días que llevaba abandonado en aquel apartamento diminuto.

Al principio le pareció un mal menor matar las horas navegando por internet mientras devoraba las provisiones que quedaban en la nevera, pero pronto se le acabaron las páginas que visitar. La estrategia había sido diseñada por Nagore, pero tenía que admitir que tanto a Micha como a él les pareció bien. La rutina era repetitiva hasta la locura: colocarse frente al escrutinio del robot aspiradora y revisar su correo, navegar por internet, comprar cosas inútiles. Él únicamente debía ocuparse de sostener la atención de los espías que lo vigilaban, convencidos de que tenían entre sus manos al genuino Michavina. Cuando salieran de su error y se dieran cuenta de que no se trataba del *hacker* que andaban buscando, él simplemente debería seguir haciendo lo mismo: revisar su correo, visitar páginas a granel y comprar productos obscenamente caros, como si la tarjeta de crédito que había quedado a su disposición fuese un pago por unos oscuros servicios y no un fondo que tenían reservado para ese tipo de contingencias. Si, transcurrido un tiempo prudencial, nadie se acercaba por allí para detenerlo, dejaría de pagar el alquiler del piso y devolvería las llaves a la casera. Luego podría irse de vacaciones a un lugar sin internet, a desquitarse de las horas malgastadas frente a la pantalla. Micha y Nagore volverían a contactar con él el día en que terminasen su exilio en el extranjero, y todo volvería a ser como antes.

El gran problema era que el cansancio secaba la imaginación. Era increíble la cantidad de basura que cabía en internet: teorías de la conspiración, páginas de humor negro, porno extremo musulmán... Ya no sabía qué buscar que le resultara mínimamente estimulante. El principal requisito para sacar adelante el plan era ser capaz de disimular y mantenerse como una pieza pasiva, contenerse para no demostrar sus conocimientos de código, no pasearse por la Deep Web ni entrar en ninguno de los foros de *crackers* en los que lo tentaban los hilos de conversaciones donde había participado en mil ocasiones. Varias veces al día necesitaba repetirse que no podía caer en el error de hacer algo valioso con su tiempo, sino que debía limitarse a permanecer como un usuario sin ningún conocimiento informático que la policía más tarde pudiera presentar como prueba ante un juez. No era fácil escenificar las veinticuatro horas del día que era un ciudadano tan inocente como ignorante. La tentación era siempre el problema. La tentación de la carne, la vanidad... En esos momentos la tentación era vivir como un vegetal dentro de una habitación en la que tenía todo lo que necesitaba para hacer lo que mejor se le daba: ordenadores que ahora solo le servían para reproducir música y ver memes. Era un pintor encarcelado con pinceles y colores que no le permitían utilizar. Si tocaba un lienzo, moría; si mojaba el dedo en acuarela, se lo cortaban. No podía trazar bocetos, no podía fijarse demasiado tiempo en cómo era la luz que entraba por la ventana. Debía disimular. Su cerebro bullía de ideas, pero solo tenía permiso para ahogarlas en Facebook.

Nagore había demostrado que unos pocos minutos bastaban para poner en práctica el plan que tenía elaborado desde hacía meses. Él siempre había sido escéptico acerca de la necesidad de diseñar esa puerta trasera y mantenerla permanentemente abierta, pero debía reconocer que esa era la forma de obrar de un *cracker* competente. Gracias a esa precaución, Micha y ella lograron escapar sin dejar ningún rastro apenas dos horas después de recibir la visita de aquel gibraltareño tan raro.

Todo estaba medido: el discurso sobre el oficio de *hacker* que ya habían ensayado, el coche que guardaban en el aparcamiento con las bolsas de viaje dentro, los discos duros con la información, los vales de hotel... En el momento en que el gibraltareño entró por la puerta, cada uno asumió el papel que Nagore había diseñado para una situación de emergencia. Él se convirtió en un amable bebedor de té, Micha los deslumbró con su numerito del Niño de Osaka a la guitarra y Nagore, desde la plaza situada a unos metros de la casa, seguía por su móvil el interrogatorio. Cuando estuvo convencida de por dónde iban las intenciones de Sanchez, subió en tres zancadas las escaleras y le avisó de que era hora de que activasen el plan de salida. Él no estaba tan seguro de que fuera necesario: confiaba en que podía engañar a aquel tipo tan ignorante, quitárselo de encima para que todo siguiera igual, pero los acontecimientos habían terminado por dar la razón a Nagore. La misma noche de la visita, las cámaras que tenían escondidas en las vigas grabaron al tipo volviendo a la casa y metiéndoles esa locura de programa de vigilancia en la aspiradora.

«No la mires. Ahí sigue, dando vueltas por la habitación, registrando cada clic que das con el ratón. Contente y no saludes a la cámara», se instruía el chico. Ante la tentación, solo quedaba la contención. Era fácil decirlo, pero su carácter no lo hacía precisamente sencillo. Tenía tendencia a improvisar. Ni siquiera el día en que el gibraltareño los visitó logró mantenerse por completo fiel al guion, y acabó aportando alguna creación de su cosecha que, por cierto, no quedó nada mal, como la historia de la universidad de Deusto que motivó su conversión en *hacker*. Había mentido de la manera en que había aprendido que tenía que hacerlo: partiendo de un núcleo de información que era cierta y añadiéndole cosas que no lo eran. Así se aseguraba la verosimilitud del relato y evitaba caer en incoherencias. Era cierto que Micha había estudiado en Deusto y pasó un año de Erasmus, pero no lo imaginaba haciéndole favores a ningún compañero celoso de su novia. Ya por entonces se pasaba el día encerrado en su habitación programando y compartiendo sus logros en los chats donde los dos se conocieron.

Con unas pequeñas gotas de improvisación o sin ella, el plan de huida salió casi perfecto. Solo cometieron el error de la caja fuerte. Micha había tenido el tiempo justo de destruir los ordenadores y no se acordaron de aquel detalle. De hecho, apuraron tanto que Micha y el policía incluso se cruzaron por la escalera, pero la charada del guitarrista japonés les había quedado tan verosímil por la mañana que Sanchez no llegó a imaginarse que se encontrara frente al auténtico cerebro de su red de hackeo. Mucho menos podía pensar que en ese momento Nagore estuviera en la calle con el motor encendido esperándolo para salir hacia Algeciras y tomar el ferri a Marruecos.

Si no consideraron la caja una prioridad fue probablemente porque nunca se les pasó por la cabeza que aquel tipo consiguiera dar con la clave. Con su pinta de oso y aquella camisa de gambas por debajo de la que le asomaba la tripa, asumieron que no iba sobrado de neuronas. Lo que no alcanzaron a prever era que alguien más inteligente pudiera estar pilotándolo a distancia. Un osito a control remoto. Después de esa torpeza solo les quedaba rezar por que los policías no fueran capaces de trazar los códigos QR. Parecía poco probable; les preocupaba más cómo se lo tomaran sus antiguos clientes. Habían escuchado historias escalofriantes sobre los moldavos, y por eso decidieron no avisarlos de que les habían robado las carteras, ni siquiera de que la policía había llegado hasta ellos. Camino de Tánger, Micha los llamó para anunciarles que dejaba de estar a su servicio. Los Proca no tenían forma de encontrarlos si nadie los delataba, así que por ese lado se sentían tranquilos. La única amenaza real era la policía, y nada indicaba que fueran capaces de reunir ninguna prueba de valor. El código de Micha era demasiado sofisticado. A él todavía lo maravillaban algunas de sus creaciones, aunque eso le obligara a reconocer ante sí mismo que él era la parte más prescindible del trío: un copiloto dedicado a los aspectos secundarios de la programación. No podía competir con la creatividad de Micha ni con el ímpetu de Nagore. Por supuesto, tampoco compartía su intimidad, pero debía reconocer que, incluso si no hubieran sido pareja, lo sensato era que fuese él quien se quedara de señuelo para distraer a sus perseguidores.

Gracias a todos los clientes que habían robado a los abogados de Gibraltar, tenían una cartera suficiente para encadenar trabajos durante un tiempo. No les gustaba comprometerse con tramas interminables; preferían encargos cortos y cambiar de pagador. No se consideraban delincuentes, solo empresarios autónomos, como los repartidores de comida en bicicleta o los diseñadores de *pop up stores* que las grandes empresas contrataban para abrir una tienda durante un fin de semana y liquidar el *stock* que les quedaba. Preferían prestar sus servicios sin meterse en el fondo del negocio. No querían saber de dónde venía el dinero y trataban lo mínimo imprescindible con cada cliente. Ese fue el motivo de que les encajara tan bien el trato que en principio alcanzaron con los abogados llanitos. Ellos parecían apreciar esa filosofía de trabajo y se limitaban a poner en sus manos los fondos para que los ocultasen. Hasta que empezaron a intentar que ellos también se fueran enredando en su tela de araña y participaran en sistemas mixtos. Micha se puso nervioso. De todo el grupo, él era quien tenía más claro que no debían entrar en aquella rueda de testaferros y empresas interpuestas a nombre de vagabundos de Panamá que regalaban sus huellas dactilares a cambio de diez botellas de ron.

Era cierto que él nunca había tenido unas convicciones políticas tan férreas como las de Micha. Ni siquiera había pasado aquel sarampión de querer cambiar el mundo a través de internet, combatir los abusos de los Gobiernos y las grandes corporaciones. En eso sí fue sincero con Sanchez: lo que le gustaba del *hacking* era resolver el rompecabezas por el mero placer de resolverlo. Pero sí estaba de acuerdo con Micha en que su camino debía seguir pasando por no inmiscuirse en los negocios sucios de sus clientes, tanto por razones de higiene mental como de seguridad. El lado que les correspondía era el de los números: convertir moneda real en bitcoins y lanzarlos por un tobogán sembrado de agujeros y crisálidas donde el dinero se mantenía en perpetua metamorfosis. Su trabajo era el de transformar el hielo en agua, luego en vapor, volver a condensarlo, mandarlo de vuelta a la cubitera... Cambios de estado, de recipiente: ese era el mejor servicio que podían ofrecer, nada de firmas o documentos fraudulentos. Los clientes ya sabían demasiado sobre las viejas recetas, y por eso cada vez se mostraban más tentados por el método que ellos proponían. A todo el mundo le gustaba entregar su dinero sucio y que regresara transformado en vapor y dentro de un globo, ligero, sin malos olores. Micha simplemente les entregaba los códigos QR en un papelito. Un dibujito como un test de Rorschach para alienígenas. Allí estaba todo. Sin sangre ni mugre.

El chico se levantó y se desperezó. De nuevo evitó mirar al aspirador. No saludes a la cámara. Aunque se había acostumbrado, cuando lo pensaba le ponía de los nervios ese escrutinio constante. Salió a la cocina y regresó unos instantes después, sujetando una garrafa de zumo que había sacado de la nevera. Como todo lo que se consumía en casa, Micha lo había comprado en la tienda ecológica de abajo. Zumo aguado, musgoso, hipervitaminado. El chico odiaba aquellos mejunjes insípidos tanto como odiaba al dueño de la tienda, ese *hippy* cetrino que lo miraba por encima del hombro cada vez que le preguntaba si le había llegado alguna bebida que no supiera a alfalfa meada. ¿No se suponía que los gaditanos se caracterizaban por ser simpáticos? Le dio un trago a la garrafa de pie, en mitad de la jarapa. La cámara retrató su reacción de sobresalto en el momento en que oyó el ruido en la escalera. En un primer momento imaginó que se trataba de un vecino que subía a tender. Pero había algo raro en aquellos pasos, demasiada decisión. No era el caminar fatigado característico de quienes ascienden cargando un barreño repleto de ropa mojada. Para terminar de convencerlo de que ocurría algo fuera de lo común, los pasos se detuvieron al llegar al descansillo, a medio camino entre la puerta de su apartamento y la terraza. El misterioso vecino no salía a la azotea. El chico fijó entonces la mirada en su picaporte. De forma casi imperceptible, empezó a moverse. En un principio la pera giraba suavemente, pero en el momento en que el intruso se dio cuenta de que el piso estaba cerrado con doble pestillo, se volvió más violento.

Los músculos del cuello se le tensaron. De puntillas, se colocó tras el armario que quedaba junto a la puerta, confiando en que el extraño no lo descubriese nada más entrar y le concediera unos segundos para escabullirse escaleras abajo. Esperó inmóvil. Si no se trataba de un policía, deseó que quienes estuvieran vigilándolo reaccionaran rápido y acudieran en su ayuda. Por primera vez, los Mutantes de Vauxhall Cross lo vieron mirar directamente a la cámara de su robot aspiradora. Casi parecía estar llamándolos. Los agentes del MI6 siguen intentando digerir la escena que a continuación comenzó a desarrollarse ante sus ojos. El asesino Vyacheslav Sandu terminó de forzar la puerta y entró en el apartamento. Se había deshecho de la sudadera con la que fue visto en Gibraltar y vestía una camisa de manga corta que dejaba desnudos sus poderosos brazos, en contraste con la suavidad de los guantes de cuero negro que llevaba enfundados pese al calor.

Las esperanzas del chico se revelaron vanas. Nada más poner un pie en la casa, Sandu lo localizó detrás del armario. Aun así, intentó aprovechar que estaba cerca de la puerta para colarse por ella y correr escaleras abajo, pero Sandu lo interceptó y, con un empujón brutal, lo tiró al suelo. Las imágenes retratan la pelea de un niño contra un adulto, uno de esos espectáculos de lucha libre donde un coloso en bañador lanza por los aires a una pandilla de enanos que siempre regresan a por más golpes, evidenciando que aquello es un juego gimnástico y nadie está sufriendo realmente. Sin embargo, en esta ocasión no había ninguna coreografía para que los saltimbanquis se zafaran del dolor. El chico rebotaba de pared en pared, y la cámara de la aspiradora seguía muda su trayectoria, perdiéndolo de vista cada vez que salía del encuadre. Una de las veces que regresó rodando hasta su pies, el moldavo lo recogió y lo lanzó sobre la mesa, a la que se le quebró una pata por el impacto. El ordenador se deslizó sobre el tablero inclinado y cayó primero al suelo. El chico aterrizó a continuación sobre la computadora, terminando de destrozarla con el codo.

El moldavo avanzó hasta él con una repentina pereza, como si le diera lástima acabar con aquel ejercicio para combatir el estrés. En ese momento era un gato que no quería comerse el pajarillo moribundo que tenía entre las garras. Se agachó para agarrarlo por el tobillo con ambas manos y lo arrojó contra el muro. El chico se aferró a la jarapa, pero solo logró arrastrarla en su vuelo. También se llevó por delante una silla que se le clavó en el esternón al chocar contra el televisor. A duras penas consiguió incorporarse, gateó unos metros y se asomó a la ventana. Consiguió dar un primer grito de auxilio, pero la mano enguantada de Sandu se cerró sobre su boca, asfixiando cualquier protesta. Pronto quedó claro que su propósito no era limitarse a amordazarlo: la pinza sobre sus carrillos apretaba tanto que las muelas estuvieron a punto de saltársele de las encías.

Sandu usó la mano que le quedaba libre para agarrarlo por la nuca. Tomó impulso y estrelló la cabeza contra el poyete de la ventana. Repitió la acción las veces necesarias para abrirla como una uva. Sandu notaba cómo la lengua del *hacker* se revolvía contra el cuero que le cubría la palma como un topo desesperado por escapar de su madriguera. La saliva le chorreaba por las muñecas mezclada con la sangre.

Después de unos instantes, la lengua dejó de agitarse. El chico paró de bufar y patalear. Sus pulmones se vaciaron y el masetero cedió. Sandu lo dejó caer al suelo como un botijo quebrado.

A continuación se ocupó de arrasar el apartamento. Desde su atalaya en el interior de la aspiradora, en Vauxhall Cross lo vieron pulverizar lo que quedaba del ordenador y los discos duros. Son las últimas imágenes que se conservan de la carnicería, porque a continuación el asesino se dirigió hacia el robot y lo reventó de un pisotón.

Tras el fundido en negro, Sandu entró en la cocina, abrió el gas y cerró la puerta después de preparar en el frutero una pira de periódicos. En el salón siguió prendiendo fuego a revistas enrolladas y lanzándolas dentro de los armarios. Por último, regó la cama con alcohol y le lanzó un mechero.

El humo que salía por la ventana fue la señal que necesitaba Joseph para comprender que le esperaban pésimas noticias dentro del apartamento de Micha. Las volutas negras empezaban a atraer la atención de los viandantes de la calle San Pedro, que levantaban la vista olisqueando el aire. Joseph apretó el paso, entró en el portal de la tienda ecológica esquivando cajas de verduras de temporada y ofertas de superalimentos, y se lanzó a subir los escalones de tres en tres mientras se colocaba las llaves entre los nudillos emulando el puño americano que había prometido al comité ético del MI6 que dejaría de utilizar.

Al llegar al apartamento, encontró al moldavo en el trance de abrir la puerta para escapar del incendio que dejaba a sus espaldas. Sin darle tiempo a que reaccionara, Joseph pateó con todas sus fuerzas la hoja. El gigante recibió el golpe en mitad de la frente y retrocedió varios pasos. Joseph entró tras él en la habitación llena de humo. Sandu sangraba de una ceja y parecía desorientado. Joseph lo barrió lanzándole una patada a los tobillos. El asesino cayó, pero antes de tocar el suelo ya se echó la mano al cinto en busca del arma. Atento al movimiento, Joseph le golpeó en el cráneo con el puño claveteado de llaves, y el matón soltó un mugido.

El humo negro había invadido la habitación. Con

Sandu intentando recuperar el aliento, Joseph le colocó un pie sobre la garganta y se agachó para arrancarle la pistola. Logró cogerla, pero el moldavo tenía una resistencia prodigiosa. Con un zarpazo del que Joseph ya no esperaba que fuese capaz, lo agarró por el codo y usó el brazo libre para descargarle un puñetazo en los testículos. Joseph se desplomó como si le hubieran deshuesado las piernas. Una ola de dolor le subió desde el pubis hasta el cerebro. Solo tuvo tiempo de apretar el gatillo.

El tiro retumbó entre el humo como una salva en una batalla naval. En un movimiento instintivo, el moldavo le soltó el brazo y rodó sobre sí mismo alejándose del campo de tiro de Joseph. La bala se había estrellado contra el terrazo sin mayores consecuencias. Joseph conservaba la pistola, pero no era capaz de apuntar. Solo luchaba por volver a respirar, retorciéndose en el suelo, intentando que su cabeza no se venciese hacia la cama, envuelta en llamas de un metro de altura.

El moldavo se incorporó, listo para saltar sobre él, aunque no se atrevía a acercarse. Joseph intentaba levantar el arma, pero el dolor no le dejaba, y a cada intento el brazo volvía a doblársele. Para disimular su debilidad disparó hacia cualquier sitio. La medida surtió efecto, y el matón pegó un respingo. Joseph también retrocedió un paso, buscando el apoyo de la pared, pero Sandu se recompuso y aprovechó la pausa para arrojarse encima de él. Desde el otro lado de la cortina del dolor, Joseph entendió que si lograba aferrarlo con sus manazas, estaría perdido. Por eso escondió la cabeza entre los brazos, que extendió para amortiguar el choque con aquella mole. Sandu lo agarró por los hombros con un rugido, y en ese momento Joseph se lanzó hacia atrás con todas las fuerzas que consiguió reunir, arrastrando al moldavo hacia la ventana. El plan no habría funcionado si por el camino el asesino no hubiese tropezado contra el cadáver del *hacker*, que continuaba tumbado con la cabeza colgando en el vacío, igual que un borracho que intenta vomitar por la borda de un barco en llamas. Pero para su suerte, el moldavo chocó con el cuerpo del hombre al que acababa de matar, perdió el equilibrio y se convirtió en un peso muerto que Joseph consiguió dirigir hacia la ventana, convertido en una locomotora de ciento veinte kilos directa hacia el vacío. El alféizar quedaba a la altura de su muslo, lo cual favoreció el efecto de palanca. El matón salió por el vano, pero manteniendo los brazos entrelazados con los suyos, dispuesto a arrastrarlo en su caída hasta el patio interior de la casa. Las piernas de Joseph fueron lo único que quedó dentro de la habitación, como una última ancla que no debía permitir que pasase por la ventana. Sabía que si se asomaba por encima de la cintura, perdería el equilibrio y caería. Sus brazos y su torso ya estaban volcados en el exterior, y el moldavo los usaba como punto de apoyo para trepar por la pared, valiéndose de las rodillas y las punteras de los zapatos. Joseph era consciente de que no podría resistir en aquella postura más de unos segundos. Con un último esfuerzo para recuperar el control de las terminaciones nerviosas que le correspondían dentro de aquella maraña de extremidades propias y ajenas, su cerebro consiguió localizar el dedo índice de su mano derecha y le envió una orden. La falange obedeció, pulsó el gatillo y una bala abandonó la pistola para alojarse en una de las costillas del moldavo. Sandu rugió, mirándolo a los ojos con una rabia postrera, pero la ira no bastó para contener el espasmo muscular: sus manos se abrieron lo justo para que Joseph se desprendiera del brazo y el cuerpo terminase de caer.

Joseph no vio el momento en que tocó tierra. Estaba demasiado ocupado devolviendo su propio ser al interior de la casa. Sí oyó el ruido. El cuerpo retumbó contra el suelo con el estruendo que correspondía a su tamaño. Un trueno sobre el agua. Apoyado contra la pared, con el fuego de la cama arañándole las córneas, Joseph se concentró en respirar de nuevo.

El dolor en los testículos comenzaba a remitir, pero aún seguía palpitándole en la entrepierna. La pira que alimentaban la espuma y los muelles de la cama estaba crepitando, y el cadáver del chico comenzaba a humear a unos centímetros de él. Cuando más desesperada parecía la situación, por la ventana entraron unos acordes de guitarra. Con el horror del que escuchaba a los muertos llamándole, Joseph volvió a asomarse al patio. En un contraste que parecía imposible, se dio cuenta de que el aire allí fuera corría calmo. La música no provenía de ningún guitarrista japonés; llegaba de alguna casa cercana, junto con el ruido enlatado de un programa de cotilleos. Los vecinos comenzaban a asomarse solos o en parejas, alarmados por el fuego y el estrépito de la caída. Cuando los primeros miraron hacia abajo encontraron a Sandu ocupando el centro del patio. Los brazos y las piernas del gigante se mantenían flexionados en una especie de esvástica, como si la muerte lo hubiera sorprendido en mitad de una carrera. Ante el primer grito de espanto, Joseph se escabulló dentro de la casa. El aire ya era irrespirable. Lanzó la pistola de Sandu al centro de la hoguera, se cubrió la boca con el antebrazo y salió al descansillo. Sin detenerse un segundo abrió la puerta de la azotea. Bajo el cielo sin nubes, al fin pudo estallar en un ataque de tos.

Tuvo tiempo de avanzar solo unos pocos pasos antes de que la explosión de la cocina de Micha sacudiera el edificio. Joseph casi perdió el equilibrio a causa de la onda expansiva. Entonces comprendió que las opciones se le agotaban. Se asomó a la calle y verificó que ya habían acudido dos coches policiales, por lo que no podía bajar las escaleras y salir por la puerta fingiendo que no había ocurrido nada. Sin más alternativas a la vista, se aupó sobre un depósito de agua adosado a la tapia y saltó a la azotea contigua. Aterrizó en una casa más desvencijada que la de Micha, con los techos de uralita cubiertos de líquenes y las paredes peladas por el viento y la sal. No tenía tiempo de detenerse a hacer demasiadas indagaciones, así que la atravesó a paso ligero y se agarró con las dos manos a unas rejas anaranjadas por el óxido para repetir el salto y pasar a la siguiente terraza. Esta vez llegó a una azotea recién pintada, llena de plantas y hamacas. Una mujer que tendía la ropa al otro lado de la calle, con el pelo recogido en un moño y una bata rosa, le dio un alto.

—¡Eh, voy a llamar a la policía! —gritó, señalándolo acusadora.

Joseph no hizo caso. Buscó un macetero en el que tomar impulso y saltó otra azotea más. La vecina reaccionó asomándose a la calle y dando la voz de alarma:

—¡Policía, policía!

Joseph entonces modificó su trayectoria. Volvió a saltar a otra casa, pero esta vez no siguió una línea recta, paralela a la calle, sino que, con intención de trazar una ele que lo sacara del campo de visión de aquella delatora que se dedicaba a transmitir su posición a los agentes, se encaramó a un muro a su izquierda y pasó a un edificio de la misma manzana que le permitiera bajar luego a una calle perpendicular. Había supuesto que descender desde la azotea sería la parte fácil de la huida, pero al intentar abrir la puerta que daba a la escalera la encontró cerrada con llave. Maldijo a gritos y probó con la terraza siguiente, cada vez con menos energías para ejercicios gimnásticos, izándose a duras penas con la ayuda de un macetero que convirtió en escabel y cayendo del otro lado de la tapia como una babosa. Esta vez la puerta cedió sin problemas y Joseph descendió las escaleras todo lo rápido que pudo. Su principal problema era que había perdido por completo el sentido de la orientación y ya no sabía a qué calle estaba a punto de salir: solo esperaba no encontrarse frente a un coche patrulla.

XI

Al abrir el portal se topó con la calle desierta. Los transeúntes se habían concentrado en la esquina que quedaba quince metros a su derecha, donde la policía se afanaba por conseguir que los mirones abrieran paso a los bomberos y las ambulancias.

Joseph no tuvo más que girar hacia la izquierda para alejarse del cerco. A pesar de los golpes recibidos y la leve cojera que arrastraba, no tenía ninguna herida visible, así que nadie le prestó atención. Todas las conversaciones con las que se cruzaba trataban sobre la columna de humo que indicaba el lugar donde el fuego estaba obligando a evacuar una manzana entera. El punto débil de su plan de huida era que había tenido que abandonar el coche de Abraham dentro de la zona acordonada. De camino a la estación de autobuses, subiendo por la avenida del puerto, aprovechó para comprobar que el suyo seguía aparcado allí, con las ruedas deshinchadas desde hacía dos días, y pensó que era otro récord que debía apreciar en su justa medida: dos coches abandonados en Cádiz en menos de una semana.

Compró un billete para La Línea en los barracones prefabricados de la estación, que permanecía en obras desde hacía tantos años que ya nadie que no fuera el historiador oficial de la ciudad la recordaba de otra manera. Faltaba más de una hora para la salida, y luego tendría por delante un viaje de tres horas y media, deteniéndose casi en cada pueblo de la provincia. Esa lúgubre perspectiva se unió al agotamiento, que comenzaba a desanudarle los músculos. Joseph entendió que había consumido sus reservas. La entereza también comenzaba a resquebrajársele. No era fácil esperar el autobús como si no ocurriera nada después de haber matado a un hombre y oler cómo se asaban los sesos de otro.

En un último esfuerzo, cruzó la calle hasta el bar donde unos años atrás solían reunirse los estibadores y que ahora acogía a los turistas recién llegados a la ciudad. A lo largo del corto trayecto intentó convencerse de que en el momento en que se acodara sobre la barra pediría un refresco, pero era un mentiroso lamentable, incapaz de engañarse ni siquiera a sí mismo. Desde que vio la marquesina del bar y comenzó a caminar hacia ella, supo que solo conocía una salida para aquella situación. Por eso, tras encaramarse a la primera banqueta que encontró, Joseph reclamó la atención del camarero y le pidió una cerveza. No quiso mirar cómo se la servía. Prefirió mantener la vista clavada en el pie del grifo, distraída con el reflejo de sus párpados enrojecidos, los pliegues de la frente requemada, la barba rubia que asemejaba su piel a una castaña velluda. Luego deslizó los ojos sobre la barra como una bayeta tras el rastro de espuma y encontró la cerveza frente a él. Hasta entonces había pensado que, si algún día volvía a beber, sería un instante memorable, pero la realidad era que apenas sintió nada. El líquido bajó por la garganta y se fue. Igual que con el primer beso, el primer polvo o tantas cosas llamadas a ser trascendentes en la vida y que a la hora de la verdad la cruzan en un segundo, la primera cerveza tras años de abstinencia se pareció demasiado al agua. Sin embargo, Joseph ya no tenía tiempo para seguir anotando decepciones en su lista, así que pidió otra. Intentó saborearla, y tampoco lo consiguió. Únicamente cuando dejó la copa vacía sobre la barra sintió una ligera conmoción, que atribuyó a que el alcohol de la primera había llegado hasta su sangre. Pronto estaría de nuevo en su hígado, dentro de su cerebro y su corazón, regando sus huesos y rellenando sus lacrimales secos. Pidió una tercera.

Alzó la vista hasta el televisor anclado en la pared. Desde allí lo escrutaba una mujer que le resultaba familiar, unos ojos violeta que inoculaban un sentimiento de urgencia que la cerveza no podía ahogar del todo. Tras unos segundos, la reconoció como la presentadora de uno de aquellos programas de reportajes de actualidad.

En el bar había mucho ruido y costaba entender lo que contaba la periodista desde su plató de Madrid, un escenario no muy distinto a las barracas prefabricadas de la estación. Desde allí continuaban llegando turistas con maletas para preguntar por el lavabo. Los taxistas discutían sobre la última alineación del Cádiz, y el grifo con vapor para calentar la leche del café silbaba por encima de todos para terminar de hacer el discurso de la presentadora ininteligible. Fijándose en la perfección con que sus labios articulaban cada palabra se podía intuir que estaba dando paso a uno de los reporteros que el programa enviaba por todo el país para documentar las realidades más extremas, en este caso un *rally* con criminales en la capital del narcotráfico ibérico. En cuanto la cámara enfocó la calle, Joseph reconoció La Línea de la Concepción. Para celebrarlo pidió la última cerveza.

El reportero sustituyó a la presentadora como la cabeza parlante encargada de conducir el relato. Gracias a unos ofensivos subtítulos que corregían la pronunciación de los vecinos de La Línea, Joseph pudo entender que el hombre se dedicaba a preguntar a ciudadanos anónimos si tenían amigos narcotraficantes, si ellos mismos vendían drogas o si percibían un clima de inseguridad en su barrio. Mientras los entrevistados exponían su visión de la jugada, Joseph no dejaba de estudiar al periodista. Algo en él le resultaba familiar de una forma más corpórea que la familiaridad catódica que transmitía la presentadora. Las cervezas habían cumplido su cometido, y al fin se sentía lo suficientemente relajado como para pensar en cosas sin importancia. Si hacía un esfuerzo por no ponerles rostro, incluso los muertos del día se ordenaban como un tenue ruido de fondo sobre el que podía continuar discurriendo la existencia. Joseph entrecerraba los ojos para concentrarse en los gestos del reportero, pero fueron sus enormes gafas las que le hicieron caer en quién era. Se trataba del periodista que había visto en el Caballo Negro sufriendo las humillaciones de los jóvenes narcos de San Roque. Aquel era el reportaje que estaba preparando cuando se conocieron, y por eso podía verlo en pantalla con el gesto relajado de quien ha culminado su propósito.

El componente aventurero del programa se disparaba cuando el periodista terminaba la ronda de preguntas y se lanzaba a protagonizar unas escenas de acción a bordo de una lancha en el Estrecho. No se trataba de una de las embarcaciones semirrígidas que usaban los narcos, sino una fueraborda cualquiera, así que Joseph dedujo que debía de haber convencido a un pescador de que se alejase de la costa para luego volver a acercase y ficcionar un desembarco de droga. Teniendo en cuenta cuánto le había visto luchar para conseguir esa secuencia, no fue capaz de juzgarlo con crueldad.

Seguidamente, la acción daba un salto al otro lado del Estrecho. El interludio marroquí le concedía al periodista la oportunidad de caminar por una medina mirando a cámara antes de dar con una casa llena de hachís. En ese momento se inclinaba sobre los fardos y estudiaba en su mano una pastilla de droga, emulando el viejo anuncio de un aventurero cafetero que se internaba en la selva persiguiendo el mejor grano para sus clientes europeos. Con el siguiente plano el reportero regresaba a España sentado en la proa de una lancha policial charlando con los agentes. Había descubierto la fuente de la droga, y ahora podía permitir que el viento lo despeinara. La atención de Joseph decaía por momentos y comenzó a vigilar el reloj para que el autobús al Campo de Gibraltar no se le escapase. Hasta que, durante la entrevista que cerraba el programa, reconoció a alguien más. El periodista hablaba con un narcotraficante que daba la espalda a cámara. Los rótulos anunciaban que se trataba de un peligroso capo local, pero Joseph distinguió de inmediato los contornos del Alambrito, hablando de vuelcos y guerras entre bandas que rivalizaban por el negocio. El reportaje terminaba entonces de forma anticlimática, con unos planos de las calles comerciales de La Línea que pretendían recordar que, sin crimen o con crimen, la vida de los ciudadanos siempre seguía más o menos igual. La siguiente imagen correspondía al reportero en el plató del programa, de vuelta a Madrid tras sus hazañas periféricas, dispuesto a responder a las preguntas de la presentadora de mirada violeta, aunque Joseph ya no le prestase atención. Solo pensaba.

Se acercaba la hora de salida del bus. Pagó las cinco cervezas y sacó el teléfono. Notó la pérdida de agilidad en los dedos y se felicitó por ello, porque esa mutilación era precisamente lo que convertía al alcohol en algo interesante.

Escribió un mensaje y recibió la respuesta al instante. A partir de ese momento comenzó un intercambio que se prolongó mientras salía a la calle y se acercaba al primer cajero automático. Extrajo su límite, mil euros, esta vez sin consultar con McPhail.

Llegó a la estación, donde su autobús resoplaba furioso, esperando el permiso para salir. Mientras subía por las escaleras, envió el último mensaje: ME ACABO DE MONTAR EN EL COCHE. PASO POR ALGECIRAS A LAS 16.15.

Joseph pidió que se apartara al adolescente con auriculares que ocupaba la plaza del pasillo y se sentó en la butaca de la ventanilla. El efecto conjunto de las cervezas y el bamboleo del autocar lo llevaron a apoyar la cabeza contra el cristal. Lo encontró caliente por el sol. La sensación no era placentera, pero tampoco enteramente desagradable. La ventana repiqueteaba contra su cráneo. La cortinilla se columpiaba en las curvas y le hacía cosquillas en la nariz, obligándolo a rascarse a zarpazos, como un oso pringado de miel.

Apenas durmió, pero la anestesia lo transportó en un confuso duermevela por toda la provincia. Poco después de las cuatro de la tarde el autobús se detuvo en Algeciras. Los viajeros comenzaron a subir y Joseph se dio cuenta de que el asiento contiguo había quedado libre después de que el adolescente se bajara en una parada anterior. Cuando se incorporó para observar desde el pasillo la cola que se había formado en la calle, sintió náuseas y el leve dolor de cabeza que dejaba la deshidratación. Sabía que la mejor forma de frenar el malestar sería otra cerveza. En el bar frente al que estaban detenidos quizás le diese tiempo de tomar una rápida. En el último momento se dio cuenta de lo complicada que resultaría la operación, se contuvo y regresó a su asiento. La cola de viajeros se había trasladado al interior del autocar a medida que estos iban subiendo. Una señora mayor intentó sentarse a su lado, pero Joseph reaccionó cubriendo la butaca vacía con una mano.

—Está ocupada —dijo.

La mujer lo miró con indignación, pero siguió hacia los asientos del final tras decidir que prefería dejar pasar la ofensa que compartir viaje con un trastornado. Mientras tanto, la cola continuaba descongestionándose. Al final de ella, con una gorra encasquetada hasta los ojos y una riñonera colgada al hombro, Joseph reconoció el frágil esqueleto del Alambrito, que acudía a su cita.

El chico mantenía la vista en el suelo, arrastrando los pies mientras se iba agarrando a la cabecera de los asientos como un simio que avanza de rama en rama. Caminaba sin buscar una plaza libre, parecía que con la única intención de recorrer el autobús de cabo a rabo. Hasta que, en el momento en que pasó a su lado, Joseph alargó la mano y le dio un golpecito en el antebrazo. El Alambrito entendió la señal y se deslizó en la butaca. Cada uno siguió mirando hacia un lado: Joseph por la ventanilla y el chico sus rodillas juntas, del tamaño de dos almejas.

No hablaron hasta que el autobús hubo cerrado las puertas y arrancó. Entonces, en lugar de preguntar, Joseph se limitó a sacar el dinero que había extraído del cajero de Cádiz y lo dejó en el espacio libre entre los dos. El Alambrito lo contó casi sin mirarlo y se lo guardó en la riñonera.

—Te he visto en la tele hace un rato —dijo Joseph.

—¿Qué dices? —Dio un respingo—. Me juraron que no se me iba a reconocer.

—En estas historias, el que te tiene que reconocer te reconoce.

El Alambrito se quedó en silencio, quizás admitiendo que tenía razón. Luego abrió la mano y dejó ver un papelito humedecido por el sudor. Le echó un último vistazo, preguntándose si estaba bien lo que hacía, y lo dejó sobre el muslo de Joseph. Este lo recogió y, tras leerlo, quiso asegurarse:

—¿Aquí se esconde el Loren?

El Alambrito se sobresaltó por segunda vez en los cinco minutos que llevaban de viaje, se llevó la mano a los labios y chistó, dándole a entender que nadie debía oírles pronunciar aquel nombre.

Joseph asumió aquella reacción como el más sincero de los síes y no volvió a preguntar. El Alambrito se parapetó tras la visera, hasta que al final se decidió a soltar lo que llevaba tiempo rumiando:

—No quiero que lo maten. Prefiero que lo cojas tú.

—¿Por qué te importa eso? —preguntó Joseph.

El chico se encogió de hombros.

—Aquí todos nos conocemos, como tú y como yo. El Loren es medio familia de mi madre, pero sobre todo se portó bien conmigo. Por eso no quise ser yo quien hablara de él el otro día y te traje a la piba de los Montoya. —El chico sacudió la cabeza para terminar de convencerse—. El Loren se ha portado bien con mucha peña, pero la cagó cuando le tocó llevar el negocio, y las cosas no pueden seguir así.

Joseph asentía en silencio, mirando por la ventanilla.

—No puedes ir de esa forma contra la gente. No está bien lo que ha hecho, y en el Campo no se puede quedar. Así que cógelo y llévatelo adonde sea —concluyó el Alambrito.

No volvieron a hablar. El autobús llegó muy rápido a la siguiente estación, San Roque. El Alambrito se levantó y se marchó tambaleándose por la cuerda de funambulista del pasillo. En cuanto Joseph se encontró solo, memorizó las indicaciones del papel, se descalzó y lo guardó bajo la plantilla del mocasín.

No tuvo tiempo de mucho más antes de llegar al final del trayecto, La Línea de la Concepción.

Los pasajeros descendieron como se descendía siempre allí: en un silencio meditabundo, no muy seguros de que les apeteciera llegar a su destino.

De pie sobre la dársena, Joseph hizo unos cuantos estiramientos de columna antes de ponerse en marcha. Tenía tan automatizado el camino hasta la Verja que en un segundo se encontró frente a la mole rocosa, coronada con su boina de niebla. Mantuvo los ojos fijos en aquel tocado de algodón sucio mientras avanzaba hacia la frontera a pasitos tan cortos que casi no sentía que se estuviera moviendo. En los días malos, el piloto automático era una excelente forma de blindarse contra lo que no quería ver, y aquella tarde no le apetecía encontrarse con las calles con las papeleras arrancadas, los gorrillas en los aparcamientos ni los yonquis incapaces de mostrarse serviles por la moneda que necesitaban. Tampoco quería ver los bares en los que de repente volvían a servirle cerveza a un tipo como él, ni quería tropezarse con el monumento al trabajador linense en Gibraltar. Solo deseaba regresar a su casa, entregarle a McPhail la dirección del Loren y sentarse a esperar que el mundo se olvidara de él.

Para su desgracia, aquel tampoco iba a ser el día en que se cumpliesen los planes de Joseph Sanchez. En cuanto encaró la recta que llevaba hacia la Verja, sintió una mano que lo levantaba por la axila.

Joseph apartó los ojos de la Roca con un suspiro, se giró y encontró la cara de Hairy Frank, abotargada por los golpes que le propinó durante la última noche en Sotogrande.

Su impulso inmediato fue empujarlo y salir corriendo. La frontera estaba solo a unos metros, y sabía que Frank no podía ponerse a forcejear con él delante de la policía. Pero antes de que hubiera tenido tiempo de intentarlo, el matón se abrió la chaqueta y le mostró la pistola con una determinación que le bastó para entender que estaba dispuesto a utilizarla. Sus motivaciones no eran únicamente personales. Los Sheriff se jugaban demasiado llegados a aquel punto de la operación, y su mano derecha no iba a fallarles, sobre todo sabiendo que tendría a su disposición un equipo legal de primera categoría.

—Take it easy, Joe —murmuró Hairy.

Joseph no respondió y se limitó a seguirlo hasta el coche que había dejado en el aparcamiento de Santa Bárbara.

Se subieron en él y salieron de La Línea en dirección a la sierra de Grazalema. El guardaespaldas conducía con suma concentración, agarrando el volante con las dos manos para que nadie pudiese forzarlo a una maniobra que lo sacase de aquella carretera que trepaba entre pinsapos. La rigidez de su mandíbula demostraba que no se sentía cómodo con Joseph al lado; quizá por eso pisaba el acelerador más de lo prudente, recortando el tiempo necesario para llegar a su destino.

Ese destino era una venta de las decenas que pueblan la sierra. Joseph ni siquiera la reconoció cuando se detuvieron frente a ella. Antes de entrar, el guardaespaldas lo cacheó y le requisó el teléfono. Luego pasaron al comedor, una estancia a la que los acabados en madera le aportaban un aspecto rústico, con dos ventiladores de aspas en el techo que removían un agradable frescor.

El salón estaba cerrado solo para ellos. Ni siquiera había camareros. Hairy Frank lo invitó a sentarse en una mesa con mantel de papel preparada para dos comensales, pero antes de que ocupara su sitio retiró los cuchillos. Por la ventana oyeron cómo un coche maniobraba para aparcar, moliendo con sus neumáticos los guijarros del suelo.

El guardaespaldas salió por la puerta situada al otro extremo del salón. Joseph dedujo que se dirigía a buscar al viejo Sheriff, por eso no pudo evitar incorporarse de la sorpresa cuando vio que la primera en entrar en el comedor era Ibtisam, seguida por el guardaespaldas y el Cocodrilo.

Ibtisam evitó mirarlo. Se dirigió a una silla pegada a

la pared, lo más lejos posible de él, con cara de fastidio y las manos sobre el regazo. Hairy Frank se apostó junto a ella para vigilar los movimientos que pudiera hacer Joseph. El único en acercarse hasta su mesa fue el viejo Sheriff.

Desconcertado por la presencia de Ibtisam, Joseph no fue capaz de contenerse y gritó, apuntando al abogado:

—¡Deja a la chica porque os mato a todos!

El Cocodrilo se detuvo a una distancia prudencial y levantó las palmas exigiendo una actitud más caballeresca.

—Parece mentira, Joseph. You know that I always prefer el método más civilizado. Miss Barred nos acompaña por voluntad propia para arreglar lo que tenemos pendiente. Luego se irá adonde ella quiera. And now, sit down, please. —Le señaló la silla de la que acababa de levantarse.

Al tiempo que tomaban posiciones el uno frente al otro, el viejo dejó en el mantel un gran sobre acolchado.

—Frank te ha quitado tu mobile because we don't want you to record this meeting. Somos gentlemen, pero aquí hay que tener un cuidado que no veas. A cambio te devuelvo este otro mobile que perdiste hace unos días. Y una cosa más —dijo, cambiando de idioma—. Ya hay demasiada gente que ha tenido acceso a aspectos confidenciales de nuestros negocios, así que lo mejor para todos es que hablemos en inglés y Miss Barred no se entere de nada más. Y cuando digo lo mejor para todos quiero decir especialmente para ella. —Le guiñó el ojo.

Joseph no respondió. Rasgó el sobre y encontró dentro su cartera y el teléfono que le había robado el Fali. Al reconocerlos, sintió un pellizco en su orgullo. Dylan Sheriff se percató y sus párpados temblaron de satisfacción.

—Cuando me diste la pista de Micha no lo hiciste para que lo detuviera el MI6, ¿verdad? —preguntó Joseph—. Lo que querías es que él no llegara a testificar. Yo era el aviso que le mandabas para que supiera que tenía que desmontar el negocio y marcharse.

Sheriff recurrió a la falsa modestia:

—Tampoco somos tan maquiavélicos. Esto no es una novela. Aquí tiramos los dados y puede salir una cosa u otra, pero sí que es cierto que calculamos que esa jugada de enviarte a ti, de una forma u otra, tenía muchas probabilidades de resultar productiva para nuestros intereses.

—Y, por si no salía, mandasteis al Fali para que me robase lo que me llevara de casa de Micha.

—Bueno, a eso me refería con que no somos capaces de preverlo todo. Nosotros no sabíamos que ibas a encontrar los códigos QR. Fue un golpe de suerte del que nos enteramos al abrir tu cartera. Contratamos al Fali para que te mantuviera sobre la pista de

Miss Barred —señaló con un movimiento de cabeza a Ibtisam—, pero él estuvo dispuesto a llegar más lejos. —El Cocodrilo se encogió de hombros—. Una decisión suya, porque yo hay cosas que nunca le pediría a un colaborador.

—Una decisión suya, pero al final todo terminó saliendo de la forma más beneficiosa para ti. Qué casualidad. Vosotros no podíais entrar en casa de Micha porque estaríais empezando una guerra contra los moldavos, pero un subnormal que trabaja para el Gobierno sí que podía haceros el trabajo sucio.

El Cocodrilo sonrió, y las arrugas de su cara se plegaron en un mapa en relieve del fondo del océano:

—Nos sobrestimas. Me gusta que me consideren previsor, pero no llego tan lejos. Son cosas que van saliendo solas.

—No os sobrestimo. Después de robarme, vosotros mismos avisasteis a los Proca. Teniendo las copias de sus códigos QR, no os costó convencerlos de que Micha ya no era de fiar y necesitaban cargárselo, y de paso, al agente británico que estaba buscándolos; pero el pistolero de los Proca se equivocó y disparó a otro en vez de a mí.

El viejo Sheriff esquivó la acusación:

—Eso ya son palabras mayores. Pero sí te diré que este es un mundo pequeño, y estamos en tiempos turbulentos. Hay que saber cuándo es necesario mandar un mensaje a la competencia.

—¿A cuánta gente habéis matado para mandar mensajes?

El Cocodrilo se revolvió ante el ataque:

—A la misma gente que tú. —Silbó entre dientes—. Ni más ni menos. No hay nadie en esta historia que no haya pasado por tus manos antes de acabar muerto. Tú verás qué has hecho para que las cosas salgan así.

Joseph acusó el golpe. El Cocodrilo aprovechó el momento de duda para continuar desgranando el trato que quería cerrar aquella tarde:

—Danos la dirección donde se esconde Lorenzo Cruz y estamos en paz.

Joseph se rascó la sien, consciente de que tendría muy poco tiempo para resolver el dilema que le estaban planteando. Nunca había visto al Loren. Tampoco tenía demasiada imaginación ni se había parado a reconstruir sus rasgos o averiguar alguna característica personal que lo convirtiese en algo más que un criminal genérico al que necesitaba encontrar para dar el siguiente paso en su investigación. Intentó hacer el esfuerzo por primera vez. Sabía que era gitano y con unos kilos de más. También que tenía mujer e hijos, y que unas cuantas familias vivían de sus trapicheos. El Alambrito le había asegurado que durante mucho tiempo se portó bien con la gente del Campo de Gibraltar, y no tenía motivos para dudar de que fuese cierto. Por último, sabía que si le entregaba a los Sheriff la dirección que guardaba en su zapato ya nunca tendría la oportunidad de preguntárselo al Loren en persona. Como mucho, quizás volviese a ver su foto en un periódico el día en que encontraran su cadáver. Joseph trató de averiguar cuánto le importaba eso, que matasen a un hombre y que él fuera en parte responsable de ello, también de traicionar la confianza del Alambrito, o de contribuir un poco a que las cosas siguieran siendo un asco.

El Sheriff cortó el hilo de sus pensamientos acercando la cabeza hasta la suya. Le habló en susurros, fingiendo una familiaridad que era solo otra forma de burlarse de él:

—Joseph, quiero que tengas en cuenta que la señorita no ha venido a verte por voluntad propia. De hecho, no le apetecía demasiado este encuentro. Yo le he pagado una cierta cantidad para que me acompañe hasta aquí, porque ese es su trabajo: acompañar a gente. Ella y yo hemos pactado que, si tú me ayudas, yo le pagaré otra cantidad para que os quedéis aquí los dos un ratito y habléis de lo que os parezca. Y si no me ayudas, le pagaré una cantidad incluso más generosa para que desaparezca y no vuelva a ponerse nunca en contacto contigo. ¿Sabes lo que te digo? En realidad, tengo la impresión de que ella haría gratis lo de perderte de vista, pero le voy a pagar para que esté incluso más motivada, y voy a hacer todos los esfuerzos necesarios para asegurarme de que no vuelvas a encontrarla en tu vida. ¿Me entiendes?

Joseph no respondió. Buscó la mirada de Hairy Frank por encima de la calva del Cocodrilo y, cuando estuvo seguro de haber captado su atención, levantó los brazos para transmitirle que no tenía la intención de hacerle nada a su jefe. Tras el aviso, se descalzó sacando un mocasín con ayuda del otro y se agachó a recoger el papelito que guardaba debajo de la plantilla. Lo puso frente a Sheriff, que lo contempló con una sonrisa torcida antes de desplegarlo y leer su contenido. Pareció satisfecho con él.

—Pues ya estamos —dijo.

Dando la negociación por concluida, el viejo se puso de pie y le indicó a Ibtisam que se acercara a la mesa. Cuando la tuvo junto a él, la agarró por la cintura, empujándola suavemente hacia la silla para hacerle entender que no le quedaba la opción de negarse.

—No hay que tomarse las cosas tan a chest. —Guiñó un ojo el Cocodrilo, de vuelta a su spanglish gibraltareño—. Ya hemos avisado para que vengan a por ti cuando terminéis. Hasta entonces tenéis un ratito. Enjoy it.

El viejo se retiró tarareando. La misma persona que se había ocupado de conducirlo hasta la venta debía de estar esperándolo en su coche, porque Hairy Frank se quedó en el comedor con Joseph e Ibtisam, manteniendo la mirada clavada en el fondo de la sala como si su ensimismamiento bastase para hacer la conversación más distendida. Previsiblemente no fue así, y empezó de la forma más incómoda posible. Ninguno de los dos supo qué decir, hasta que Joseph dio el primer paso:

—¿Qué tal tu niño, Roger?

Ibtisam se mostró descolocada por la pregunta. Pese a su voluntad de mantenerse impenetrable, se le escapó una sonrisa fugaz.

—Muy guapo. Más guapo que su padre. Ese ya sabes quién es, ¿no? —contestó, dejando claro que no estaba dispuesta a hacer concesiones.

Joseph sintió la primera puñalada de las muchas que sabía que estaban por llegar.

—Sí, claro. Lo siento, de verdad.

Ibtisam no pareció escucharle.

—Mi tío me dejó preñada después de que me obligases a volver con él.

—Yo no te obligué.

—Me tuve que ir de tu casa.

—No sabes cuánto me duele que las cosas salieran así.

—Yo no quería que mi tío le pusiese las manos encima al niño.

—Lo entiendo.

—No lo entiendes —rugió Ibtisam—. No sabes cómo te hace sentir eso, que alguien dependa de ti y no poder protegerlo. Fue culpa tuya. Todo lo que me pasó desde que te conocí fue culpa tuya. Me obligaste a denunciar a mi tío. «Es un violador, hay que meterlo en la cárcel», decías; tú eras el policía y me prometías que me ibas a ayudar, pero luego tuve que volver con él porque no me protegiste. Ni a mí ni a mi hermano. A él lo mataron, y yo me quedé embarazada. Esos meses fueron horribles: me pegaba, me hacía de todo...

—Ibtisam... —Cerró los ojos Joseph.

—No. —Lo agarró ella por la muñeca—. ¿No estabas buscándome? Pues ahora tienes que escuchar.

Los dos se quedaron en silencio. Las palas del ventilador habían aumentado la velocidad de rotación y se bamboleaban tanto que parecían a punto de desprenderse sobre ellos. Ibtisam le soltó la mano, respiró profundamente y retomó la palabra más calmada.

—¿Por qué me hiciste eso? Me prometiste un montón de cosas, me llevaste a vivir con tu mujer, me dijiste que me ibas a ayudar, y luego me abandonaste. Nos abandonaste a las dos, a Marcy y a mí. A mi hermano lo dejaste directamente en la calle. No era un chico fácil, pero después de eso quedó condenado. Sé que Nabil tenía una influencia extraña sobre ti, y que preferías mantenerlo lejos. —Ibtisam bajó la cabeza—. No puedo culparte: él hizo siempre lo mismo conmigo. Por eso entiendo que actuases así con él, ¿pero conmigo? ¿Por qué me obligaste a denunciar a mi tío y luego me dejaste tirada? —dijo, levantando los ojos negros de la mesa para clavarlos en Joseph.

—Ibtisam, yo estaba mal, bebía mucho...

La mujer lo detuvo, dejándole claro que no había terminado.

—Al principio te odiaba, pero después de tener a Roger he cambiado. Ahora me das pena. Con el niño he aprendido. Querer a alguien, tener hijos, te deja en carne viva. A un niño le puede pasar de todo, y tú vives sabiendo que en cualquier momento puedes llevarte el disgusto de tu vida, y así te vas dando cuenta de los disgustos que has causado tú misma. Por eso pienso que un hombre como tú, Joseph, que has vivido tanto, es muy consciente del daño que ha causado, y que lo debes pasar mal.

Joseph no pudo aguantar los ojos de la marroquí y desvió los suyos hacia el mantel. Sin darse cuenta lo había ido desgarrando con las uñas.

—A lo mejor tenías buenas intenciones —siguió la chica— pero, todos sabíamos que el que va contigo acaba mal. Mira a Marcy, ella te quería, y tú nada más que le metías trolas. Se pasaba el día en casa, tomando pastillas, y tú te ibas por ahí —levantó Ibtisam la mano con desprecio—, a pasártelo bien.

—¿Crees que tampoco me siento mal por lo que ocurrió con Marcy? —carraspeó Joseph.

—Eso espero, porque ella se mató por tu culpa.

—Lo sé. Y cada día pienso en cómo la traté, pero ya no tiene arreglo. Contigo sí puedo cambiar las cosas.

Ibtisam rio orgullosa.

—No vengas a limpiar tu conciencia conmigo. Llegas tarde. ¿Te contó el Fali a qué me dedico?

—Me contó cosas de ti, que vives en Málaga...

—¿Te dijo que soy puta?

Joseph se detuvo, asqueado por la violencia de las palabras.

—No hablamos de eso.

—Pues es verdad: soy puta —dijo Ibtisam, irguiéndose contra el respaldo de la silla—. Pero tú ya lo sabías, aunque no te lo dijera.

Unos segundos de silencio siguieron a la declaración. Las palas del ventilador reunían sobre ellos las nubes suficientes para provocar una tormenta.

—Ibtisam —retomó Joseph—. Me da igual qué hagas.

—A mí sí que me da igual lo que pienses.

Joseph intentó llevar la conversación a un territorio conciliador:

—No voy a juzgarte. Al revés: soy yo quien tiene que darte explicaciones.

—¿Y por eso has encargado a estos que me traigan aquí? —Señaló Ibtisam a Hairy Frank.

—Yo no he encargado nada. Fui haciendo preguntas y ellos se enteraron de que te buscaba. Prefería que no se hubieran metido por medio. Son gente que se dedica a eso, a chantajear, a manipular las cosas a su favor. Creo que son los que me llevaron hacia Samira, y también conocían al Fali.

—Los que faltaban en la historia. —Suspiró Ibtisam—. Desde que Nabil y yo nos fuimos de Marruecos no he tenido mucha suerte con la gente, la verdad. Primero mi tío, luego tú, Samira, el Fali... Cualquiera de esos dos me habrá vendido. Samira fue mi amiga, pero me mandó con su primo Yusef, que me trataba fatal, igual que el Fali. Me explotaban en el puesto ese, pero lo peor es que andaban siempre con trapis. Al principio, pescado que no estaba fresco; después me enteré de que usaban los camiones para esconder hachís. Y me escapé cuando se metió en un lío chungo con un socio al que quería timar.

—Mala gente, sí —tragó Joseph.

—¿Qué te pasó a ti con él?

—Nada importante.

—Ya me imagino. —Puso Ibtisam cara de disgusto—. Le gustan las mismas cosas que a ti. Sobre todo cuando bebes.

Joseph abrió la boca para decirle que ya no bebía. Era una de las cosas que había soñado con contarle el día en que se reencontraran, pero entonces recordó su visita al bar de hacía unas horas y tuvo miedo de que ella hubiera olido la cerveza en su aliento. Por eso desvió la cabeza antes de volver a preguntar:

—¿Y qué planes tienes?

—Ahora me organizo como quiero. Tengo mis clientes. A veces me pagan solo por acompañarlos a fiestas; a veces, por otras cosas.

—¿Eso es lo que quieres de verdad?

—Las cosas no son siempre como quieres. —Sonrió con tristeza.

Joseph sabía que esa era una lección útil, pero no se aprendía sin un precio. A Ibtisam le había tocado pagarlo, y por eso se había convertido en una persona diferente. Ella sobreactuaba para escenificarlo, pero Joseph se había dado cuenta de que el cambio era real, porque podía leerlo en su boca torcida en una expresión de eterno disgusto. La boca de Ibtisam antes no era así. Los labios que estaba viendo ya no parecían capaces de sonreír sin sarcasmo. Joseph había sido testigo de aquella transformación en demasiadas personas, pero resultaba dolorosa cuando se descubría en un ser querido. Al mirar a alguien, incluso muchos años después de haberlo visto por primera vez, se seguía reconociendo en él a la persona que un día fue; hasta que llegaba el momento en que tocaba asumir que ese ser había desaparecido, sepultado por el tiempo y la desilusión, y no siempre era posible convivir con el «yo» que llegaba a sustituirlo. En contados casos de ceguera, esa imagen idílica se mantenía para siempre, como los padres de un asesino que continúan encontrando un niño inocente donde los demás ven un criminal; pero lo más frecuente era que el sortilegio acabe rompiéndose y la vida se reduzca a un continuo funeral por los amigos que han dejado de ser los que fueron y se convierten en desconocidos.

Ese había sido el destino de la luminosa Ibtisam. Joseph entendió con melancolía que aquella niña se había unido al batallón de los heridos por la vida, aquellos que caminan hasta el final de sus días arrastrando los pies, sin apetito ni estrella que los guíe. Pese a todo, ahora menos que nunca podía desentenderse de ella, porque sabía que gran parte de las heridas que ahora la vestían eran responsabilidad suya.

Ajena a aquellas reflexiones, Ibtisam continuó castigándolo:

—Pero puedes dar gracias. Si estoy aquí es porque soy puta. Los abogados me han contratado como me puede contratar cualquiera. Si no, no hubiera venido a verte. Ya te he dicho que me pareces triste. No estoy enfadada. Es solo que verte… es triste.

—Entiendo que estés rabiosa, pero sabes que lo que estás haciendo no te lleva a ningún lado —insistió Joseph—. Tu hijo, Roger... ¿Cuántos hijos de prostitutas conoces que sean felices?

—¿Y qué quieres que haga si dejo la calle? —Soltó una carcajada que no era una risa.

—Tenía una propuesta que hacerte —improvisó Joseph—. Hay una señora a la que puedes cuidar. Se llama Angela y es una mujer increíble que vive en Gibraltar. Es amiga mía. Tiene una casa preciosa, con jardín y muchas habitaciones libres. Roger y tú podríais instalaros con ella mientras vas buscando otra cosa que te guste más.

—¿Vuelves a pedirme que me ocupe de la mierda que vas dejando? —Sonrió despectiva.

Hairy Frank tomó aire y los avisó de que el tiempo se acababa:

—Están a punto de llegar a recogerte, Joseph —anunció enigmático.

Joseph lo miró con la desesperación con que se vigila el reloj de la clase cinco minutos antes de que concluya el tiempo del examen.

—Te lo digo en serio, Ibtisam —repitió—. Vente a Gibraltar. Tendrás trabajo, casa... Y no tienes que hablar conmigo si no quieres.

—No cuentes conmigo. —Dio carpetazo a la propuesta.

Acto seguido, se puso de pie.

—¿Volveremos a vernos? —intentó alargar la despedida Joseph.

La chica meditó la respuesta.

—No lo sé —dijo con un suspiro.

Joseph arrancó la última esquina del mantel.

—Dame un boli. Voy a apuntarte mi móvil —dijo—. ¿Tienes un boli? —le repitió acelerado a Hairy Frank.

Ibtisam lo apaciguó con un gesto.

—Déjalo. Si quiero encontrarte, te encontraré.

Luego le dio la espalda y se marchó, exagerando su contoneo con una teatralidad que Joseph entendió que iba destinada a marcar esa diferencia mortificante entre la niña que fue y la mujer en la que se había convertido.

Hairy Frank se despidió de Joseph con una pequeña reverencia, quizá de reconciliación, y salió del comedor tras la chica, dejándolo bajo las palas del ventilador. Después de unos segundos rumiando lo ocurrido en medio de aquella soledad sobrenatural, se levantó con la certeza de que ya no le quedaban noticias peores por recibir.

Abrió la puerta de la venta con un empujón y salió al aire libre. La carretera y el bosque estaban igual de vacíos que el salón de comidas. No le parecía que quedarse allí a esperar la sorpresa que le enviaban los Sheriff fuera lo más inteligente, pero tampoco se veía capaz de ninguna alternativa. Se sentó en un banco y de inmediato lo cubrió una manta de moscas que se dedicaban a lamerle la cara mientras mantenía la vista sobre las curvas del camino. Así permaneció hasta que de un cambio de rasante surgió un automóvil, redujo la velocidad y se detuvo junto a él.

Tina McPhail bajó la ventanilla, pero no dijo nada. Simplemente esperó a que Joseph se levantara y entrase en el coche. Llevaba gafas de sol y una camiseta raída del *One step beyond* de Madness, la única canción de la que Joseph se sabía la letra completa. Pensó que probablemente esa fuera la misma ropa con que su jefa había dormido aquella noche, e imaginó que tampoco estaban siendo unos días fáciles para ella.

Sin apenas dejarle que se atara el cinturón, McPhail arrancó. Durante varios kilómetros siguió con la boca sellada. Esperó a que se hubieran cargado de silencio antes de murmurar llena de amargura:

—No sé ni por dónde empezar. ¿Qué hacías aquí? ¿Quién es la persona que me ha escrito para que venga a buscarte?

—No lo sé. ¿Quiénes te han dicho que eran? —respondió Joseph sin dirigirle la mirada, consciente de que los Sheriff habían encontrado el número de McPhail en el teléfono que le robaron a él, y que los agentes del MI6 no solían apreciar que su móvil circulase por ahí.

—Joseph, no sé si te das cuenta de que es imposible confiar en ti. —Sacudió la cabeza la agente, antes de desistir por completo—. Déjalo. No tiene sentido.

Joseph había oído ese mismo reproche muchas veces, y no le quedaban argumentos para rebatirlo.

—Mientras tú estabas en Cádiz lanzando tíos por la ventana, hemos intentado coger a los moldavos en Londres, pero los has espantado a todos. Miento: detuvimos a unos cuantos y el juez nos ha hecho soltarlos en menos de dos horas porque no hay ni una prueba ni un testigo vivo que pueda hablar sobre ellos. Con el *hacker* muerto, sus ordenadores quemados y Lorenzo Cruz ilocalizable, no tenemos nada que se sostenga. Ni siquiera podemos joder a los Proca con el testimonio de Vyacheslav Sandu... ¡porque lo has tirado por una puta ventana! —gritó McPhail mientras golpeaba el claxon, fuera de sí.

Joseph prefirió no hablar y dar por buena aquella versión inexacta de los hechos. No consideró necesario aclarar que el *hacker* muerto no era realmente el Michavina que podría actuar de testigo estrella, ni que Lorenzo Cruz pronto aparecería troceado en cualquier vertedero andaluz. Teniendo en cuenta la cantidad de cosas por las que merecía el desprecio del universo entero, no iba a sentirse más culpable pensando que, gracias a su silencio interesado, el verdadero Micha iba a salir indemne del asunto, aunque eso supusiera retrasar unos años el ascenso de McPhail, que era lo suficientemente competente para conseguirlo con cualquiera de sus misiones futuras, siempre que eligiera mejor a sus agentes de enlace. Sí le molestaba profundamente salvar a los Sheriff. Explotación sexual, tráfico de armas... Cualquier monstruo que se enriqueciera con esos delitos podría seguir beneficiándose de las habilidades para lavar dinero del mejor bufete de abogados de Gibraltar, ¿pero qué iba a lograr él si intentaba impedirlo? ¿Qué conseguiría, aparte de perder definitivamente a Ibtisam?

—Con el material que teníamos sobre los moldavos —siguió McPhail desgranando su fracaso— al menos podríamos haber probado una mínima parte de su blanqueo y abrir una causa que los asustase. No los habríamos sacado de la calle, pero quizá se marchasen de Reino Unido. Ahora no tenemos absolutamente nada. Un año de trabajo a la basura. Esas mujeres muertas…

McPhail dejó de hablar y pareció perderse en la contemplación de la distancia. En su ojo estaban el bosque y las curvas. Hasta que frente a ellos, entre el coche y la siguiente señal kilométrica, atravesaron lentamente, como en un sueño, dos ciervos en plena carrera, suspendidos sobre el asfalto, flotando llenos de elegancia.

Los animales desaparecieron en la vereda y el coche atravesó su estela. Joseph y McPhail se quedaron paralizados. Luego ella abrió mucho los ojos, igual que si regresara del fondo del mar, y volvió a hablar, pero a un ritmo más pausado, como si lo que acababan de ver no hubiera sucedido o como si le hubiera recordado que el resto no tenía importancia.

—Es una mierda, Joseph. De verdad que eres un buen tipo y podrías haber sido un gran agente. Entiendo que esto es complicado. En otro momento, quizás hubiera funcionado, pero espero que entiendas que lo que ha ocurrido es inaceptable. No se puede tirar a la gente por la ventana, aunque se lo merezcan; no puedes saltarte todas las putas leyes de Europa.

McPhail lo miró por el rabillo del ojo. No quería apartar la vista de la carretera y que se le cruzasen ahora una manada de jabalíes, osos o mamuts. Tenía la desagradable impresión de que Joseph estaba a punto de estallar en un ataque de risa, como un gamberro que no puede disimular su orgullo mientras la profesora lo abronca en clase.

—¿Me estás oyendo? —Golpeó el volante, a punto de estallar de nuevo.

—¿Me estás despidiendo? —dijo Joseph con descaro.

—¡Sí! —gritó McPhail—. ¿Te hace gracia?

—No, perdona.

—Has hecho todo lo contrario de lo que te pedimos: nada de violencia, no llames la atención...

—Tienes razón.

—Cuando te sumaste al caso ya teníamos pruebas contra los Proca. Tú eras nuestra baza para resolverlo, pero podíamos haberlo dejado dormir y retomarlo más tarde. Eras un riesgo, pero no imaginamos que... ¡tan grande! Después de ti, el caso está cerrado. ¡Para siempre! —Volvió a hacer sonar el claxon en la carretera vacía.

A Joseph no se le ocurrió nada que pudiera consolarla. A él también le caía bien, y le daba pena ver su frustración. No hacía tanto tiempo había sido policía, y entendía cuánto dolían los fracasos. Sabía mejor que nadie que la mala conciencia de McPhail volvería a despertarse cada vez que se enterara de un crimen cometido por los tipos a los que había dejado escapar. Pero él no podía hacer nada más.

McPhail lo llevó hasta la Verja y luego siguió conduciendo en dirección a Málaga porque la agencia de viajes le había sacado allí el billete de regreso a Londres. Antes se despidieron con un par de muecas poco cariñosas. McPhail le dijo que los jefes en España y Reino Unido habían pactado que su nombre quedase fuera de la investigación sobre la muerte de Vyacheslav Sandu, pero no podía prometerle que en cualquier momento no se inmiscuyera un juez sabihondo y le llegase una citación. Joseph le dijo que lo entendía. Sobre todo, apreció el detalle de que no le reclamara los mil euros con los que había pagado al Alambrito por su delación. Imaginó que McPhail los asumiría como la última jugarreta de aquel agente tan decepcionante, y él prefirió no sacarla del error. Siempre era preferible quedar mal a confesar la verdad.

Cruzó la frontera, tomó el autobús hasta las murallas y luego caminó al hospital de Saint Bernard's. Al llegar a la recepción le informaron de que Hawthorne seguía igual: estable dentro de su gravedad, sin visitas de familiares o amigos. Le permitieron subir a verlo. La Royal Police había colocado un agente en la puerta de la habitación, por si los moldavos regresaban a terminar su trabajo. Joseph se preguntó hasta qué punto la custodia era efectiva, teniendo en cuenta que el policía lo dejó pasar sin hacer una sola comprobación. Quiso pensar que era porque lo había reconocido a él, al agente del MI6 responsable del mayor fiasco de seguridad en Gibraltar desde la Operación Flavius.

Se quedó clavado en la puerta, observando a Hawthorne vestido con aquel camisón azul. La luz de la ventana proyectaba un rectángulo de luz a sus pies, y Joseph arrastró hasta allí la silla para sentarse sobre él. Se imaginó las que podrían ser las últimas palabras de Hawthorne y sonrió:

—Una mierda de vida merece un final de mierda. No te ofendas, pero ni el lugar ni la compañía son los que había esperado.

Volvió a pensar en la posibilidad de buscar a su familia ahora que iba a estar más ocioso, pero enseguida decidió que no era una buena idea. El papel de samaritano no le sentaba bien, así que Hawthorne tendría que joderse un poco e intentar arreglar él solito su vida si salía de aquello. Buscó la mano del hombre debajo de la sábana. La palmeó y volvió a taparla.

Al salir notó un repentino vértigo y deseó que aquello no hubiera sido una despedida. Se apoyó un instante en la pared. Probablemente se trataba del cansancio, pero sintió como si tuviera en el pecho un nido de pájaros aleteando y poniendo todo perdido de mierda y ramas. Para asfixiarlos le pidió un cigarrillo al escolta de la puerta. En las escaleras consiguió que una enfermera en sus cinco minutos de pausa le prestara el mechero. Le estaba dando las primeras caladas al pitillo cuando apareció Abraham cojeando a su velocidad punta.

—Estás aquí —resolló desde el pie de la escalinata, sin hacer amago de subirla.

—¿Quién te ha avisado de que había vuelto? —preguntó Joseph.

La enfermera los miró a ambos, apagó su cigarro en el cenicero y volvió dentro.

—You know Gibraltar... Todo se sabe —dijo evasivo Abraham.

—¿Te lo han dicho los Sheriff?

—No seas así. Yo con ellos no tengo nada. They are just clients. Después de que fueras a verlos la primera vez, me llamaron para atrás and they asked me que qué podías necesitar. Yo les dije que no te vendes, Joseph, que ni por una casa ni por un coche, pero luego pensé que había algo con lo que sí te podían ayudar. Yo había encontrado ya la pista de Ibtisam, y ellos lo arreglaron todo: hablaron con la Samira esa, y a partir de ahí they went to Marbella a por la chica. Pero lo hice por ayudarte, I swear. You are too proud para que te compren, y sabía que no te iba a gustar, pero pensé que en el fondo te hacía un favor. Llámame carajote, pero no se me pasó por la cabeza que pudieran putearte con eso.

Joseph siguió fumando, sin responder.

—No he venido a discutir —continuó Abraham buscando la reconciliación—. ¿Qué tal está todo?

—Todo arreglado —dijo Joseph.

—¿En serio? Genial, joder. Entonces —hizo una pausa—, solo nos queda una cosa pendiente: Angela. Rebeca no puede quedarse indefinidamente con ella. She has to work.

—¿Hace falta que hablemos de eso ahora? —Bajó las escaleras Joseph con una prisa repentina.

—Pues tú me dirás cuándo. You have to make a decision about Angela. Nosotros no podemos estar así, parados. Te hacemos el favor, pero hay que pensar en algo.

Joseph echó a andar calle abajo:

—Ahora no, really —dijo, asqueado por la perspectiva de verse obligado a seguir resolviendo miserias sin un momento de tregua—. Yo me paso mañana a verla, pero ahora no puedo. Estoy un poco saturado: para arriba y para abajo.

Abraham sacudió la cabeza apesadumbrado, como si le volvieran a plantear algo que él ya consideraba resuelto desde hacía mucho tiempo:

—¿Y qué quieres entonces? Eso es lo que hay. No hay más. Para arriba y para abajo.

Joseph frenó y se quedó mirándolo. Asintió:

—You are right. Pero déjame pensar. I'll give you a call.

—¿Mañana? —insistió Abraham.

Joseph siguió alejándose sin contestar. Abraham tomó aire y abrió los brazos en señal de fastidio, pero no protestó más. Hubiera dado igual, porque Joseph pronto quedó fuera de su alcance. Se detuvo frente a la primera licorería que encontró en la calle. Primero se tomó unos minutos ante el escaparate, estudiando el reflejo opalino de las botellas, su forma, sus colores. Después entró y compró una.

Dio un largo paseo, con la botella bamboleándose contra su pierna derecha dentro de una bolsa de plástico. Esquivó a los miles de *runners* con prendas fluorescentes que se apoderaban de la Roca a última hora de la jornada. Pasó frente a su casa, pero no entró. Continuó andando paralelo al mar, cruzó el túnel de Camp Bay y salió a la playa artificial del Quarry, rodeada por aquel bosque de pequeñas mesas de cemento plantadas allí para las comidas playeras. Comenzaba a ponerse el sol. Hasta los bañistas más resistentes se retiraban envueltos en toallas. Pero Joseph tampoco se detuvo allí. Parecía dispuesto a seguir hasta que el camino terminara.

A los pocos minutos llegó a Punta Europa. El fin del Peñón. Se sentó en un montículo de arena de los que se entreveraban con la explanada de cemento y clavó en su cima la bolsa con la botella. Luego dedicó un rato a observar cómo aquel pequeño fantasma de plástico se inflamaba bajo el viento igual que una llama blanca.

Las gaviotas graznaban sus melodías pendencieras, y Joseph recordó a Micha cuando todavía era un guitarrista japonés. Se podía ser un villano y dejar un bonito recuerdo, pensó.

Por el paseo frente al faro se acercaba una pareja de novios escoltada por dos fotógrafos de boda con camisetas negras y en el pecho la leyenda «A bit of England in the sun». El fotógrafo jefe era mayor y caminaba enredado en una maraña de cámaras con objetivos desmesuradamente grandes. A su lado, su ayudante, una chica gordita y de expresión simpática, avanzaba con paso ligero a pesar de la enorme mochila que cargaba. El cuarteto se detuvo y comenzaron a tirar fotografías aprovechando los naranjas de la tarde. El novio llevaba un traje de tres piezas; ella, un tocado color crema y un vestido con la espalda abierta. A su alrededor, el fotógrafo se revolcaba por el suelo en busca del ángulo perfecto.

Sacaron unas cuantas fotos, rieron y siguieron caminando junto al mar. Joseph se dio cuenta de que, sin pretenderlo, el grupo se iba dividiendo en dos. El novio y la ayudante de fotografía marchaban delante; y la novia y el fotógrafo, más atrasados: ella recogiéndose los bajos del vestido y él lastrado por la pesadez de su equipo. El novio daba la impresión de sentirse más cómodo con la asistente que con su futura esposa. Acabaron alejándose los dos entre bromas, mientras la novia y el fotógrafo los seguían cada vez a mayor distancia, con la cabeza enterrada en el ruido del mar, cada uno absorto en sus demonios.